KB239246

천사혈성

장담 新무협 장편 소설
FANTASTIC ORIENTAL HEROES

천사혈성 1

장담 新무협 판타지 소설

초판 1쇄 찍은 날 § 2007년 8월 22일
초판 1쇄 펴낸 날 § 2007년 9월 1일

지은이 § 장담
펴낸이 § 서경석

편집장 § 문혜영
편집책임 § 서지현
편집 § 심재영

펴낸곳 § 도서출판 청어람
등록번호 § 제1081-1-89호
등록일자 § 1999. 5. 31
어람번호 § 제2-1273호

주소 § 경기도 부천시 원미구 심곡1동 350-1 남성B/D 3F (우) 420-011
전화 § 032-656-4452 팩스 § 032-656-4453
http://www.chungeoram.com
E-mail § eoram99@chollian.net

ⓒ 장담, 2007

ISBN 978-89-251-0863-6 04810
ISBN 978-89-251-0862-9 (세트)

※ 파본은 구입하신 서점에서 교환하여 드립니다.
※ 저자와 협의하여 인지를 붙이지 않습니다.

天死血皇

1

천왕교(天王敎)

千秀芳景深處掩中腐 兩目容差現政
革圖故近天下 淫此知名範宏界

천사혈성

장담 新武俠 판타지 소설

FANTASTIC ORIENTAL HEROES

一天師與禮
長座前开拜
道奇廣爲傳
至大政元四月
日弟子趙孟順敎

도서출판 청람

目次

작가의 말

　항상 새 글을 내놓을 때마다 가슴이 두근거립니다.

　하나, 둘, 셋… 내가 쓴 글이 차곡차곡 쌓일 때마다 두근거림도 커지지요.

　이번 글이 독자 분들께 어떻게 비춰질까?

　과연 나는 최선을 다했는가?

　십 년이 흘러 문득 내 옆에 이 책이 있을 때, 웃으면서 책을 집어 들 수 있을까?

　그러면 좋겠는데…….

　그렇게 걱정과 기대가 번갈아가며 심장을 두들기는 사이, 어느새 마지막 장 끝에 '終' 자가 쓰여집니다.

　그리고 그제야 안도의 숨을 내쉬지요.

　특히 이번 글은 더 그렇습니다.

　제가 가장 좋아하면서도, 오랜 기간 저를 고민에 빠지게 만들었던 단어로 시작되는 글이니까요.

　'친구' 라는 단어 말입니다.

　사실 이번 글을 진행하면서 많은 생각을 했습니다.

　어린 시절 친형제처럼 지냈던 깨복쟁이 친구들은 지금 어디에 있을까?

　사소한 일로 다툰 후 십여 년간 보지 못했던 친구는 지금도 화가 안 풀렸을까.

　풀렸다면 왜 한 번도 연락을 하지 않는 걸까? 어디서 뭐 하기에.

　문득 생각나 둘러보니 빈자리가 너무 많이 보입니다.

　그간 친구들에게 너무 소홀했다는 생각이 들더군요.

　해서 이제부터는 글을 쓰는 틈틈이 친구들을 찾아보려 합니다. 올해가 가기 전에 많은 친구들을 찾았으면 좋겠습니다.

　독자 분들께 훈훈한 이야기를 많이 들려줄 수 있게 말이지요.

서(序)

"너는 꿈을 꾸어라. 그리고 네 꿈을 펼치거라. 나는 네 어미의 사랑을 얻기 위해 꿈을 버렸고, 너를 살리기 위해 나머지 모두를 버릴 수밖에 없었다. 심지어 가족마저도. 지금도 그 일을 후회하지는 않는다. 하지만 조금 아쉽기는 하구나. 어느 것도 버리지 않았으면 더 좋았을 걸. 그럴 수만 있었으면 얼마나 좋았을까? 네가 평범한 아이였다면……."

잠잘 때마다 그 말을 자장가처럼 읊어대던 아버지였다.
특히 전에 살던 곳의 커다란 은행나무에 대한 이야기를 할 때는 눈빛마저 아련해지곤 했다.

그런 아버지가, 네 살이 되었다며 꼭 끌어안아 준 지 이틀
이 지나기도 전에 돌아가셨다.

남은 것은 쓰러져 가는 집과 잡동사니, 그리고 아버지와 어
머니와 나의 이름뿐이었다.

"유옥아, 아버지의 이름이 뭐라고?"

"아버지 이름은 천유명."

"엄마 이름은?"

"엄마 이름은 소연옥이야."

"그래, 잘 아는구나. 잊지 말아라, 절대 잊지 말아……."

하루에도 열두 번씩 귀에 대고 말했다.

어찌 잊을 수가 있을까.

*　　　*　　　*

아버지가 마을에 들어선 때는 함박눈이 내리던 한겨울이
었다고 한다. 고향인 장안을 떠난 지 석 달 만이라고 했으니
자신을 낳자마자 떠났다는 말이었다.

철검 한 자루를 옆구리에 차고, 핏덩이를 갓 벗어난 갓난아
이를 품에 안고서, 핏물이 말라붙은 옷을 입은 채.

다행히 마을 사람들은 삼류 낭인무사 같은 아버지를 별다

른 거부감 없이 받아들였다. 옆구리의 철검 때문인지, 옷에 말라붙은 핏물 때문인지, 아니면 품속의 아이 때문인지 몰라도.

그리고 삼 년. 아버지가 돌아가시자 마을 사람들이 돌아가며 먹여주고 재워줬다.

나중에야 알았지만, 마을 사람들은 아버지의 모든 것을 팔아 나누어 가진 대가로 나를 먹여주고 재워줬다고 한다. 아버지가 그리 부탁을 했다는 것이다.

하지만 시간이 지나고, 그 정도면 됐다 생각했는지 여섯 살이 되자 사람들이 일을 시키기 시작했다.

그때부터는 공짜란 것이 없었다.

작은 심부름이라도 하지 않으면 먹을 것을 주지 않았다.

그나마도 먹을 것을 풍족하게 주는 사람은 몇몇 사람뿐이었다.

잠도 밖에서 자게 했다.

하는 수 없이 뒷동산의 동굴에 가서 자는 날이 많아졌다.

박쥐 때문에 시끄러워서 잠도 안 오는데…….

그래도 귀찮게 하는 사람이 없으니 마음이 편하긴 했다.

아마 그때부터였을 것이다.

잔심부름을 해주고 먹을 것을 얻으러 다니면, 동네 아이들이 놀려대며 주먹질을 했다.

힘센 아이들은 자신들의 힘을 자랑하기 위해서. 힘없는 아이들은 힘있는 아이들에게 당한 화풀이를 하기 위해서.

설령 힘이 있어도 대들 수가 없었다.

동네아이들을 때리면 어른들이 가만있지 않을 테니까.

언젠가 그랬던 것처럼, 몰매를 주고 며칠간 먹을 것을 주지 않을 테니까.

그때서야 확실하게 알았다. 내가 거지라는 것을.

화가 났다.

너무도 화가 나서 거의 매일 밤 뒷동산 동굴 입구에 앉아서 하늘의 유성을 보며 아버지를 불렀다.

"아버지는 왜 그렇게 일찍 돌아가신 거야! 다시 돌아와! 돌아오란 말이야!"

하지만 몇 날 며칠이 지나도 아버지의 대답은 들려오지 않았다.

다 거짓말이다!

유성을 보고 빌면 소원이 이루어진다는데, 다 거짓말이다!

거짓말인 줄 알면서도 매일 밤하늘을 바라보았다.

구름 때문에 유성이 보이지 않는 날이면, 마음에도 구름이 꼈다.

하늘이라도 보지 않으면 기댈 곳이 없었다.

그렇게 일곱 살이 된 어느 날이었다.

내 또래의 남자 아이와 그보다 두어 살 어린 여자 아이가 홀어머니를 따라 마을로 이사를 왔다.

그 아이들이 이사 온 지 사흘째 되던 날, 그 아이네 집 옆으로 지나가는데 그 아이가 말을 붙였다.

"너 이 마을에 사니?"

"응."

"나는 군악이라고 해. 나랑 친구할까?"

"나는…… 유옥. 근데… 거지야."

"피이, 내 동생 청아가 그러는데, 씻고 옷을 갈아입으면 잘생겼겠대. 그리고 겉모습만으로 사람을 평하는 것은 옳지 않은 일이라고 했어, 우리 어머니가."

그날, 처음으로 진짜 친구가 생겼다.

이제는 심심하다고 동굴에 가서 박쥐들하고 놀지 않아도 되었다.

대답도 하지 않는 할아버지 바위와 놀지 않아도 되었다.

군악이네 집 앞으로 지나다니면 군악이가 나왔으니까.

게다가 더 신이 나는 것은 가끔 청아도 나온다는 것이다.

조금 심술궂긴 하지만 청아도 나에게 잘해준다.

마을의 어떤 계집아이보다도 예쁜 청아가 말이다.

너무 신이 났다.

날아다니는 기분이었다.

봐! 다른 아이들이 청아와 노는 나를 부러워하잖아!

그뿐이 아니었다. 군악이는 글을 알고 있었다.

자기 어머니에게 배웠다고 했다. 읽은 책만도 수백 권은 된다고 했다.

어느 날 군악이가 말했다.

"유옥아, 내가 글을 가르쳐 줄까?"

"정…… 말?"

둘은 막대기를 주워 들고 강변으로 달려갔다.

황금빛으로 깔린 모래바닥에 글을 쓰기 위해서였다.

그날 아홉 글자를 배웠다.

태어나 처음으로 글을 배운 날이었다. 새로운 세상에 눈을 뜬 날이었다.

너무 고마웠다. 웃는데도 눈물이 흘러 뺨을 타고 흘러내렸다.

삐뚤빼뚤, 모래사장에 쓰여 있는 아버지와 어머니와 나의 이름.

천유명(千流明), 소연옥(蘇蓮玉), 천유옥(千流玉).

나는 군악이와 청아가 보는 앞에서 한참을 울었다.

어느덧 군악이와 함께 뛰어논 지 이 년. 아홉 살이 되었다.

이제는 마을의 아이들이 건드리지 않는다.

오히려 나와 마주치는 것을 겁낸다.

언제부턴지 알 수는 없지만, 나는 달라지기 시작했다.

조금씩, 조금씩…….

특별히 몸을 단련한 것도 아닌데, 힘도 세지고 움직임도 빨라졌다. 화가 났을 때의 눈빛은 너무도 무심해서 어른들조차 고개를 돌릴 정도다.

게다가 남들이 느끼지 못하는 무형의 기운을 느끼고 위험을 미리 감지할 수가 있다.

군악이는 나의 그런 육감을 초감각이라 부르며 자기 일처럼 기뻐했다.

마을의 어른들은 나에게 괴이한 능력이 있음을 알고 이구동성으로 말했다.

"박쥐 굴에 자주 가더니 박쥐 귀신이 씌웠구만."

그때만 해도, 나는 나의 그런 능력이 무엇을 뜻하는 것인지 알지 못했다. 아버지가 자장가처럼 읊어댔던 말이 그것과 관계있을 거라고는 더더욱 생각지 못했다.

다만 나에게 그러한 능력이 있어 나와 내 친구를 지킬 수 있다는 것이 기쁠 뿐이었다.

만일 그 능력 때문에 아버지와 어머니, 그리고 내 인생이 송두리째 바뀌었다는 것을 알았다면… 나는 절대 기뻐하지 않았을 것이다.

나는 나중에서야 알았다.

나의 특별한 능력이 곧 저주(詛呪)였다는 것을.

第一章

친구를 위해서

千秀芳景深夏掩雲霧　雨間容著現政
草閣故近天下　淫欲知名張家　界II
朝京華　一九〇四年五月

長庭前再拜禮一天師與
道者廣爲傳

日弟子趙孟頫敬書至大改元四月

死星天血

1

　말라 버린 들판이 거북 등처럼 쩍쩍 갈라진 유월의 어느 날
이었다.

　쿠르릉! 콰광! 쏴아아아아!!

　대낮에 천둥벼락이 대기를 갈기갈기 찢으며 떨어져 내리
더니, 갑자기 장대비가 쏟아지기 시작했다.

　백 일 만의 비였다.

　비가 쏟아지자 한수변(漢水邊) 영안촌 사람들은 맨발로 뛰
쳐나와 환호성을 지르며 하늘에 절을 했다.

　그러나 채 반나절이 지나기도 전, 환호성은 사라지고 절망
만이 배고픈 자들의 얼굴을 말라 버린 배추 잎사귀처럼 싯누

렇게 물들여 버렸다.

마을 사람들은 집 안으로 들어가 이제는 비가 그치기만을 기다렸다.

하지만 비는 그칠 줄을 모르고 계속 쏟아졌다.

그렇게 어둠이 깊어갈 즈음이었다. 석축이 무너지고, 강물이 순식간에 마을을 덮쳤다.

강가 쪽에 살던 사람들은 잠자던 그대로 강물에 휩쓸려 버렸다.

그나마 조금 높은 언덕 아래 살던 사람들조차 집도, 가재도구도, 심지어 식구들마저 어둠 속에 남겨둔 채 언덕을 기어올랐다.

비명도, 가족을 찾는 외침도 빗소리에 파묻혀 들리지 않았다.

비는 다음날 아침 어스름이 사라질 때까지 계속 내렸다.

단 하루였다.

하룻밤 만에 한수(漢水)가 굽이도는 곳에 세워진 영안촌(漢岸村)이 붉은 황톳물에 휩쓸려 사라져 버렸다.

하늘을 시커멓게 물들였던 먹구름을 가르며 황금빛 칼날 같은 햇빛이 낙뢰처럼 지상에 내리꽂혔을 때, 영안촌에 남은 것은 마을을 통째로 덮어버린 황토와 살아남은 자들의 몸뚱어리와 그들이 가슴으로 토해내는 통곡 소리뿐이었다.

사람들은 미친 듯이 황토를 파헤치며 하늘을 원망했다.

어찌! 어찌 이럴 수가 있단 말인가!

오! 하늘이여!

"내 아들을 돌려줘! 이 미친 하늘아!"

"으아아! 어머니!"

"마누라! 마누라 어딨어! 종아야! 홍아야!"

소년은 언덕 가장 높은 곳에서 황토에 뒤덮인 마을을 내려다보았다.

열 살 정도 되어 보이는 그 소년의 눈은 죽은 자의 눈처럼 움직임이 없었다.

'하늘은 없어! 있어도 진작 죽었어!'

소년은 손톱이 박혀들 정도로 주먹을 움켜쥔 채 진저리를 쳤다.

자신의 거처는 언덕 중간에 있었다. 그런데도 휩쓸려 버렸다.

가족도 없고, 변변한 가재도구 하나 없는 그는 자신의 맨몸만 빠져나오면 됐다. 덕분에 살 수 있었다.

하지만 자신이 좋아했던, 자신을 좋아했던 사람들은…….

'꼬맹이 종아도 죽고, 말썽꾸러기 척아도 죽고, 유씨 아저씨도 죽고, 진씨 아주머니도 죽었어. 젠장! 제기랄!'

마을 사람들이 모두 자신을 멀리하지는 않았다.

따르는 아이들도 있었고, 불쌍히 생각해서 꼬박꼬박 먹을 것을 챙겨주는 사람들도 있었다.

한데 그들 대부분이 보이지 않는다. 황톳물이 그들을 삼켜버린 것이다.

소년의 눈이 흔들렸다. 흔들리는 눈가에 축축하니 물기가 맺혔다. 소리없는 울음이었다.

아버지가 죽은 이후, 자신이 고아라는 것을 알았을 때부터, 그렇기에 남에게 얻어먹고 사는 거지일 수밖에 없다는 것을 자각했을 때부터 소년은 소리 내어 울지를 않았다.

어른들은 우는 아이를 좋아하지 않는다는 것을 깨달았기 때문이다.

소년, 유옥은 눈물이 나오려 하자 고개를 무릎에 처박았다.

'살았잖아! 살면 된 거야. 어차피 아무것도 없었는걸?'

그나마 군악이와 청아가 무사하다는 것이 천만다행이다.

하지만 군악이의 어머니는 돌아가셨다.

군악이가 덜덜 떨며 말하길, 어머니는 둘을 살리기 위해서 무너지는 집을 떠받쳤다고 했다. 빨리 동생을 데리고 언덕 위로 올라가라 악다구니를 써대면서.

너무나 두려웠던 자신은 그곳을 떠날 수밖에 없었다고 했다. 어머니를 놔두고. 가지 않으려 울부짖는 청아를 잡아끌고서.

광란하는 황톳물을 향해 어머니를 불러대던 군악이의 목소리가 지금도 귓가에 쟁쟁하다.

아마 비가 멈춘 후부터였을 것이다.

군악이는 말을 잊었다. 그저 멍하니 하늘만 바라보았다.

그러더니 지금은 황토를 파헤치고 있다.

가서 뭐라 할까?

어떤 말이 위로가 될까?

차라리 엉엉 소리 내어 울기라도 하면 자신이 함께 울어줄 수 있을 것 같은데…….

문득 통곡 소리가 잦아든다 느껴졌다.

불길함이 머리꼭대기에 벼락처럼 꽂혔다.

유옥은 고개를 번쩍 들었다. 동시에 비명 같은 외침이 강가에서 터져 나왔다.

"청아야!"

'군악이 목소리잖아?

벌떡 일어서서 급히 소리가 들린 곳을 바라보았다.

마을 사람들이 우르르 강가로 몰려가고 있었다.

"청아가 물에 빠졌다!"

누군가가 소리쳤다.

유옥은 외침의 여운이 사라지기도 전에 정신없이 달려갔다.

단순히 물에 빠졌다고 저렇게 난리를 피우지는 않을 것이다.

뭔가 일이 터졌다!

단숨에 달려간 유옥이의 눈에 어쩔 줄을 모르고 있는 군악이가 보였다. 당황한 것은 마을 사람들도 다르지 않았다.

물살에 휩쓸린 청아가 꼭대기만 남은 버드나무를 붙잡은 채 버티고 있었다.

"저런! 큰일 났군. 누가 가서 밧줄 좀 가져와!"

"흙 묻은 옷을 빨려다 미끄러진 것 같아. 그렇게 조심 좀 하지."

"이 사람아! 지금 그게 문제야! 당장 잡고 있는 나무가 부러지게 생겼는데!"

웅성대는 사람만 있을 뿐, 누구도 감히 성난 황톳물에 뛰어들 생각은 하지 못했다.

유옥은 급히 물가로 다가갔다.

친구가 거기에 있었다. 금방이라도 뛰어들 태세다.

"물러서!"

유옥이 짧게 소리쳤다. 친구가 돌아본다.

"발밑이 무너지면 너까지 위험해. 어서 물러서!"

"유옥아! 청아가…… 청아가…….''

친구가 떨리는 목소리로 자신을 부른다.

"오빠! 살려줘! 오빠아!!"

새파랗게 질린 청아가 버드나무 가지를 잡고 비명을 지른다.

유옥은 입술을 지그시 깨물었다. 때마침 뒤에서 거친 숨소리가 섞인 목소리가 들려왔다.

"밧줄 여기 있네! 그런데 너무 짧은 거 아닌지 모르겠어!"

황토로 범벅이 된 척이네 아버지가, 역시나 황토로 인해 누렇게 변색된 밧줄을 들고 뛰어오고 있었다. 아직 자식이 죽은 슬픔을 갈무리하지 못한 그의 얼굴에는 말라 버린 눈물 자욱이 그대로 있었다.

하지만 누구도 선뜻 밧줄을 받으려 하지 않았다.

유옥이 척이네 아버지의 손에서 밧줄을 뺏듯이 낚아챘다.

"유옥아!"

군악이가 놀라 경악성을 내질렀다.

마을 사람들은 슬그머니 고개를 돌렸다.

왜 그러는 건지 유옥은 알고 있었다. 자신은 고아. 구하면 좋고, 죽어도 그만이라는 마음일 것이다.

원망하고 싶지 않았다. 그럴 시간이 있으면 조금이라도 서둘러야 했다.

유옥은 재빨리 밧줄을 허리에 묶었다.

"내가 헤엄은 끝내주잖아! 그러니까 걱정 말고 기다려! 아저씨! 밧줄 좀 잡아주세요! 그리고 제가 헤엄치면 같이 따라서 내려가세요!"

"어? 그, 그래."

"물살이 세니까 꽉 잡아라!"

그제야 마을 아저씨들이 하나둘 나섰다.

유옥은 청아가 마주 보이는 곳에서 십 장 정도 위로 올라갔다. 사선을 그으며 내려가기 위해서였다.

"후우욱!"

숨을 깊게 들이쉬었다.

눈앞에서 누런 황톳물이 자신을 비웃으며 출렁거리고 있었다.

'결정한 이상 망설이면 남자도 아니야!'

유옥은 천천히 황톳물 속으로 걸어 들어갔다. 그리고 강물이 허리쯤 닿는 곳에 이르자, 도도한 황톳물에 도전장을 던지듯이 몸을 던졌다.

물살은 생각보다 훨씬 거셌다. 더구나 이물질들이 함께 떠내려가는 바람에 물살을 가르기가 배는 힘들었다.

그래도 참아야 했다.

어떻게든 청아가 있는 곳까지는 가야 했다.

배고픈 자기에게 몰래 먹을 것을 챙겨주던 친구를 슬프게 할 수는 없었다.

이름 석 자도 제대로 쓰지 못하는 자신에게, 글이라는 새로운 세상을 가르쳐 준 친구의 울음소리를 듣고 싶지 않았다.

어젯밤 친구는 홀어머니를 잃었다. 동생마저 잃는다면, 어쩌면 저 마음 약한 놈은 살아갈 수 없을지도 모른다.

그럼 나는 단 하나 있는 친구를 잃을 것이다.

더 이상 슬퍼하고 싶지 않다!

난 할 수 있어!

꼭 해낼 거야!

친구를 위해서! 나를 위해서!

죽을힘을 다해 손발을 저었다. 사선을 그으며 내려가던 몸이 버드나무를 지나치려 한다.

'안 돼!'

그때였다. 물결이 출렁이자 물속에 잠겨 있던 버드나무 가지 하나가 고개를 내밀었다.

유옥은 혼신의 힘으로 손을 뻗었다. 천만다행으로 나뭇가지가 손에 잡혔다.

찌지직…….

잡아당기자 유옥이의 무게를 버티지 못한 나뭇가지가 찢어지려 한다.

조금만 더 가면 되는데! 청아가 코앞에 있는데!

그나마 나뭇가지 덕분에 떠내려가지는 않고 청아와 조금 더 가까워졌다.

손을 뻗어봤다. 닿지 않는다.

유옥은 강물이 입으로 들어가는 것도 아랑곳하지 않고 있는 힘을 다해 소리쳤다.

"청아야! 손을 뻗어봐!"

"유, 유옥 오빠, 무서워."

"손을 뻗어! 내 손을 잡으란 말이야! 정말 죽고 싶어?"

힘이 빠졌을 것이다. 한 손을 놓으면 잡고 있는 나뭇가지마

저 놓칠지 모른다. 청아는 그것이 두려운 것 같다.

기회는 한 번뿐이다.

그러나 그것마저도 하지 않는다면 한 번의 기회조차 없다.

"내 손을 잡아, 이 겁쟁이 계집애야!"

청아가 제일 싫어하는 소리를 했다.

두려움에 떨던 청아가 자신을 노려본다.

그래! 바로 그거야! 손을 뻗어!

찌직!

그 순간, 유옥이 잡고 있던 나뭇가지가 완전히 찢어져 버렸다.

유옥은 눈을 부릅뜨고 청아를 바라보았다.

그때다.

"오빠!"

청아가 나무를 꼭 쥐고 있던 손 하나를 유옥을 향해 뻗었다.

유옥이도 온 힘을 다해 손을 뻗었다.

팔이 늘어났으면 원이 없을 것 같다.

조금만 더… 조그만 더!

천만다행으로 손가락이 걸렸다.

끊어질 듯이 아프다. 하지만 참을 수 없을 정도는 아니다.

발이 부러졌을 때도 참았는데 뭐, 이까짓 거!

청아를 잡아당겼다. 청아가 한 손으로 버드나무 가지를 잡고 있어서인지 자신의 몸이 딸려간다. 청아도 딸려온다.

마침내, 나머지 한 손을 마저 뻗어 청아의 팔을 움켜쥐었다.

그 광경을 숨죽인 채 지켜보던 마을 사람들이 환호성을 질렀다.

조금 전까지의 슬픔조차 잊어버리고. 마치 자신의 아들이, 딸이, 부인이, 부모가 다시 살아나기라도 한 것처럼!

"잡았다! 유옥이 해냈어!"

"내 그럴 줄 알았지! 저 아이가 얼마나 용감한데!"

"와아! 유옥아! 꼭 잡아라!"

유옥이의 귓전에 마을 사람들의 목소리가 들렸다. 하지만 자신은 좋아할 수가 없었다.

문제가 생겼다. 청아의 팔을 잡기는 했는데 돌아가기가 막막하다. 단순히 청아를 붙잡고 가기에는 청아의 몸에 힘이 너무 없다.

축 늘어진 청아를 자신이 잡고 갈 수 있을까?

자신이 없다. 자신도 이미 힘이 빠져 있는 상태다. 그러다 놓치기라도 하면 모든 것이 끝장이다.

단 하나의 방법은 밧줄로 두 사람을 함께 묶는 것이다. 그런데 아쉽게도 밧줄이 너무나 짧다.

유옥이 단호한 목소리로 청아를 불렀다.

"청아야!"

"유옥 오빠!"

"잘 들어! 내가 밧줄을 네 허리에 묶을 테니까 나무를 꼭 잡고 있어야 해."

"오빠는?"

"일단 너 먼저 가! 먼저 가서 밧줄을 말아서 던지라고 해. 알았지?"

"그러지 말고 같이 가!"

"나도 그러고 싶은데, 물살이 너무 세. 잘못하면 놓칠 수가 있어."

말을 하는 와중에도 버드나무 가지에 발을 걸치고는 급히 밧줄의 매듭을 풀었다. 그리고 재빨리 청아의 팔 안쪽으로 집어넣어 단단히 동여맸다.

"가!"

"유옥 오빠!"

"군악아! 아저씨! 잡아당겨요!"

마을 사람들이 밧줄을 잡아당긴다.

청아가 밧줄에 매달려 끌려간다.

끌려가면서도 자신을 돌아다본다.

유옥은 손을 저어 보이며 빽 소리쳤다.

"뭐 하는 거야! 가라앉지 않게 계속 손발을 저어!"

이제 청아가 붙잡고 있던 버드나무 가지는 유옥이의 차지가 됐다. 유옥은 버드나무 가지를 꼭 붙잡고 청아가 뭍에 도착할 때까지 멈추지 않고 소리쳤다.

얼마 지나지 않아 청아가 뭍에 도착했다.

군악이가 청아를 끌어안고 기뻐하고 있다.

그제야 유옥이의 입가에도 빙그레 웃음이 떠올랐다.

'자식!'

마을 사람들이 밧줄을 돌돌 마는 것이 보였다.

"유옥아! 조심해!"

군악이가 두 손을 모아 소리를 지른다.

그때 척이네 아버지가 밧줄을 던졌다. 그런데 반도 못 날아와서 물에 빠졌다.

종이네 아버지가 다시 던졌다. 역시 마찬가지다.

제길, 미처 생각을 못했다. 밧줄은 물을 머금어서 생각보다 훨씬 무거울 것이다.

밤새 고생한 사람들, 하루 종일 아무것도 먹지 못하고 비탄에 빠져 있던 사람들. 그들이 저 무거운 밧줄을 십 장이나 떨어져 있는 곳에 정확히 던진다는 것 자체가 무리일 수밖에 없다.

한 사람이 나서더니 끝에 돌을 달았다.

그 덕분에 일 장 정도 더 날아왔지만, 그래도 턱없는 거리였다. 더구나 돌 때문에 순식간에 가라앉아서 헤엄쳐 가서 잡을 수도 없었다.

마을 사람들이 당황한 표정으로 자신을 쳐다본다.

유옥은 눈을 질끈 감았다.

'제기랄! 그냥 헤엄쳐서 나가볼까?'

하지만 그러기도 만만찮다. 물살이 워낙 센데다 소용돌이
치는 곳이 바로 아래에 있다.

손이 떨린다. 나뭇가지를 잡고 있기도 힘든 상황인데 헤엄
을 쳐서 저기를 건넌다고?

말도 안 된다. 소용돌이에 휘말리면 일말의 가능성도 없
다.

하류를 바라보는 유옥이의 눈빛이 암울해졌다.

물이 빠질 때까지 견딜 수 있을까?

이렇게 죽는 건 아닐까?

좀 더 큰 세상으로 나가서 멋지게 살고 싶었는데…….

유옥이 이런저런 생각에 잠겨 있을 때다.

"유옥아! 조금만 참아!"

갑자기 군악이의 목소리가 들려왔다.

휙 고개를 돌린 유옥이의 눈에 군악이 물로 뛰어드는 것이
보였다.

"안 돼! 너까지 위험해져!"

말리기에는 너무 늦었다. 군악이가 이미 헤엄을 치기 시작
했다.

'저런! 헤엄도 잘 못 치는 책벌레가!'

유옥은 다급한 마음에 나뭇가지를 움켜쥐었다.

아니나 다를까, 군악이의 몸이 빠르게 떠내려간다.

자신을 비켜 갈 것이 분명해 보인다.

"군악아!"

유옥은 지체없이 몸을 던졌다.

삼 장 정도의 거리. 잘하면 잡을 수 있을 것도 같았다.

마지막 기회라 생각하고 혼신의 힘을 다했다.

백 근짜리 철추라도 달린 것처럼 몸이 무겁다.

기껏해야 삼 장의 거린데 삼백 리는 되는 것만 같다.

부서진 갈대, 마른 나뭇가지가 섞인 진한 황톳물이 입이고, 코고, 눈이고, 사정없이 할퀴고 흘러간다.

그래도 포기할 수는 없다.

난 할 수 있어!

친구가 나를 위해 뛰어들었잖아!

내가 죽으면 친구가 슬퍼할 거야!

그래, 꼭 해내야만 돼! 난 살 거야!

유옥이 정신없이 손발을 놀릴 때다.

"유옥아! 손을 뻗어!"

아득하니 군악이의 목소리가 들렸다.

유옥은 자신도 모르게 손을 뻗었다.

군악이가 자신의 손가락을 움켜쥐는 게 어렴풋이 느껴졌다.

우드득!

순간 손가락 부러지는 소리가 가슴으로 들려왔다.

짜릿한 고통! 덕분에 정신이 번쩍 들었다.

"유옥아! 내 손을 꼭 잡아!"

군악이가 다시 소리쳤다.

유옥은 손가락이 부러진 손으로 친구의 손을 힘껏 움켜쥐었다.

멀리서 또 한 번의 환호가 터져 나왔다.

살았구나! 내가 살았어!

친구야! 네가 나를 살렸구나!

"대단한 아이들이군."

마차의 창문을 통해 언덕 아래를 내려다보던 노인의 입에서 작은 감탄성이 흘러나왔다.

노인이 마부 석을 향해 말했다.

"탁은, 자네 말을 듣고 이 길로 가지 않았다면 후회할 뻔했군."

노인이 탄 커다란 마차가 언덕길에 도착했을 때는, 유옥이 물에 뛰어든 이후였다.

저 어린놈이 과연 계집아이를 구할 수 있을까?

처음에는 호기심에 주시했다. 그러다 유옥이 청아를 구하고 자신이 대신 나뭇가지에 매달리는 것을 보고 노인은 눈을 빛냈다.

'흠, 웃기는 녀석이군. 좋아, 어떻게 하나 보자.'

그냥 재미있었다.

자기가 나선다면, 아니, 자신의 마차를 몰고 있는 마부만 나서더라도 충분히 구할 수 있었다. 하지만 그렇게 하지 않았다.

그러면 너무 싱거우니까.

그런데 밧줄을 던지다 안 되겠는지 또 한 놈이 뛰어든다. 서로 부르는 호칭으로 봐서는 친구인 것 같다.

상황이 갈수록 점점 더 재미있게 진행되어 간다.

'서로를 향해 몸을 던지는 친구라⋯⋯.'

"태대원로님, 명을 내리신다면 속하가 구하도록 하겠습니다."

마부 석에 앉아 있던 호원무사, 정탁은도 왠지 모르게 안달 난 목소리로 허락을 구한다.

자신의 명령이 없는 한, 그가 움직이지는 않을 터. 노인은 조금 더 지켜보기로 했다.

곧이어 나뭇가지를 붙잡고 있던 아이가 밧줄에 매달려 떠내려가는 아이를 향해 몸을 던지는 것이 보였다.

노인의 입가에 웃음이 떠오른 것은 그때였다.

결코 어린아이가 보일 용기가 아니다.

어디 간들 쉽게 만날 수 있는 아이가 아니다.

'쓸 만해, 아주 좋아!'

"풍백."

노인의 옆에 있던 흑의노인, 풍백이 고개를 들었다.

"저 두 아이 중 누가 마음에 드는가?"

풍백의 눈빛이 가늘게 떨렸다.

그는 천천히 손가락 하나를 들었다.

"처음의 아이 말인가?"

풍백은 고개를 숙였다. 그렇다는 말이다.

"내가 볼 때 저 아이들은 둘 다 고아다. 그렇지 않느냐?"

풍백이 고개를 끄덕였다.

고아가 아니라면, 부모가 나서서 아이들을 말려야 했다. 그런데 마을의 어른들 중 아무도 두 사람을 말리지 않았다.

부모가 없다는 뜻이다.

노인은 창밖을 바라보며 혼잣말을 하듯이 말했다.

"두 아이를 모두 데려갔으면 싶군."

대답은 마부 석에서 들려왔다. 그 말을 기다렸다는 듯이.

"속하가 데려오겠습니다, 태대원로."

"탁은, 계집아이도 함께 데려오거라."

대답은 들려오지 않았다. 이미 마부 석에 앉아 있던 정탁이 사라진 뒤였다. 그럼에도 노인은 아무런 말도 덧붙이지 않았다.

유옥은 군악과 끌어안은 채 뭍으로 끌어 올려지자 거친 숨을 몰아쉬었다. 일어날 힘도 없었다.

"오빠!"

반쯤 울먹이며 달려오는 청아의 목소리.

"군악아! 유옥아!"

마을 사람들이 뛰어오며 부르는 소리가 들렸다.

고개를 돌리자 군악이 환하게 웃으며 자신을 바라본다.

유옥이도 빙그레 마주 웃고는, 힘들게 손을 뻗어 군악이의 손을 잡았다.

'자식, 겁도 없이 어딜 뛰어든 거야?'

'친구잖아, 임마!'

굳이 말이 필요없었다. 눈만 봐도 알 수 있었다.

바로 그때였다!

전신을 치달리는 짜릿한 느낌!

본능이 알 수 없는 뭔가를 느끼고 경고를 보낸다.

'뭐지?'

유옥은 황급히 고개를 돌려 하늘을 쳐다보았다.

한 마리 거대한 독수리가 자신을 향해 쏘아져 오는 게 보였다.

아니, 그것은 사람이었다. 태양을 등진 채 피풍을 펄럭이는 모습이 독수리 같았을 뿐.

'세상에! 사람이 하늘을 날다니! 아차! 위험해!'

미처 대처할 시간조차 없었다. 군악이에게 경고할 시간도 없었다.

갑자기 몸이 붕 뜨는 것처럼 느껴지더니, 동시에 하늘이 하얗게 탈색되며 모든 사고가 끊겨 버렸다.

2

정신을 차린 유옥이 눈을 뜨고 처음 본 것은 시커먼 어둠 속에서 반짝이는 두 눈동자였다.

'헛!'

놀란 마음에 몸을 일으키려는데 움직일 수가 없었다.

가슴이 무거웠다. 눈동자의 주인이 가슴을 짓누르고 있었다.

"누구……?"

또 다른 손이 가볍게 허공을 젓는다. 마치 아무 말도 하지 말라는 듯.

유옥은 입을 닫고 재빨리 생각을 정리해 봤다.

그제야 느낄 수 있었다. 자신이 누워 있는 바닥이 움직이고 있었다.

그리고 밖에서 들리는 말발굽 소리.

'마차?'

마차를 타본 적은 없지만 본 적은 있었다. 자신의 생각이 잘못되지 않았다면, 자신은 마차에 타고 있다. 그것도 엄청나게 큰 마차에.

'분명 강가에 누워 있었는데…….'

어렴풋이 기억이 떠오른다.

태양을 등에 지고 독수리처럼 날아드는 사람이 보였었다. 순간 허공으로 붕 뜬 기분이 들면서 정신을 잃었다.

그렇다면 답은 하나다. 누군가가 자신을 이곳으로 옮겼다.

누굴까? 왜 자신을 마차에 태웠을까?

'아차! 군악이!'

강가에 군악이도 함께 누워 있었다. 자신이 옮겨졌다면 군악이도 옮겨졌을지 모른다.

누운 채 고개를 돌려보았다. 조금 떨어진 곳에 누워 있는 군악이가 보였다. 그 옆의 청아도. 둘 다 아직 정신을 차리지 못한 듯했다.

이 사람들이 자신과 군악이, 그리고 청아까지 모두 데려온 것 같다.

왜 우리를 데려온 걸까?

"강한 아이군."

그때 나지막하면서도 힘이 느껴지는 목소리가 들렸다.

목소리의 주인을 찾아 고개를 젖혔다. 머리 위쪽에서 은색 비단 장삼을 입은 백염의 노인이 반개한 눈으로 자신을 내려다보고 있었다.

"저 사람은 풍백(風伯)이라고 한다. 앞으로 저 사람이 너를 보살펴 줄 것이다."

유옥은 천천히 고개를 돌려 어둠 속 눈동자의 주인인 풍백을 바라보았다.

빼빼한 몸. 길쭉한 얼굴에 가느다란 눈이 옆으로 길게 늘어져 언뜻 보면 눈이 귀에까지 이어진 것처럼 보이는 노인이었다.

한데 보살펴 준다고?

그 말이 선뜻 가슴에 와 닿지 않았다.

하루하루 먹고사는 것을 걱정하기도 바쁜 세월이 아니었던가.

하다못해 마을 길이라도 청소를 하든지, 아니면 산에 올라가 썩은 나뭇가지라도 주워 와야 밥 한 술 얻어먹을 수 있었다.

일하지 않으면 굶어야만 했던 유옥이에게는, 크게 아프지 않고 살아온 것 정도가 하늘이 내려준 가장 큰 복이라 할 수 있었다.

그렇게 살아오는 동안 군악이네 가족만이 유옥이를 천대하지 않았을 뿐이었다.

하지만 그것도 보살펴 준다는 것과는 조금 거리가 있었다. 그래선지 보살펴 준다는 말에 이상하게 가슴이 메인다. 동아줄로 잡아맨 심장에 쇳덩이가 하나 들어찬 것만 같다.

반면에 머릿속은 텅 비어버린 기분이다. 물어보고 싶은 것은 많은데, 입이 열리지를 않는다.

침묵은 한참 동안 이어졌다.

왠지 어색한 마음에 치켜뜬 눈을 내리깔았다.

그제야 유옥은 새로운 사실을 하나 알 수 있었다.

지금껏 풍백이 무릎을 꿇고 있는 것으로 알았다. 하지만 그 것이 아니었다. 무릎을 꿇고 있는 것이 아니고, 무릎 아래쪽 이 아예 없었다.

풍백은 지금까지 서 있었던 것이다.

"그는 말을 하지 못한다. 그러니 서운해할 것 없다. 어쨌든 갈 길이 머니 일단 쉬도록 해라."

목소리가 너울지며 울리는 것처럼 느껴졌다.

말을 하지 못한다고? 그래서…….

멍한 눈을 돌리는 순간, 머리가 묵직해지는가 싶더니 온 세 상이 다시 하얗게 변해 버렸다.

第二章
천왕곡(天王谷)

千秀芳菜深更掩重露　雨間容羞現政

草閒敬延天下　渥妙知名張家界

長屋前再拜禮一天師與

道古廣為傳

日弟子趙孟頫歌書　至大改元四月

死星

天血

1

동이 틀 무렵이었다.

일인지하 만인지상의 태대원로가 외부에서 아이들을 데리고 돌아왔다는 소문이 돌았다.

그가 권력의 정점에서 물러선 지 어느덧 수십 년이 되었는데도, 권력을 탐하는 자들은 그가 누군가를 데려왔다는 것만으로도 귀를 열고 긴장했다.

그리고 그 소문이 돈 지 채 한 시진도 되지 않아 한 사람이 그를 방문했다.

"외부에서 아이들을 데려왔다 들었습니다, 태대원로."

"허, 벌써 소문이 퍼졌는가?"

"교도 등록 업무를 본 원의 수명당에서 관장하지 않습니까? 더구나 일인지하 만인지상의 태대원로께서 데려온 아이인데 관심이 없다면 그것이 이상한 일이지요."

"클클클클. 어쩐지 등이 따갑다 했지. 그래, 말해보게. 뭘 원하기에 구석진 곳에 사는 나를 찾아 여기까지 온 것인가?"

백의노인은 소리가 나지 않게 찻잔을 들어 올려 목을 축였다. 그러더니 공손한 목소리로 조심스럽게 입을 열었다.

"태대원로께서 데려온 아이는 두 명의 남매와 남매의 친구인 남자 아이 하나라 들었습니다. 확인해 보니 입곡 허락을 받기 위해 아직 수명당에 있다 하더군요. 해서 부탁드리는 말씀입니다만, 두 남매를 저에게 넘겨주시지요."

"아이들을 넘겨달라? 흠, 종무의 양자로 삼을 생각인가?"

"예, 태대원로. 두 아이를 의손주로 삼아 키워볼 생각입니다. 그리고 괜찮다면 백리가의 대를 이을 생각이기도 하구요."

"호오, 그렇게까지 생각했단 말인가? 다른 자식들의 아이들도 있잖은가?"

"물론 씨가 아주 없는 것은 아닙니다만……."

태대원로가 말을 끊으며 단정 짓듯이 말했다.

"자질이 뛰어난 아이가 없는 모양이군."

백의노인의 얼굴이 천천히 굳어졌다. 그러나 차마 화를 내지는 못하고 쓸쓸한 표정으로 고개를 끄덕였다.

"제 복이 거기까지인 모양입니다. 비록 직계는 아니더라도 몇몇 아이가 있긴 한데, 천기원을 이끌기엔 능력이 모자랍니다. 더구나 그 아이들은 문보다 무(武)를 선호하는지라……."

"거 안타깝군 그래. 한데 두 아이가 그 정도 능력이 될지 모르겠군."

"수명당주인 심평의 말에 의하면, 남자 아이의 문(文)에 대한 자질이 매우 뛰어나다 합니다. 허락해 주시지요."

"흠, 좋아, 허락하지. 하나 맨입으로는 안 되네."

"말씀하시지요. 제가 들어드릴 수 있는 거라면 들어드리겠습니다."

                    *   *   *

눈을 뜨자 은은한 햇살이 눈을 파고들었다.

벌떡 몸을 일으키자 얇은 이불이 몸에서 흘러내린다.

생전 처음으로 덮어본 부드러운 천으로 된 이불.

얼마나 지난 거지? 여긴 어딜까?

내가 지금까지 꿈을 꾼 걸까?

하지만 그러기에는 만져지는 이불의 감촉이 너무나 선명하다.

딱딱!

그때 뭔가를 두드리는 소리가 났다.

고개를 돌리자 무표정한 얼굴로 서 있는 노인이 보였다.

길쭉한 얼굴에, 눈썹마저 없었다면 주름으로 착각할 만큼 길고 가느다란 눈. 무릎 아래가 없어 뻣뻣한 자세. 마치 석상 같은 모습의 노인은 분명 잠이 들기 전에 보았던 풍백이 분명했다.

'꿈이 아니야.'

유옥이의 표정이 딱딱하니 굳었다.

그걸 보더니 풍백이 인상을 찡그리고는 조금 전과 똑같은 소리를 냈다.

딱딱!

혀가 입천장에 부딪치는 소리. 말을 하지 못하니 그렇게 해서라도 자신의 존재를 알리는 듯하다.

유옥은 난생처음 당하는 상황에 황급히 침상에서 일어섰다. 발밑으로 주르륵 흘러내리는 이불. 시원한 바람이 사타구니를 훑고 지나간다.

딱딱하게 굳었던 얼굴이 순간적으로 붉어진 유옥은 후다닥 다시 이불 속으로 기어들어 가 입술을 잘근 깨물었다.

'젠장! 벌거벗은 몸이잖아!'

언뜻 뒤집어쓴 이불 사이로 풍백의 입가에 웃음이 떠오른다 느껴졌다. 비록 한순간일 뿐이었지만, 그나마 그 웃음을 보니 마음이 조금은 안정되는 유옥이었다.

"저, 제 옷은……?"

풍백이 다시 무표정해진 얼굴로 손을 내밀었다. 손에는 옷이 들려 있었다. 그런데 자신의 옷이 아니었다.

툭!

유옥이 망설이자 풍백은 옷을 이불 위에 던지더니 그대로 뒤돌아섰다.

유옥은 이불 위에 던져진 옷을 바라보다가 풍백을 향해 고개를 돌렸다. 잘린 다리 때문인지 걷는 뒷모습이 이상해 보였다.

괜히 미안한 마음이 들었다.

"저… 저는 유옥이라 합니다. 성은 천이구요."

풍백이 걸음을 멈췄다.

이때라는 듯 유옥이 빠르게 물었다.

"왜 데려온 거죠? 일 시키려고 데려오셨나요? 그럼 시키실 일이 있으면 아무거나 시키세요. 대신 군악이와 청아는 그냥 보내주세요."

풍백이 돌아섰다.

그는 손을 들더니 허공에 뭐라 휘갈기다 말고 휙 돌아섰다. 공연한 짓을 했다는 표정이었다.

그가 나가려 하자 유옥이 다급히 말했다.

"일 시키려고 데려온 게 아니라고요?"

나가려던 풍백의 어깨가 흠칫 떨렸다.

그는 다시 돌아서더니 허공에 다시 손을 휘갈겼다. 자신이 볼 때는 거꾸로지만, 상대가 보면 제대로 된 글자였다.

[글을 아느냐?]

"조금 알아요. 군악이에게 배웠거든요."

풍백의 눈에 이채가 어렸다.

시골 깡촌에 사는 어린 고아가 글을 안다는 것 자체가 이상한 일이었다. 그런데 자기 친구에게 배웠다고 하니 더 이상한 일이었다. 그 아이도 이제 겨우 열 살 정도가 아니던가.

[그 아이가 글을 많이 아는 모양이구나.]

"그럼요. 얼마나 똑똑한데요."

[너는 얼마나 배웠느냐?]

"그냥 일반 책 읽는 데는 별 불편함이 없어요. 좀 어려운 책은 막히는 곳이 있어 힘들지만요."

풍백의 눈에 처음으로 놀란 감정이 떠올랐다.

고아의 몸으로는 먹고살기도 바쁜 게 세상이다. 그런데 친구에게 글을 배운 것이 일반 책을 읽는 데 불편함이 없을 정도라니.

풍백의 가느다란 눈이 더욱 가늘어져 실처럼 변했다.

그는 잠시 생각하는 듯하더니 손을 휘갈겼다.

[옷을 입고 나를 따라오너라. 어차피 입곡 허락도 떨어졌으니 바로 이곳을 떠나도록 하자.]

입구 쪽을 제외한 삼면이 천 장 높이의 거산준봉(巨山峻峰)

으로 둘러싸여 있다.

계곡이라 말하기 어려울 정도로 넓은 분지는 넓이만도 족히 십 리는 되어 보이고, 입구는 너무 먼데다 완만한 굴곡으로 인해 보이지도 않는다.

그 안에 끝도 보이지 않게 들어선 건물들, 개중에는 영안촌의 뒷동산만큼이나 커 보이는 건물들도 몇 채나 있다.

생전 처음 보는 광경에 유옥이의 부릅뜬 눈이 굳어졌다.

'여긴 어딜까?

자신이 나온 전각은 완만한 언덕 중간에 있었다. 그래선지 언덕 아래 풍경이 고스란히 보였다.

한데 아무리 봐도 일반 도읍과는 조금 다른 풍경이다.

저 멀리 보이는 사람들, 그들 대부분이 무인들이다. 옆구리에, 등에 도검은 물론이고 듣도 보도 못한 무기를 차고 있다. 전쟁터도 아닌데.

혼란스러웠다. 생각이 벽에 부딪쳐 나아가지를 않았다. 심지어 군악이와 청아에 대한 것도 잠시 잊을 정도였다.

그사이 풍백과의 사이가 저만치 멀어졌다.

'가보면 알겠지. 설마 잡아먹기야 하겠어?

유옥은 주먹을 움켜쥐고 풍백을 따라 빠르게 걸었다. 행여나 놓칠세라 바짝 붙은 채.

풍백의 걸음은 기이했다.

무릎 아래가 없는데도 어깨의 흔들림이 없다. 마치 얼음 위를 미끄러져 가는 것만 같다. 유령의 걸음이라고나 할까?

유옥은 뒤따라가며 그 기이한 걸음을 자신도 모르게 흉내 내봤다. 다리를 뻣뻣이 뻗으며 얼음 위를 미끄러져 가는 것마냥 한 걸음 한 걸음.

마침 지나가던 사람들이 두 사람을 보고는 낄낄거리며 웃었다.

"두 병신, 궁짝이 아주 잘 맞는데?"

"저 꼬마는 처음 보는데? 어이! 풍백, 자네 아들인가?"

"에이, 들으니까 거기도 토막 났다던데, 아들은 무슨?"

짙은 혈의를 입은 중년인이 낄낄거리며 웃었다. 다른 자들도 멸시의 눈빛을 던지며 풍백을 손가락질했다.

유옥은 힐끔 풍백을 쳐다봤다.

여전히 무표정한 얼굴이다. 그런데 무슨 생각이 들었는지 고개를 돌리더니 자신을 직시한다.

오기로 풍백의 걸음을 계속 흉내 내며 걷던 유옥은 흠칫 걸음을 멈췄다. 자신은 나쁜 의도가 아니었지만, 충분히 오해할 소지가 있는 행동이었다.

"죄송합니다. 저도 모르게 그만……."

다행히 그리 화난 것 같지는 않다. 한데 마치 이상한 동물을 보는 듯한 눈빛이다. 비록 잠깐뿐이었지만.

'화는 안 난 것 같은데…….'

잠깐 유옥이를 기이한 눈빛으로 직시하던 풍백은 천천히 몸을 돌렸다. 그리고 다시 걸음을 옮겼다.

그 바람에 유옥은 풍백의 표정을 볼 수 없었다. 그러니 그 마음은 더욱더 알지 못했다.

'분명 풍운보(風雲步)를 흉내 냈어. 저 어린놈이……..'

스르르 미끄러져 가는 풍백의 가느다란 눈에서 신광이 번뜩이다 사라졌다. 거기다 살짝 말려 올라간 입꼬리. 비록 한 순간이었지만, 그것은 분명 희열이었다.

숲길을 따라 한참을 가자 수백 년은 되었을 법한 고목 사이로 몇 채의 전각이 보였다.

풍백은 망설이지 않고 그중에서 제일 큰 이층 전각으로 다가갔다. 유옥이도 잰걸음으로 그를 따라갔다. 그러면서 힐끔 전각 처마 밑에 달려 있는 현판을 바라보았다.

격렬한 힘이 느껴지는 용사비등한 글씨가 두 눈에 가득 찼다.

패왕전(覇王殿).

자신을 데려온 태대원로가 주인이라는 곳, 패왕전이었다.

풍백을 따라 안을 들어가자 은색 비단 장삼의 노인이 앉아서 차를 마시고 있는 것이 보였다. 바로 자신을 데려온 그 노인이었다.

　노인은 풍백이 문을 닫고 돌아서자 그제야 천천히 고개를 돌렸다.

　고개를 돌린 노인의 눈빛과 마주친 순간이었다. 유옥은 전각 안이 꽉 찬 듯한 느낌에 숨이 턱하니 막혔다. 마차에서 봤을 때와는 천양지차의 느낌이었다.

　'만인의 기운을 지닌 노인이다!'

　자신도 모르게 등줄기를 타고 식은땀이 주르륵 흘러내렸다.

　두 다리가 태풍을 만난 버드나무 가지처럼 후들거렸다.

　차라리 초감각이 없었다면, 자신이 일반 아이였다면 그저 조금 무서운 노인을 보는 정도로 그쳤을 텐데…….

　그래도 유옥은 표나지 않게 악착같이 버티고 서서 노인의 눈길을 받아냈다.

　다행히 노인은 곧바로 풍백에게로 고개를 돌렸다.

　무슨 일이냐는 듯한 눈빛이었다.

　그제야 유옥은 풍백이 노인의 뜻을 받들어 자신을 데려온 것이 아님을 어렴풋이나마 알 수 있었다.

　그때 힐끔 유옥을 바라본 풍백이 노인의 앞으로 다가갔다.

　평소 안 하던 행동. 순간적으로 노인의 눈빛이 이채를 띠었다.

　"왜 그러는가?"

노인이 묻자 풍백이 천천히 손을 들어 허공에 손을 휘갈겼다.

순간, 노인이 흥미가 인 눈빛으로 물었다.

"호, 정말이냐?"

풍백은 짧게 고개를 끄덕였다.

노인은 느릿하게 눈길을 유옥이에게로 옮겨갔다.

"글을 안다고?"

노인의 눈과 유옥이의 눈이 다시 마주쳤다.

다행히 두 번째라서 그런지 조금 전과 같은 압박감은 느껴지지 않았다. 유옥은 내심 안도의 숨을 내쉬며 조용히 대답했다.

"예, 조금 배웠습니다."

"그래? 그럼 시간을 좀 더 앞당길 수 있겠구나. 한 일 년 정도 글을 가르치고 나서 시작해 볼까 했는데."

무슨 말일까? 유옥은 의아한 마음이 들었지만 아무런 표정도 짓지 않았다.

아이답지 않은 진중한 자세, 그게 마음에 드는지 노인은 찻잔을 내려놓고 느릿하니 입을 열었다.

"너는 내가 누군지 아느냐?"

"모릅니다."

"그럼 여기가 어딘지는 아느냐?"

"그것도 모릅니다."

정신을 잃은 채 들어왔고, 눈을 뜨자 이곳이었다. 사방이 난생처음 보는 고루거각으로 뒤덮여 있어 생인지 꿈인지조차 분간하기 어려울 지경이다.

'내가 귀신도 아니고 여기가 어딘지 어떻게 압니까?'

속으로는 그런 생각이었지만 입 밖으로 내뱉지는 않았다.

노인은 유옥의 미미한 표정 변화를 주시하더니, 입가에 옅은 웃음을 지으며 넌지시 물었다.

"너는 천왕교에 대해 들어본 적이 있느냐?"

이곳이 천왕교라는 곳인가 보다.

처음 들어본 이름이었다.

"없습니다."

유옥은 마치 준비한 것마냥 바로바로 대답했다.

"그래? 그럼 강호무림에 대해 들은 바도 없느냐?"

"강호무림이라면, 손에서 바람을 일으키고 하늘을 날아다니는 사람이 산다는, 그 요지경 속 세상을 말하는 건가요?"

노인은 유옥이를 바라보며 입을 닫았다.

백 년을 넘게 살아오며 그런 표현은 처음으로 들어봤다. 그런데 어찌 생각하면 맞는 것 같기도 하다. 일반 양민이 어찌 강호무림의 오묘한 세상을 이해할 수 있을까.

노인이 헛기침을 하며 말했다.

"험, 그래. 그 강호 말이다. 천왕교는 그 강호의 세상에서도 단일 세력으로는 천하제일의 힘을 지닌 곳이다."

자부심이 가득한 말투였다.

유옥은 놀란 눈을 크게 뜨고 노인을 직시했다.

정확한 뜻은 모른다. 천하제일이라는 것이 얼마나 큰 것인지도 알 수 없다. 다만 분명한 한 가지는, 자신이 딴 세상에 왔다는 것이다.

그제야 유옥은 사람들이 왜 무기를 차고 다니는지 이해할 수 있을 것 같았다.

그때 노인이 물었다.

"너는 힘을 갖고 싶지 않느냐?"

힘?

그 말을 듣는 순간 피가 끓는다. 운명처럼!

'나도 힘을 갖고 싶다!'

그래서 물었다.

목소리가 살짝 떨려 나왔다. 그래도 눈만은 노인을 똑바로 바라보았다.

"저는 지금까지 거지로 살아왔습니다. 그런데 저 같은 거지도 힘을 가질 수 있나요?"

노인의 눈이 고요히 가라앉았다.

스스로를 거지라 칭하는 아이. 그러면서도 흔들림없는 눈이다.

처음에는 용기가 가상한 아이라 생각했다. 친구를 위해 흙탕물에 망설임없이 뛰어들 정도로 정이 남다른 아이라고도 생각했다.

한데 그것만이 아닌 것 같다. 결코 평범한 아이가 아니다.

'흠, 쓸 만한 놈을 얻었다 생각했는데, 황토 속에서 보물을 주워왔군.'

자신 앞에서 저렇듯 고개를 쳐들고 말하는 사람을 본 것이 얼마 만인가.

게다가 맑은 눈과 작지만 뜨거운 가슴, 거기에는 어린아이답지 않은 확고한 무언가가 있었다.

노인은 은근히 기분이 좋아졌다.

"천왕교의 사람이 된다면 가능한 일이다. 이곳에서는 힘을 얻는 데 어쭙잖은 신분 따위는 아무런 소용이 없다."

신분을 따지지 않는다고?

유옥이의 눈에서 빛이 피어났다.

"능력만 있으면 대우를 받을 수 있단 말인가요?"

"물론이다. 특히 본 교는 힘을 가진 자가 대우받는 곳이지. 지금은 그 뜻이 조금 변했지만, 그렇다고 완전히 변한 것은 아니다."

힘있는 자가 대우받는 곳!

그 말만으로도 유옥은 가슴이 두근두근 떨렸다.

"어떻게 해야 힘을 얻을 수 있나요? 만일 제가 이곳 사람이 된다면 뭘 하게 되는 건가요?"

원래는 아이를 가르쳐 풍백과 함께 이곳 패왕전을 돌보게 하려 했다. 그러려고 데려온 것이니까.

하나 보면 볼수록 너무 아까웠다. 보검을 만들 수 있는 재료로 부엌칼을 만들 수는 없잖은가 말이다.

노인이 넌지시 물었다.

"내가 너에게 힘을 준다면, 너는 나 장천궁을 위해 뭘 해줄 수 있느냐? 만일 너에게 힘이 생겼을 때, 내가 원한다면 나를 위해 몇 가지 일을 해줄 생각이 있느냐?"

조용히 지켜보던 풍백이 흠칫 어깨를 떨었다.

태대원로의 뜻이 바뀌었다. 단순히 수하로서 키우겠다는 뜻이 아닌 듯하다.

'제자로 키울 생각이신가?'

아직 확실한 것은 없다. 그런데도 조금은 아쉬운 마음이 들었다.

'정말 마음에 드는 아이인데……'

자신이 돌보면서 제자를 삼을까 했는데, 태대원로의 말 한마디로 모든 것이 수포로 돌아간 것 같았다.

그러나 태대원로가 결정한 일. 수족에 불과한 자신으로선 그 뜻을 따르는 수밖에.

풍백의 눈에 아쉬운 빛이 머물다 사라졌다.

그때 유옥이 노인, 장천궁을 똑바로 바라보며 그리 크지 않은 목소리로 똑 부러지게 말했다.

"받은 만큼 돌려줘야 하는 게 사람의 도리라고 그랬어요.

저는 사람의 도리를 어기고 싶지 않아요. 할아버지가 원하신다면 그렇게 하겠어요."

장천궁의 입가에 희미한 미소가 걸렸다. 할아버지라는 말이 왠지 생경하면서도 기분 좋게 들린 것이다.

"좋은 생각이다. 아주 좋은 생각이야. 허허허."

하지만 그것도 잠시, 장천궁은 심각한 표정으로 말을 이었다.

"다만 그전에 해결할 문제가 하나 있다. 나의 일을 해줄 수 있을 정도가 되려면 그만한 실력이 있어야 하는데, 사실 너의 나이가 문제다. 상승무공을 익히기에는 조금 늦었다 할 수 있거든."

그 말이 끝난 순간이었다. 장천궁의 눈빛이 유옥이의 전신을 쓸며 지나갔다.

또다시 답답해지는 느낌!

유옥은 손가락 하나 꼼짝할 수가 없자 이를 악물고 눈에 힘을 주었다. 오기라 해도 좋았다. 두 번 질 수는 없었다.

'칫, 내가 질 줄 알고?'

자신의 몸속을 파고든 무형의 기운에 대해 알지 못하는 유옥이로선 할 수 있는 일이 그것밖에 없었다.

얼마나 지났을까. 장천궁은 기이한 눈빛으로 유옥이를 바라보았다.

그러더니 다시 말을 이었다.

"혈(穴)이 생각보다 아주 깨끗하구나. 그렇다면 방법이 전혀 없는 것은 아니다. 본 교의 수련관인 지옥십관이라면, 충분히 그러한 약점을 보완해 줄 수 있을 테니까. 대신 혹독한 고통이 따를 것이다. 어쩌면 죽을지도 모르지. 어떠냐? 할 수 있겠느냐?"

유옥이의 얼굴이 딱딱하게 굳어졌다.

언제는 그렇게 살아오지 않았나?

배고픔과 싸워야 했고, 외로움과 싸워야 했고, 다치면 고통과도 싸워야 했다.

그때마다 항상 혼자였다. 삼 년 전 군악이네 가족이 마을에 나타나기 전까지는.

굳이 새삼스러울 것도 없었다.

어쩌면 죽을지도 모른다고?

'항상 그랬어. 다른 사람들은 그것이 새삼스러울지 모르지만, 나는 매일을 그렇게 살았어.'

한데 다른 선택도 있는 걸까? 수련관이라는 곳에 들어가지 않고 편하게 배울 수 있는 방법은 없는 걸까?

아마 아닐 것이다. 원하지 않아도 가야만 할 것이다. 저 노인이 원하는 한은.

그간의 경험이, 그의 느낌이 그리 말하고 있었다.

유옥은 입술을 깨물고 대답했다.

"할 수 있어요. 그 길이 아무리 힘들어도 저는 참을 수 있어요."

힘을 얻을 수 있다면!

그래서 내가 원하는 삶을 살 수 있다면!

2

패왕전이 있는 장원은 총 여덟 채의 건물이 있었는데, 이층으로 된 본채와 두 채의 별채, 달랑 세 채의 건물만 사람들이 사용하고 나머지 다섯 채의 건물은 비어 있었다.

유옥이에게는 별채의 작은 방 하나가 거처로 주어졌다. 남들이 볼 때는 작은 방이었지만, 유옥이에게는 분에 넘칠 정도로 큰 방이었다.

풍백과 함께 방에 들어선 유옥은, 풍백이 쉬라는 손짓을 하고 방을 나가자 그제야 힘이 빠진 듯 털썩 침상에 널브러졌다.

지난 하루가 꿈만 같았다.

마차에서 정신을 잃고 있던 시간은 아무런 의미도 없었다.

청아를 구하고, 군악이와 함께 흙탕물을 빠져나오고, 마차에 태워진 후 정신을 차리자 이곳이었다.

뭐가 어떻게 된 건지 자신도 모르는 사이 삶이 바뀌어 버린 것이다.

제아무리 험한 세상이 기다린다 해도, 설마 전보다 더 험

할까?

그런 생각이 들기도 했다.

잠을 자고 일어나면 다시 한수가 눈앞에 보이는 건 아닐까?

그럴지 모른다는 생각도 들었다.

아버지와 노는 꿈을 자주 꾸었다. 깨어나면 항상 허름한 초막에 혼자 누워 있는 자신을 발견하지 않았던가.

내일 눈을 떴을 때, 눈앞에 한수가 보인다 해도 그러려니 할 것이다.

꿈은 그냥 꿈이니까.

'그건 그렇고, 군악이는 어떻게 되었을까? 청아는?'

군악이의 웃는 얼굴이 떠오른다. 청아가 소리 지르며 달려오던 모습이 눈에 선하다.

유옥이의 입가에 가느다란 미소가 그려졌다.

'잘 있겠지. 잘 있을 거야. 나도 이렇게 멀쩡하잖아?'

눈이 감긴다. 참을 수 없는 졸음이 밀려든다.

'그래, 자자. 한숨 자고 일어나서 보는 거야. 한수가 보이면 한바탕 웃고 말지 뭐. 크크크…….'

입가에 그려진 가느다란 웃음이 짙어진다.

그리고 곧, 유옥이의 입에서 새근거리는 숨소리가 새어 나오기 시작했다.

다음날 해가 창문을 비집고 들이닥칠 즈음에서야 유옥은 몸을 일으켰다.

저녁밥도 먹지 않고 꼬박 여섯 시진을 잔 셈이었다.

한수는 보이지 않았다. 눈앞에 보이는 것은 한수가 아닌 태양의 칼날에 쪼개진 창문이었다.

'역시 꿈이 아니었어.'

그럴 거라 생각은 했지만, 막상 처해진 상황이 현실이라는 생각이 들자 가슴이 벌떡거렸다.

새로운 세상. 새로운 삶. 고동치는 심장이 소리친다.

―이제 너는 거지가 아니다, 천유옥!

벌떡!

유옥은 자리에서 일어나 창가로 다가갔다.

활짝 창문을 열자 눈부신 햇빛이 와락 가슴으로 안겨왔다.

기분 좋은 아침이었다.

난생처음 느껴보는 평온함이었다.

그때 문 열리는 소리가 들렸다.

고개를 돌리자 한 손에 음식이 차려진 쟁반을 든 풍백이 보였다.

풍백이 나머지 한 손을 허공에 휘갈긴다.

[배고프지?]

꼬르륵.

뱃속이 먼저 반응을 보였다. 뒤이어 꿀꺽 침이 절로 넘어갔다.

유옥은 망설이지 않고 고개를 끄덕였다.

아침을 먹고서야 풍백에게서 패왕전에 대해 들을 수가 있었다.

거창한 이름과 달리, 패왕전에 기거하는 사람은 몇 명 되지 않았다.

전에는 제법 많은 사람이 있었다고 하는데, 지금은 패왕전의 주인인 태대원로 장천궁과 풍백, 그리고 수십 년 전부터 태대원로를 수발들고 있는 세 명의 노인과 잡일을 하는 두 명의 시비까지, 달랑 일곱 명이 패왕전의 모든 식구였다.

그렇다고 해서 천왕교의 누구도 패왕전을 무시하는 자는 없다 했다. 태대원로 장천궁이 있는 곳이니까.

어쨌든 거기에 이제 자신이 끼어들었으니 모두 여덟 명이 된 셈이었다.

유옥은 패왕전이라는 거창한 이름이 붙은 곳에 이토록 사람이 적다는 데 의문이 들었다.

"왜 이렇게 사람이 적죠? 태대원로님은 지위가 높은 분 같은데요."

풍백이 멈칫하더니 손을 들었다.

[내가 이곳에 들어왔을 때만 해도 백 명 이상 남아 있었는데…….. 말을 들으니까 그보다 훨씬 오래전부터 무사를 충원하

지 않았다고 하더구나. 아마 그 세월이 사십 년도 넘었을걸? 태대원로께서 패왕전을 맡고 얼마 지나지 않았을 때부터라고 했으니까.]

사십 년 넘게 무사를 충원하지 않았다면, 지금에 와서 사람이 없는 게 당연한 일이었다. 한데 그것이 또 의문이었다.

"왜 무사를 충원하지 않은 건데요?"

[말씀을 하지 않으셔서 자세한 것을 알지는 못한다. 다만 사람이 많고 힘이 강하면 그만큼 견제를 받을 수밖에 없는데, 태대원로께서 그걸 굉장히 귀찮아하신 것 같다고 생각할 뿐이지. 조용히 살 테니 건들지 말라 선언하시고 아예 이곳으로 거처를 옮기신 걸 보면 말이다. 뭐 그런 결정에 실망했는지는 모르겠지만, 내가 온 후로도 많은 사람들이 다른 곳으로 옮겨갔지.]

"그래도 사람이 적어지면 업신여기는 사람이 있을 거 아니에요?"

그 말에 풍백이 얇은 입술을 씩 말아 올렸다.

[누가? 누가 감히 태대원로를 업신여긴단 말이냐? 죽으려고 작정했으면 몰라도.]

자부심이 가득한 손짓이었다. 그만큼 태대원로가 강하다는 말이기도 했다. 누구든 함부로 건들 수 없을 정도로.

또한 생각보다 훨씬 지위가 높다는 말이었다.

유옥은 놀란 눈으로 풍백을 바라보며 다시 물었다.

"지금처럼 몇 사람밖에 없어도요? 그렇게 높으신 분이세요?"

바늘에 콕 찔린 것처럼 풍백이 움찔하더니 바쁘게 손을 저었다.

[좀 적긴 하지. 그래도 아직 천왕교에서 태대원로를 건들 만큼 배짱있는 놈은 없다. 지금이라도 명이 떨어지면, 적어도 수백 명의 고수들이 몰려올걸? 태대원로의 은혜를 입은 놈이 어디 한두 명인 줄 아냐? 게다가 태대원로께서 한번 화를 내면 천왕곡이 뒤집힐 텐데 누가 건든단 말이냐? 아마 태대원로를 막으려면 천 명의 무사가 달려들어야 할 거다. 그래도 막을 수 있을지 장담할 수는 없지만.]

유옥은 당연히 말도 안 되는 소리라 생각했다.

"설마요……?"

[정말이다. 오죽하면 태대원로께서 기침만 해도 천왕곡이 진동한다고 했겠느냐? 나도 한 번 태대원로께서 화내시는 것을 봤는데, 그때 태대원로의 손에 삼백 명의 무사가 쓰러졌지 아마?]

유옥은 웃음이 나오려는 것을 참기 위해 이를 악물었다.

태대원로가 무서운 사람이란 것은 자신도 느끼고 있었다. 하지만 아무리 그래도 풍백의 말은 너무 과장된 것 같았다.

'말도 안 되는 소리, 혼자서 어떻게 삼백 명을 쓰러뜨려요!'

그래도 차마 거짓말 말라는 말은 할 수 없었다. 오히려 실눈으로 빤히 바라보는 풍백을 향해 고개를 끄덕여 줘야 했다.

그때 풍백이 넌지시 글을 이어 썼다.

[그리고…… 세 명의 하인도 결코 약하지 않아. 천왕과 태대원로를 제외하곤 누구한테도 허리를 굽히지 않는 진짜 고수거든.]

그러면서도 쑥스러운지 자신에 대해선 말을 하지 않는 풍백이었다. 하지만 세 명의 하인 못지않게 강한 사람이 풍백이란 것을 유옥이 짐작하는 것은 그리 어렵지 않았다. 아니라면 천하의 고수라는 태대원로가 곁에 데리고 다닐 정도로 신임할 리가 있겠는가 말이다.

"그럼 태대원로께서 천왕교도 중에 제일 강하신 분인가요?"

[교주이신 천왕을 제외한다면, 분명 그럴 거다.]

그러고는 또 대답하기 껄끄러운 질문이 나올까 봐 걱정되는지 후다닥 말을 돌렸다.

[그건 그렇고, 다른 건 궁금한 것이 없느냐?]

그제야 유옥은 조심스럽게 군악이와 청아에 대해 물어봤다.

"저…… 군악이와 청아는 어디에 있나요?"

풍백이 재빨리 대답했다.

[오늘 아침 천기원의 노원주가 찾아왔다고 한다. 아마 그 아이들은 백리가문으로 갔을 것이다.]

"백리가문요?"

[백리가문은 대대로 천왕교의 군사를 지낸 가문이다. 알게 모

르게 갈라진 천왕교의 세 힘 중 하나라 할 수 있지. 그동안 그들은 직계 자손이 없어 양자를 들일 생각을 하고 있었는데, 때마침 태대원로께서 데려온 군악이가 총명하다는 걸 알고는 양자로 삼겠다고 했다더구나.]

그런 가문의 양자로 들어간다면 걱정하지 않아도 될 듯했다. 분명 자신보다는 훨씬 더 편하게 지낼 테니까.

'그래, 그 녀석 머리라면 이쁨받으면서 클 수 있을 거야. 거기다 청아는 또 얼마나 이뻐.'

그 이상 무엇을 바란단 말인가.

마음이 편해진 유옥은 풍백을 똑바로 바라보았다. 그리고 뜬금없이 물었다.

"그런데, 제가 뭐라고 불러야 되죠?"

풍백이 한참 동안 글을 쓰지 않고 물끄러미 바라보기만 했다. 그러다 머쓱한 표정으로 허공에 손을 저었다.

[그냥…… 네 맘대로 불러라.]

유옥이도 이런저런 호칭을 생각해 봤지만 마땅한 호칭이 생각나지 않았다.

"우선은 그냥 풍백 할아버지라고 부를게요."

풍백이 유옥이를 내려다보더니 머뭇거리며 손을 들었다.

[차라리…… 아저씨라고 불러라. 할아버지는 내가 싫다.]

훗!

유옥이의 입가에 작은 웃음이 맺혔다.

무뚝뚝한 표정과 달리 가슴은 그리 차가운 분이 아닌 것 같다.

군악이와 청아 이후로 오랜만에 좋아하는 사람이 생길지도 모르겠다는 생각이 든다.

3

사흘이 지났다.

퉁퉁 부었던 손가락의 부기가 빠지더니 본래의 크기로 돌아왔다. 통증도 그다지 심하지 않았다. 풍백이 여기저기서 얻어온 약 덕분이었다.

나중에 들으니 풍백은 약을 구하기 위해서 약왕당에 애걸하다시피 했다고 한다. 온갖 구박을 받으면서.

그뿐이 아니었다.

풍백은 유옥이 굳이 말하지 않아도 필요한 것을 미리 가져다주었다. 마치 새끼 새를 돌보는 어미 새처럼.

심지어 음식조차 식당에서 유옥이의 방까지 직접 들고 왔다.

"제가 직접 가서 먹어도 되는데 왜 가져오셨어요?"

유옥이 미안해하자 풍백이 고개를 저었다.

[너는 태대원로의 제자가 될지도 모르는 사람. 나에게 이런 대접을 받을 충분한 자격이 있다. 물론 죽음과 싸워 살아남았을

때의 이야기지만.]

꼭 그것만은 아닌 것 같았다.

왜 그런지는 모르지만, 풍백은 자신을 유난히 좋아한다.

평상시의 한겨울 삭풍 같던 눈빛도 자신을 보면 봄날의 나른한 오후 햇살처럼 풀어진다.

그 차이를 어린 유옥이도 어렴풋이 느낄 수 있을 정도였다.

'다리는 왜 다쳤을까?'

그래선지 그 생각만 하면 안타까운 마음이 들었다.

그렇게 나흘째 되던 날 저녁이었다. 함께 저녁 식사를 하면서 유옥이 물었다.

"천왕교에 대해 알고 싶은데, 아저씨가 알려주시겠어요?"

풍백이 빤히 쳐다보더니 천천히 손을 들었다.

[하긴 이제 너도 천왕교의 사람이 될 터이니, 천왕교에 대해 기본적인 것은 알아두어야겠지. 그러니까······.]

삼백 년 전.

무적천왕(無敵天王) 사도천백이 사왕(四王) 중 나머지 삼왕을 비롯해 패도를 추구하는 강호의 무인 일백 명을 꺾고 나서, 그들과 함께 천 장 거봉들이 줄지어 선 하북의 노군산 서쪽 계곡에 둥지를 튼 것이 천왕교의 시초였다.

사람들은 그곳을 천왕이 웅크리고 있다 해서 천왕곡이라 불렀다. 그러다가 나중에는 천 장 거봉이 성벽을 두른 것 같다 해서 천왕성이라 바꿔 부르기 시작했다.

남서쪽으로는 무산이 이백 리, 남동쪽으로는 의창이 오백 리, 북동쪽으로는 무당이 사백 리 떨어진 곳에 있었다.

처음 세워졌을 때만 해도 천왕성은 강호의 일에 크게 관여하지 않았다. 그저 자신들의 무공을 갈고닦는 데만 열중했다.

그러다 초원의 늑대들이 중원을 집어삼키고, 서역의 이승들이 강호의 무인들을 핍박하자, 삼대 성주인 사도신양이 그 꼴을 더는 못 보겠다며 분연히 일어났다.

그는 정천무림맹과 암중으로 협약을 맺고, 초원과 서역의 침입자들을 물리쳐 천왕성의 이름을 천하에 떨쳤다.

그런데 어이없는 일이 그 후에 벌어졌다. 천왕성의 힘이 너무 커지는 것 같자 무림맹이 갑자기 등을 돌려 버린 것이다.

말로는 사마외도와 더 이상 같은 길을 갈 수 없다는 것이었지만, 알 만한 사람들은 다 알고 있었다. 무림맹이 천왕성을 두려워해서 팽(烹)시킨 것이라는 것을.

그 후 천왕성은 강호와의 연을 끊고 다시 산속으로 들어가며 천왕교라 이름을 바꾸었다. 어떠한 신을 모시는 종교라기보다는, 천왕의 위대함을 우러르겠다는 뜻이 서린 이름이었다. 또한 다시는 강호무림의 일에 끼어들지 않겠다는 다짐이 서려 있는 이름이기도 했다.

그렇게 칠십 년이 지났을 때다. 서역의 혈뇌사(血惱寺)가

복수를 외치며 대막의 백타마궁(白駝魔宮)과 손을 잡고 다시 중원을 침입해 들어왔다.

그러자 정천무림맹이 그들과 맞섰다. 하지만 이미 배에 기름기가 잔뜩 낀 그들은 일패도지(一敗塗地), 감숙에 이어 섬서의 대부분마저 그들에게 내어주는 수모를 당해야만 했다.

공동이 멸문지경에 이르고, 종남이 피로 뒤덮인 것이다.

그리고 곧 화산마저 침공당할 위험에 처하게 되자, 그제야 그들은 천왕교에 넌지시 손을 내밀었다. 어차피 그들이 천왕교를 그냥 놔두지 않을 거라는 말을 하며.

하지만 천왕교는 무림맹을 신뢰하지 않았다. 혈뇌사와 백타마궁이 자신들을 건들지만 않는다면, 절대 강호의 일에 끼어들고 싶지 않았다.

그래서 소문을 냈다.

─누구든, 본 교를 먼저 건드리지 않는 한 강호의 분쟁에 끼어들지 않겠다!

그런데 자신들의 마음과 달리, 한 달도 되지 않아 혈뇌사와 백타마궁이 먼저 천왕교를 침범했다.

팔월 보름, 천왕께 제를 올리기 위해 무교도(武敎道) 대부분이 천왕봉(天王峯)에 오른 틈을 타, 놈들이 천왕교의 본산을 침입한 것이다.

본산에 남아 있던 일천여 명의 천왕교 교도 중 사백여 명이 그날 밤 죽임을 당했다. 와중에 죽은 어린아이들과 여인들만도 이백여 명에 이르렀다.

천왕교는 분노했다. 그들의 분노는 무서웠다.

오백 명의 정예 교도들이 흑의를 입고 무기를 들고 북쪽으로 신형을 날렸다.

천왕교도들이 섬서에 들어선 지 한 달 보름. 혈뇌사의 승려들과 백타마궁 무사들의 피가 황하와 한수를 붉게 물들였다.

그 수가 무려 이천에 달했다.

그제야 정천무림맹에선 대대적인 토벌 작전을 벌이기 시작했다.

당시 천왕교의 교주였던 사도중현은 장안에서 정천무림맹의 원로들과 마주하자 일갈을 망설이지 않았다.

"우리는 과거처럼 당하고 있지만은 않는다! 우리를 위협하는 자가 있다면, 그게 누구라도 싸울 것이다! 명심하라!"

[그 후 백수십 년이 흘렀다. 강호에서 패도를 추구하는 자들이 열망을 품고 몰려들었지. 그중에는 단순히 힘을 숭상하는 자들이 있는 반면, 마인이라 불리는 자들도 있었다. 그래서인지 세상은 우리를 마도의 종주라 칭하며 천왕마교(天王魔敎)라고도 부른다. 하지만 이것만큼은 알아두어야 한다.]

풍백의 눈빛이 강해졌다.

유옥은 목에 가득 찬 침도 삼키지 않고 풍백의 손을 주시했다.

[천왕교는 결코 마인들만의 세상이 아니다. 물론 마인들이 없는 것은 아니지만, 그보다는 단지 힘을 숭앙해서 모여든 자들이 더 많다. 일단 강해져야 선택도 할 수 있다. 마도를 갈지, 패도를 갈지.]

풍백이 손을 멈췄다.

유옥은 넋이 반쯤 빠진 표정으로 풍백의 손을 바라보다 불쑥 물었다.

"그럼, 풍백 아저씨도 패도를 추구해서 이곳에 온 건가요?"

그저 평범한 질문이었다. 그런데 갑자기 풍백의 얼굴이 묘하게 비틀린다.

그가 손을 들더니 거칠게 휘둘렀다.

처음 보는 모습. 자조(自嘲)마저 느껴지는 표정이 아닌가.

[그건 아니다. 거기에 대해선 나중에 이야기해 주마.]

손을 휘두르고 휙 몸을 돌리는 그의 입에서 언뜻 한숨이 새어 나오는 것 같았다. 항상 당당해 보이던 어깨도 조금은 처진 듯 보였다.

유옥은 그 일에 대해 더 묻기가 무안했다.

그래도 꼭 듣고 싶었다. 그게 언제가 되더라도.

4

아침을 먹고 얼마 지나지 않아 풍백이 찾아왔다.

[나를 따라와라.]

어디를 가자는 걸까?

유옥은 궁금했지만, 묻지 않고 벌떡 일어서서 풍백의 뒤를 따랐다.

지난 며칠간 발바닥에 좀이 슬 정도로 심심했는데 잘되었다는 생각이 드는 유옥이었다.

당연히 따라올 거라 생각했는지, 풍백은 뒤도 돌아보지 않고 패왕전 뒤쪽의 높게 솟은 산을 향해 걸어갔다.

언뜻 유옥이의 고개가 들렸다.

구름을 뚫을 듯이 높게 솟은 뒷산은 경사가 심하고 험하기 이를 데 없어서 사람들이 다니는 길은 아예 있지도 않을 것 같았다.

'설마 저길 올라가자는 말은 아니겠지?'

영안촌에서 크고 작은 산에 올라가 본 유옥이인데도 고개가 절로 저어질 정도였다. 한마디로 눈앞에 보이는 산에 비하면 영안촌의 산은 산도 아니었다. 자갈과 바위, 딱 그 차이였다.

한데도 풍백은 마치 유옥이의 생각을 비웃기라도 하려는 듯이 산속으로 들어가더니, 짐승들이 다니는 길을 찾아 산을 오르기 시작하는 것이 아닌가.

유옥은 굳은 표정으로 황급히 그 뒤를 따랐다.

그러기를 일각. 느린 듯하면서도 쉬지 않고 올라가는 풍백을 쫓기 위해 유옥은 숨이 턱까지 차 오르도록 걸음을 놀려야만 했다.

왜 산에 오르자는 걸까? 그것도 이렇게 험한 산을.

입이 반쯤 열렸다가 닫힌 것이 벌써 몇 번이었다.

이유가 있으니 올라가자는 것일 터였다. 게다가 묻는다고 답해줄 것 같지도 않았다.

'알려줄 거라면 올라가기 전에 알려줬겠지.'

유옥은 그렇게 생각하며 풍백의 등을 바라보았다.

"헉! 헉! 헉!"

산을 오르기 시작한지 반 시진, 중턱에 이르렀을 때였다.

거친 숨소리를 뱉어내는 유옥이를 향해 풍백이 손을 휘둘렀다.

[걸음과 호흡을 일치시켜라. 그러면 조금 나을 것이다.]

'걸음과 호흡?'

의아해하던 유옥이의 지친 눈이 반짝 빛났다.

'아하! 헤엄을 칠 때처럼 말이지?'

헤엄을 칠 때도 손동작과 발동작과 숨 쉬는 것이 조화를 이루어야만 한다. 그렇게 해야만이 보다 오래, 보다 빨리 헤엄을 칠 수 있다. 아마도 풍백의 말은 그런 뜻인 듯했다.

이해한 즉시 유옥의 숨소리가 달라지기 시작했다.

비 오듯 쏟아지는 땀은 여전했지만, 얼굴의 표정만큼은 조금 전보다 훨씬 밝아졌다.

"훅! 훅! 허헉, 훅!"

시간이 지나면서 유옥이의 거친 숨소리가 장단을 타고 규칙적으로 흘러나오자, 풍백의 무표정하던 입가에 슬며시 웃음이 번졌다.

산을 오른 지 얼마나 지났을까. 사방이 훤하게 트이는가 싶더니 강한 바람이 유옥이의 전신을 훑고 지나갔다.

순간 유옥이의 입이 열리며 탄성이 터져 나왔다.

끝없이 펼쳐진 산 산 산······.

"아아아!!!"

난생처음 느껴보는 기분이었다.

내 몸이 하늘에 떠 있는 걸까? 아니면 내 머릿속에 들어찬 게 하늘일까?

발아래 온 세상이 있다. 눈 위에 파란 하늘이 펼쳐져 있다.

둥실 떠다니는 하얀 구름들.

솜털이 올올이 솟구쳤다.

뭐라 표현할 수 없는 기분에 유옥은 한참 동안 멍한 표정으로 앞만 바라보았다.

심장이 터질 듯이 쿵쾅거리고 폐부가 찢겨지는 것만 같은데도 아무 고통이 느껴지지 않았다.

휘이잉!

한 줄기 강한 바람이 땀에 젖은 머릿결을 쓸고 지나갔다.

그제야 정신을 차린 유옥은 고개를 돌려 풍백을 바라보았다.

잘린 다리로 정상을 밟은 채 고요히 서 있는 풍백이 산처럼 거대해 보였다.

우습게도 옷자락을 펄럭이는 바람이 풍백에게 아양을 부리는 것처럼 보였다. 가느다란 눈에는 하늘이 담겨 있는 듯했다.

유옥은 어쩌면, 풍백이 결코 남들에게 놀림받을 만큼 약한 사람이 아닐지 모른다는 생각이 들었다.

그때 풍백이 유옥이를 바라보고는 조용히 손을 들었다.

[이제 하루에 한 번, 아침을 먹고 나면 이 산을 올라라.]

유옥은 고개를 끄덕였다.

조금 전의 그 기분을 다시 느껴보고 싶었다.

이제는 오르지 말라 해도 오르고 싶은 마음이었다.

하루, 이틀……. 열흘이 지나자 산을 오르는 재미를 느껴서인지, 아니면 제법 요령이 붙어서인지 처음처럼 숨도 차지 않았다.

더구나 풍백의 걸음을 어설프게나마 흉내 낼 수 있게 되면

서부터는 시간조차 훨씬 당겨졌다.

풍백은 그런 사실을 알면서도 모른 체했다.

그렇게 한 달이 지났다. 산에 올라갔다 내려오는 시간이 한 시진에서 반 시진으로 줄어들었다.

그날, 산을 내려오는 유옥이를 향해 풍백이 손을 저었다.

[다시 올라가라.]

유옥이 의아한 표정을 짓자 풍백이 다시 손을 허공에 저었다.

[오늘부터는 연속 두 번 올라갔다 와라.]

언뜻 풍백의 입가에 실실 웃음이 맺힌 듯 느껴졌다.

요놈, 누가 모를 줄 알고? 그런 표정이었다.

그렇게 시간이 살같이 흘렀다.

부러졌던 손가락은 이제 완전히 붙었는지 주먹을 쥐는 데 전혀 이상함이 느껴지지 않았다.

하루에 세 번이나 산을 오르내리는데도 그리 지치지 않을 정도가 되었다.

군악이와 청아를 볼 수 없다는 것이 조금 아쉬웠지만, 가끔 씩 풍백이 소식을 전해줘서 그나마 아쉬움을 달랠 수 있었다.

한데 조금 묘한 것이라면, 패왕전의 하인이자 수하인 세 명의 노인들에게 아무것도 배우지 못하게 한다는 것이었다.

심심하다며 공 노인이 유옥이에게 접근하면 풍백이 꼭 끼어들어서 철저히 차단했다.

　유옥이 방 앞에서 달밤에 체조하던 철 노인도 빤히 바라보는 풍백을 보고 한숨을 쉬며 잠자리로 들어가기 일쑤였다.

　몰래 유옥이의 방으로 숨어들려던 소 노인은 세 번의 시도가 모두 풍백에게 막히자, 결국 포기하고 대신 다른 두 노인의 접근을 막는 데 힘썼다. 내가 못 먹는 감, 다른 사람에게 줄 수 없다는 오기처럼 느껴졌다.

　그런데도 유옥은 아쉬워하지 않았다.

　태대원로의 명이라 했다. 태대원로가 그런 명령을 내렸을 때는 그럴 만한 이유가 있기 때문이 아니겠는가 말이다.

　그렇게 석 달이 지난 어느 날, 아침을 먹자마자 풍백이 굳은 표정으로 유옥이를 찾아왔다. 보내기 싫은데 억지로 보내야 하는 심정이 얼굴에 그대로 드러나 있었다.

　때가 된 건가? 그런 느낌이 확연히 다가왔다.

　"오늘인가요?"

　머뭇거리던 풍백이 손을 들어 천천히 글을 썼다.

　[그래, 오늘부터 지옥십관에서 수련하게 될 것이다. 기간은 오 년 정도 걸리지 않을까 싶다만. 원치 않는다면 지금 말해라.]

　유옥은 아무런 말도 하지 않고 조용히 웃었다.

　각오하고 있던 일이었다.

　기호지세(騎虎之勢). 이제는 내릴 수도 없는 상황인 것이다.

유옥이 웃자 풍백은 한숨을 내쉬고는 다시 손을 휘갈겼다.

[결심이 섰다면 나를 따라와라.]

별다른 감정은 느껴지지 않았다. 하도 들어서인지 담담하기만 했다. 다만 오 년이라는 기간이 마음에 걸릴 뿐이었다. 매일처럼 보던 풍백을 오랫동안 볼 수 없을 테니까.

유옥이 몸을 일으키자 풍백이 돌아서서 방을 나섰다.

풍백이 앞장서고 유옥이 뒤따른 지 일각, 전각군을 빠져나가자 풍백이 허공에 글을 썼다.

[많이 힘들 거다. 하나 그 정도도 견디지 못한다면, 아예 처음부터 태대원로의 무공을 익힐 생각은 말아야 할 것이다. 어떠냐? 자신있느냐?]

유옥은 짧게 고개를 끄덕였다.

어차피 선택의 여지가 없었다. 돌아갈 길 또한 없었다.

지난 석 달간 산을 오른 덕에 체력은 그럭저럭 자신있었다.

"죽기 아니면 까무러치기죠."

유옥은 입술을 깨물며 답했다.

풍백은 그런 유옥이를 힐끔 바라보고는 보일 듯 말 듯 눈꺼풀을 떨었다.

'네 자질은 별걱정이 없다만……. 에휴! 다른 놈들이 이 아이를 그냥 놔두지 않을 텐데…….'

第三章
지옥십관(地獄十關)

日弟子趙孟順敬書至大改元四月

道吉廣為傳

長座前再拜禮一天師與

千秀芳景深愛掩中霧
雨間客崖現改
草開故近天下
涇與知名鹽客
界一

死星
天血

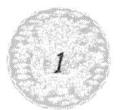

지옥십관으로 가는 길의 하늘은 징그럽게도 맑았다.

너무도 파래서 호수 속을 걷고 있는 것만 같았다.

이리저리 전각군을 빠져나가는데, 지나다니던 사람들이 어느 때와 다름없이 풍백을 놀렸다.

다리병신, 벙어리는 기본이었고, 어떤 자는 풍백이 걷는 모습을 보고 강시공을 익혔냐고 묻기도 했다.

그래도 풍백은 눈썹 하나 흔들리지 않았다. 유옥이 역시 그런 사람을 쳐다보지도 않았다.

어느새 두 사람은 닮아가고 있었다.

그렇게 아무런 말도 없이 반 시진을 걷자 깎아지른 듯한 절

벽을 양편에 둔 계곡이 보였다. 그곳부터는 지나다니는 사람
도 보이지 않았다.

유옥은 슬쩍 풍백을 쳐다보았다.

풍백의 움직임에서 바람을 잠재우는 기운이 스멀거리며
피어오른다. 점차 굳어지는 표정. 그러잖아도 가느다란 눈이
실처럼 가늘어져 있다. 목적지가 가까워진 듯하다.

유옥이의 눈에 시커먼 입을 벌린 거대한 동굴이 보인 것은,
두 사람이 계곡 안으로 들어간 지 이각가량이 흘렀을 때였다.

유옥이 물었다.

"저곳인가요?"

풍백이 고개를 끄덕였다. 그러고는 멈칫거리며 손을 들었
다.

[왜 너에게 아무것도 가르쳐 주지 않고 저곳에 들어가라 하는
지 궁금하지?]

그뿐이 아니었다. 다른 사람에게 아무것도 배워서는 안 된
다고도 했다. 그래서 세 노인의 악착같은 공세를 풍백이 철저
히 틀어막은 것일 터였다.

그 바람에 지난 석 달간 한 일은 오직 하나, 산을 오르내리
며 체력을 다지는 정도가 전부였다. 물론 그 와중에 풍백의
걸음을 보다 더 확실하게 흉내 낼 수 있게 되기는 했지만.

유옥이 고개를 돌리자 풍백이 다시 손을 저어 글을 이어 썼
다.

[솔직히 나도 이유를 모른다. 아마 들어가 보면 알 거야. 그분은 절대 헛소리를 하는 분이 아니거든.]

태대원로는 모든 것을 풍백에게 맡겨놓고 거의 얼굴을 비치지 않았다.

유옥이 태대원로를 본 것은 기껏해야 세 번뿐이었다.

풍백이 알려주기로, 그는 천왕성의 최고 원로라 했다. 누구보다도 천왕성에 얽힌 일을 잘 알고 있는 사람 말이다. 그가 그렇게 지시했을 때는, 그만한 이유가 있을 터였다.

대체 왜 그런 명령을 내렸을까?

풍백의 어설픈 설명에 더욱더 궁금해지는 유옥이었다.

'쳇! 알려주려면 확실히 알려주기나 하시지……'

다시 반 각. 입구 앞에 도착하자 풍백이 걸음을 멈췄다.

유옥은 옆에 서서 동굴 안을 쳐다보았다.

동굴은 생각보다 훨씬 컸다. 높이만도 무려 오 장은 될 듯 보였다. 십여 개의 횃불이 동굴 벽에 오 장 간격으로 꽂혀 있을 뿐 사람은 보이지 않았다. 오직 횃불에서 퍼진 붉은 빛만이 어둠 속에서 출렁거리고 있을 뿐이었다.

그렇다고 사람이 없는 것은 아닐 터였다. 전신을 바늘로 찌르는 듯한 기운이 느껴지지 않는가 말이다.

풍백이 손을 들었다.

[안으로 들어가면 문이 있을 것이다. 그 문을 열고 들어가라. 그다음부터는 나도 아는 게 없으니 네가 알아서 판단하고 움직

여라.]

유옥은 몸을 돌려 풍백을 응시했다.

"제가 나올 때까지 건강하세요."

언뜻 풍백의 얼굴이 붉어지는 것처럼 보였다.

[네 걱정이나 해!]

머쓱한 표정으로 손을 휘갈긴 풍백이 홱 몸을 돌렸다. 유옥이의 입가에 가느다란 웃음이 맺혔다.

'얼굴에 다 써 있다구요. 좋으면 좋다고 하시지…….'

유옥은 풍백의 등에 대고 말했다.

"저 진짜 들어가요, 풍백 아저씨! 나올 때쯤이면 아저씨를 어떻게 부른 것인지 결정할 수 있을 거예요!"

풍백은 여전히 돌아보지 않았다. 다만 어깨를 살짝 움찔거릴 뿐이었다.

유옥은 빙그레 웃어 보이고는 어둠 속에서 횃불이 타오르고 있는 동굴을 향해 몸을 돌렸다.

사람은 보이지 않았지만, 곳곳에서 느껴지는 기운에 온몸이 따끔거렸다.

'적어도 세 명은 넘을 것 같은데?'

아마 숨어 있는 자들은 상상도 못 할 것이다. 이미 자신의 초감각에 자신들의 기척이 걸려들었다는 것을.

그 생각을 하자 슬며시 웃음이 나오는 유옥이었다.

'자, 이제 들어가 볼까?

유옥은 숨어 있는 자들이 있음을 눈치 챘지만, 아무런 내색도 하지 않고 천천히 걸어 들어갔다.

천천히 걸음을 옮기는 중에도 따끔거리는 기운은 사라지지 않았다. 아니, 오히려 더 거세지는 것만 같았다.

앞에 어떤 세상이 펼쳐져 있을까?

솔직히 궁금했다. 매일같이 죽음과 싸워야 하는 곳이 이제 저 앞에 있는 것이다.

움켜쥔 손에 힘이 들어간다.

'아무리 힘들어도 나는 견딜 수 있어!'

유옥은 다시 한 번 자신을 다독였다.

이십여 장을 걸어 들어가자 거대한 석문이 보였다. 양쪽에 세워진 횃불이 붉은 빛을 너울거리며 석문을 비추고 있었다.

지옥십관(地獄十關).

석문에는 무려 다섯 자 크기의 글자가 다섯 치 깊이로 음각되어 있었다. 역시나 사람은 보이지 않고 누군가의 기운만이 느껴졌다.

"이름!"

그때 누군가의 목소리가 들려왔다. 아마도 확인을 위한 절차 같았다.

"천유옥입니다."

잠시 아무 소리도 들리지 않는가 싶더니 다시 목소리가 들려왔다.

"천유옥……. 나이 열 살. 신청인 풍백. 응? 풍백? 훗!'

짧은 코웃음 소리가 들렸다. 하지만 곧 말이 이어졌다.

"들어가면 마음대로 나올 수 없을 것이다. 죽음이 두렵지 않다면 안으로 들어가라."

유옥은 힐끔 천장을 올려다보고는 석문을 바라보았다.

어렴풋이나마 왜 본인이 직접 문을 열고 들어가야 하는지 이해할 수 있을 것 같았다.

들어가든지 포기하든지, 스스로 결정하라는 말인 듯했다.

그런데…… 솔직히 너무나 크다.

높이만도 일 장이 넘고 넓이도 일곱 자에 달한다. 게다가 돌로 된 문이다.

대체 저걸 어떻게 연단 말인가. 황우장사라도 열 수 없을 것 같은데 열 살짜리 아이더러 문을 열라니.

미친 것 아냐?

어이없는 얼굴로 한참을 바라보던 유옥은 주먹을 움켜쥐었다.

'뭔가 그럴 만한 이유가 있으니까 본인더러 열라고 했겠지.'

일단 있는 힘을 다 끌어올리고는 크게 숨을 들이켰다. 그리고 힘껏 문을 밀어봤다.

끄그그…….

안간힘을 쓰자 석문이 조금씩 밀리기 시작했다.

이마에 땀이 맺혔다.

'제기랄! 더럽게 힘들군.'

한 번, 두 번. 조금씩 조금씩 밀리기 시작한 석문은 근 일각이 지나서야 유옥이의 몸이 들어갈 정도로 열렸다.

문이 열리자 유옥은 슬그머니 안쪽을 바라보았다. 문 안쪽 역시 동굴이었다. 사람은 보이지 않았다.

'지옥십관이 동굴 안에 있는 것인가?'

그럴 수도 있었다. 밖에서 보았을 때 거대한 암벽만 보였었으니까.

유옥은 숨을 가다듬고 천천히 안쪽을 향해 발을 디뎠다. 한데 유옥이 오 장 정도 걸어갔을 때다.

끼이익!

뒤에서 석문이 닫히는 소리가 들렸다.

고개를 돌려 바라보자 저절로 닫히는 석문이 보였다.

동시에 웃음소리가 동굴을 울렸다.

"크흐흐! 멍청한 놈. 조금 기다리면 저절로 열렸을 텐데, 그걸 못 참고 힘으로 밀고 들어가다니."

"우흐흐흐. 그래도 쪼그만 놈이 힘 하나는 제법인걸? 어른도 밀고 들어가려면 땀깨나 흘려야 했을 텐데 말이야."

"그거야 우리가 기관을 살짝 움직여 줬으니까 가능했던 거지 뭐. 낄낄낄……."

어이가 없었다. 일찍 알려주면 어디가 덧나나?

한마디 쏘아붙이려던 유옥은 입술을 깨물었다.

'아니지, 놀리려고 작정한 것 같은데, 알려줬을 리가 없지.'

힘으로 밀고 들어왔든, 그냥 기다렸다 걸어서 들어왔든, 어쨌든 들어왔으니 그거면 됐다.

유옥은 주먹을 꼭 쥔 채 천천히 걸음을 옮겼다.

십여 장을 더 걸어가자 동굴이 꺾어지더니 입구로 보이는 곳에서 밝은 빛이 스며들었다.

동굴은 그곳이 끝이었다. 그리고 동굴의 끝에는 이십여 개의 계단이 있었는데, 그 계단 아래로는 광장이 펼쳐져 있었다.

그제야 유옥은 자신의 생각이 틀렸다는 것을 알 수 있었다. 지옥십관은 결코 동굴 안에만 있는 것이 아니었던 것이다.

'광장하군!'

깎아지른 듯한 암벽으로 둘러싸인 광장은 넓이만도 오십 장이 넘어 보였다.

그리고 한복판으로는 물이 흐르고 있었는데, 어디엔가 폭포라도 있는지 은은히 울리는 소리가 들렸다.

'지옥' 이라는 말만 아니었다면, 정말 멋진 곳이라는 생각이 절로 들 정도였다.

'이곳이 지옥이란 말이지?

유옥은 작은 주먹을 움켜쥐고 천천히 계단을 내려갔다.

광장의 초입, 계단 아래 한쪽에는 자신 말고도 각양각색의 아이들이 집결해 있었다. 모두 아홉 명. 수련을 하기 위해 온 아이들인 듯했다.

그 옆에 선 무사로 보이는 사람이 손에 든 책자를 들추며 뭔가를 적고 있었다.

유옥은 그들을 향해 다가가며 아이들을 먼저 살펴봤다.

깨끗한 옷을 입고 거만한 자세로 서 있는 아이가 있는 반면, 자신처럼 평범한 옷을 입고 고생으로 찌든 얼굴을 한 아이도 있었다. 그리고 계집아이도 한 명 보였다. 한참 만에 알아볼 정도로, 남자처럼 굵은 얼굴 선을 가진 아이긴 했지만.

아마 저 아이들도 강해지겠다는 마음 하나로 들어왔을 게 분명했다. 자신처럼 말이다.

어느 순간, 유옥은 구석에서 몸을 돌리는 한 아이를 보고는 자신도 모르게 소리쳤다.

"군악이? 군악아!"

분명 군악이었다.

생각지도 못했던 일이다. 백리가문은 문사 가문이라 했는데 왜 수련관에 들어온 걸까?

군악이는 유옥이의 목소리에 고개를 홱 돌리더니 눈을 휘둥그렇게 떴다.

"유옥아!"

함께 들어온 여덟 명의 아이 모두 두 사람을 바라보았다. 책자에 뭔가를 적던 무사도 슬쩍 고개를 들었다.

유옥은 그들의 눈은 아랑곳하지 않고 뛰듯이 다가갔다.

군악이도 아이들을 제치고 뛰어온다.

유옥이 군악이의 팔을 붙잡고 빠르게 입을 열었다. 책자에 뭔가를 적고 있던 무사가 입을 막기 전에 한마디라도 더 하기 위해서였다.

"풍백 아저씨에게 들었어. 천기원의 백리가문에 양자로 들어갔다며?"

"그래, 청아랑."

다시 책자에 고개를 처박는 무사가 보였다. 다행이었다. 이야기를 나눌 약간의 여유는 줄 생각인 듯했다.

유옥이 다시 빠르게 물었다.

"잘됐다. 어때? 힘든 일은 없어?"

"별로. 양부께서 워낙 잘해주셔서……."

"청아는? 청아도 잘 지내지?"

"응. 할머니께서 워낙 예뻐하셔서. 너무 끼고 돌아서 걱정될 정도야."

"하하하. 그야 당연하지. 청아가 얼마나 착하고 예쁜데."

"너는 어때?"

"나? 보면 몰라? 이렇게 튼튼해졌잖아. 걱정 마, 풍백 아저씨가 너무 잘해줘서 탈이니까."

"정말 잘됐다. 들으니까 패왕전은 이제 사람도 몇 명 안 남았다고 하던데."

"그건 그래. 그래도 아무도 건드는 사람이 없어서 편해. 아참! 청아가 나 안 찾아?"

"아마 노는 데 정신없어서 지금쯤은 네 이름도 잊었을걸?"

"뭐야? 이거 안 되겠네. 나중에 나가면 혼내줘야지."

유옥은 돌아가신 어머니의 이야기는 최대한 피했다. 슬픔을 돌이켜 봐야 이곳의 생활에 결코 도움이 되지 않을 거라 생각한 때문이었다.

한데 군악이의 얼굴이 어둡게 물든다.

"솔직히 그래서 야속할 때가 있어. 어머니가 돌아가신 지 얼마 되지도 않았는데, 벌써 다 잊은 것 같거든."

그러더니 먼저 어머니의 이야기를 꺼냈다. 유옥은 고개를 저으며 말했다.

"그게 아닐 거야. 잊은 게 아니라, 잊으려고 그러는 걸 거야. 오빠를 생각해서."

군악의 입가에 쓴웃음이 번졌다.

"글쎄……."

"틀림없다니까. 청아는 분명히……."

유옥은 다시 청아를 변명을 하려다 흠칫 표정을 굳히고 입을 다물었다. 누군가가 다가오는 느낌. 매우 차갑게 느껴지는 기운이었다.

그때 얼음장처럼 차가운 목소리가 두 사람의 대화를 끊었다.

"그만! 거기까지! 더 이상의 대화는 용납하지 않겠다."

고개를 돌리자 다가오고 있는 두 사람, 흑의를 입은 삼십대의 장한과 청의중년인이 보였다.

흑의 장한이 청의중년인에 한발 앞서 아이들 앞으로 걸어왔다. 그는 표정이 굳은 열 명의 아이를 눈초리가 치켜 올라간 독사눈으로 쓱 훑어보고는, 심술궂은 악동처럼 입술을 비틀었다.

"나는 지옥십관의 교두 중에 한 사람인 임동산이라 한다. 더 이야기를 나누고 싶으면 이곳에서 살아나가라. 그럼 얼마든지 이야기를 나눌 수 있을 테니까. 그리고 거기 너. 이름이 뭐지?"

흑의 장한의 살모사 같은 눈이 유옥이를 향했다.

유옥이 굳은 표정으로 대답했다.

"천유옥입니다."

앞에 있던 무사가 책자를 임동산에게 건넸다. 임동산은 책자를 훑어보더니 피식 웃었다.

"천유옥이라⋯⋯. 훗, 패왕전의 하인인 병신 풍백이 맡겼다는 아이가 바로 너인가? 호오, 크면 계집깨나 후릴 얼굴이군."

잘생겼다는 말은 귀에 들어오지도 않았다.

병신 풍백? 오직 그 말만이 귀청을 울렸다.

유옥이의 눈이 잘게 떨렸다. 풍백이 없는 곳에서 그 말을 듣자 가슴에서 뭔가가 울컥 치밀었다.

그런 유옥이를 향해 임동산이 고개를 들이밀더니 나직이 말했다.

"내 분명히 말하지만, 앞으로 허락없이 입을 열지 마라. 어기면 그만한 대가를 치러야 할 거다. 태대원로의 후광도 이곳에서는 안 통하거든. 알겠나?"

임동산의 독사눈이 새파랗게 빛났다. 불길한 눈빛이었다.

유옥은 입술을 지그시 깨물고 고개를 끄덕였다.

"명심하겠습니다. 대신… 저도 한 가지 부탁이 있습니다."

"부탁?"

임동산의 새파란 눈빛이 유옥을 정면으로 쏘아봤다.

유옥은 흔들림없는 눈으로 임동산의 눈빛을 받아내며 말했다.

"조금 전 풍백 아저씨를 병신이라고 부른 것, 취소해 주세요."

임동산의 얼굴에 의외라는 표정이 떠올랐다.

어린놈이 자신의 눈빛을 정면으로 받아내다니.

"건방진 놈……."

그때다. 유옥을 노려보던 그의 눈초리가 묘하게 비틀려 올라갔다.

"좋아. 하지만 나도 조건이 있다. 네가 살아 나온다면 그때 가서 내 정식으로 사과하마."

왠지 섬뜩함마저 느껴지는 표정이었다. 하지만 유옥은 여전히 흔들림없는 눈빛으로 그를 바라보았다.

"그 약속, 잊지 않겠습니다."

그 말에 더욱 가늘어지는 상대의 독사눈에서 스산한 살기가 느껴진다.

유옥은 입술을 깨물며 마주 보았다.

순간 임동산이 슬쩍 손을 들어 올렸다.

때마침 뒤따라온 청의중년인이 입을 열었다.

"임 교두, 아이들에게 그걸 나누어 줘라."

임동산은 슬며시 손을 내리면서 한 번 더 유옥이를 바라보고는, 천천히 몸을 세우고 품속에서 옥병을 하나 꺼내 들었다.

병을 거꾸로 쏟자 손바닥에 열 개의 환(丸)이 쏟아졌다. 거무튀튀한 색깔의 환은 엄지손톱만 했는데, 환에선 썩은 새알에서 나는 것 같은 고약한 냄새가 풍겨 나왔다.

임동산은 은근히 즐기는 표정으로 아이들을 둘러보고는, 마치 독약을 내밀듯 손을 내밀었다.

"모두 이 환을 하나씩 먹어라."

유옥이와 군악이를 뺀 여덟 아이의 얼굴이 와락 일그러

졌다.

지옥십관에 들어오기 전 이미 들은 말이 있으니 그 환이 무엇인지 모르지 않았다.

산공독(散功毒), 그것도 매우 강력한 산공독으로 해약을 먹지 않으면 흩어진 내공을 쓸 수 없다고 했다.

"먹지 않으면 안 됩니까?"

조금 통통한 얼굴의 아이가 일그러진 얼굴로 물었다. 임동산이 싸늘하게 대답했다.

"먹지 않으면 강제로 내공을 폐지시킬 것이다. 어느 것이 현명한 방법인지 모르지는 않겠지?"

유옥이 먼저 임동산의 손바닥에서 환을 하나 집어 들더니 서슴없이 입속에 집어넣었다.

이어서 군악이도 환을 집었다. 두 사람에게 내공이라는 것은 딴 세상 이야기였다.

환은 입 안에 들어가자마자 빠르게 녹아내렸다. 그러더니 침과 섞여 목구멍을 타고 내려갔다. 고약한 냄새로 인해 아침에 먹은 음식이 거꾸로 올라올 것만 같았다. 하지만 유옥은 아무렇지도 않다는 듯 고인 침을 꿀꺽 삼켰다.

'봄에 먹었던 썩은 음식보다는 낫네 뭐.'

그런 생각을 하며.

유옥이의 모습을 힐끔거리며 지켜보던 아이들은 어쩔 수 없음을 느꼈는지 하나둘 환을 먹기 시작했다.

일각이 지나기도 전에 여덟 아이가 고개를 푹 숙였다. 비록 일천한 내공이긴 하지만, 그나마 내공이 흩어지자 공허감이 밀려든 것이다.

그 광경을 처음부터 끝까지 바라보고 있던 청의중년인이 그제야 조용히 입을 열었다.

"임 교두, 물러서라."

나직한 한마디에 임동산이 고개를 숙이고는 뒤로 물러섰다. 물러서는 와중에도 그의 눈은 유옥을 향해 있었다.

청의중년인이 말했다.

"본인은 지옥십관의 십사(十師) 중 삼사(三師)인 은교명이라 한다. 앞으로 너희의 수련을 총괄하게 될 사람이다. 자세한 것은 임 교두가 설명해 줄 테니 내 따로 말하지 않겠다. 하나 단 한 가지만은 명심해라."

은교명의 눈이 아이들을 빙 둘러보다가 유옥이에게서 멈췄다.

"살아서 나가려면 최선을 다해라. 최선을 다하고도 죽어나가는 사람이 생기는 곳이 이곳이니까."

그의 마지막 말은 거의 들리지 않을 정도로 작았다. 그러나 듣지 못한 아이는 하나도 없었다.

아이들의 얼굴이 새파랗게 굳었다.

지옥관의 수련이 지독하다는 말은 들어오기 전부터 귀에 못이 박히도록 들었다. 그러나 남에게 들은 것과 자신에게 현실로 다가왔을 때 느껴지는 감정은 천양지차였다.

잘못하면 죽을지도 모른다. 죽을지도…….

몇몇 아이들의 눈에서는 후회하는 눈빛마저 떠올랐다. 하지만 더 많은 아이들이 오히려 이를 악문 채 각오를 다졌다. 유옥이의 눈빛만이 여전히 변함이 없을 뿐.

은교명은 의외라는 듯 유옥이를 바라보았다.

일반적으로 아이들은 두 가지 반응을 보인다. 절망 또는 각오. 자신이 관문을 맡은 지 지난 십여 년 동안 백이면 백, 그두 가지에서 벗어나지 않았다.

그러나 유옥이의 눈빛은 그 어떤 것도 아니었다.

'도대체가 알 수가 없는 놈이군.'

하지만 그도 잠시, 그는 고개를 돌려 군악이를 향했다.

"네가 백리가의 군악이라는 아이냐?"

멈칫거리긴 했지만, 결국 군악이는 자신의 이름 앞에 백리라는 성을 붙여 말했다.

"예, 제가…… 백리… 군악입니다."

"너는 무사가 될 사람이 아니니 체력 단련만 끝나면 네가 원할 때 언제든지 나갈 수 있다. 정 견디지 못하겠거든, 교두에게 말하도록. 알겠느냐?"

"예, 알겠습니다. 하지만 저는 할 수 있는 곳까지 가고 싶습니다."

"그건 네 맘대로 해라. 이상이다. 임 교두, 이 아이들에게 지옥십관의 수련 관문에 대해 자세히 알려주도록."

임동산이 다시 앞으로 나섰다.

"지옥십관에는 열 개의 관문이 있다. 그중 삼관까지는 체력 단련과 기초를 다지기 위한 관문으로 이곳 광장에서 대부분의 과정이 진행된다. 아마 가장 고통스러운 과정이 될 것이다. 보다 큰 효과를 얻기 위해 내공을 쓰지 못하게 했으니, 그 점은 이해하기 바란다. 삼관을 통과하면 해약이 지급되니 그때까지만 참아라."

내공을 쓰지 못한다는 점을 다시 상기시키자 대부분의 아이들 표정이 와락 일그러졌다.

'씨발, 이해는 개뿔이나.'

'이거 여기서 병신되는 거 아냐?'

'저 새끼, 눈빛이 수상한데 잘못하면……'

사실 그럴 만도 했다.

유옥이와 군악이를 뺀 나머지 아이들은 이미 내공을 수련한 아이들이었다. 그런데 이제는 가진 것을 빼앗겨 버렸으니 차라리 내공이 없는 유옥이와 군악이만도 못한 처지가 되어버린 것이다.

그런 반응이 흥겨운지 임동산은 입가에 비웃음마저 띠고 말을 이었다.

"그리고 본격적인 무공 수련 관문은 사관부터라고 할 수 있다. 저기 암벽에 뚫린 동굴이 보이지?"

아이들이 일제히 고개를 돌려 임동산이 가리킨 암벽을 바라보았다.

유옥이도 고개를 돌렸다.

광장 끝에 하나의 동굴이 커다란 입을 벌리고 있었다. 마치 지옥의 입구라도 되는 것마냥.

임동산이 말했다.

"사관부터는 저 동굴에 있지. 후후후, 어쨌든, 사관을 통과하면 일반무사, 오관을 통과하면 나중에 본 교의 정예인 사단(四團)에 들 수 있는 자격이 주어진다. 육관을 통과하면 그 정도에 따라 열 명의 수하를 이끄는 초급 간부가 될 수 있는 자격이 주어지고, 칠관과 팔관을 통과하면 백 명을 이끄는 중간 간부가 될 수도 있을 것이다. 그러니 모두가 죽을힘을 다해 수련에 임하도록. 각 관문에 머무는 기간은, 삼관까지는 각 관문마다 일 년, 그리고 사관부터 나머지 관문은 육 개월이다. 궁금한 점 있나?"

그때 빼빼 마른 한 아이가 물었다.

"구관이나 십관을 통과했을 경우는 왜 말씀해 주시지 않죠?"

아이들이 초롱초롱한 눈으로 임동산의 대답을 기다렸다. 임동산이 온기 하나 없이 하얗게 웃었다.

"구관은 지난 삼십 년간 단 두 사람만이 통과했다. 그리고 십관은…… 이백수십 년 전에 만들어진 이후로 통과한 사람이 없다. 솔직히 말해 십관 안에 무엇이 있는지 아는 사람도 없다. 그러니 통과했을 경우, 어떤 특전이 주어질지 나도 모른다. 또 궁금한 점 없나?"

아무도 입을 열지 않자 임동산이 지나가는 말처럼 한마디 덧붙였다.

"너희는 팔십팔조로 통할 것이다. 그러니 자신이 몇 조인지 잊지 말도록."

일관에는 함께 들어간 아이들 외에도 이십여 명의 아이가 더 있었다. 그들은 유옥이보다 빠르면 일 년, 늦으면 육 개월 먼저 들어온 아이들이었다.

그들을 본 순간, 일관에 들어간 아이들의 얼굴은 새파랗게 질려 버렸다.

자신들과 비슷한 또래의 아이들이었다. 그런 아이들의 눈에서 독기가 뿜어지고 있었다.

몸에 토실토실한 살이 붙어 있는 아이들은 눈을 씻고 찾아봐도 없었다.

튀어나온 광대뼈, 땀에 절어 헝클어진 머리, 얼마나 고생했는지 넝마처럼 변해 버린 옷.

아이들은 유옥이 일행이 들어가자 씩 웃었다. 지옥에 들어온 것을 환영한다는 표정이었다.

유옥이도 마주 웃어주었다.

"꽤나 힘든 관문인가 보군."

놈들이 별 희한한 놈 본다는 눈빛으로 유옥이를 쏘아보았다.

그때 교두를 보이는 자가 유옥이 일행에게 다가왔다.

짜작!

그의 손에서 휘둘러진 채찍이 돌바닥을 찢을 듯이 떨어졌다.

"뭐 하고 있나, 팔십팔조! 선배들을 따라서 뛰어!"

첫날 저녁, 아이들은 서로의 이름을 알 수가 있었다. 누가 물어봐서 안 것이 아니었다. 교두가 이름을 부르며 인원 점검을 한 덕분이었다.

빼빼 말라서 꼬챙이 같은 몸에 눈만 칼날처럼 빛나는 아이가 사진옥이었고, 덩치가 커서 조금만 더 크면 어른과 별 차이 없을 거라 생각되는 아이가 상유상이었다.

작은 키에 통통한 아이는 고후명, 유일한 홍일점이 예종, 쥐눈을 한 채 눈알을 굴리는 아이가 조진덕, 이마에 커다란 점이 박힌 아이가 공오였다.

그리고 제법 높은 지위를 지닌 집안의 아들들인지 처음에는 거만한 표정을 짓고 있다가, 군악이가 천기원주의 손자임을 알고 지레 몸을 낮춘 아이들이 육지명과 지동교였다.

"백리군악."

"예."

교두의 호명에 군악이 대답했다. 교두는 군악이를 슬쩍 호기심 어린 눈으로 바라보고는 마지막 이름을 불렀다.

"천유옥."

"예."

교두의 입가에 미미한 웃음이 걸렸다. 스윽 훑어보는 눈빛도 웃음으로 잘게 흔들리고 있었다.

아무래도 임동산과의 일을 알고 있는 듯했다. 돌아서는 그의 입에서 의미심장한 목소리가 흘러나왔다.

"크크, 앞으로 심심하지는 않겠군."

젠장할 일이었다. 첫날부터 완전히 찍힌 것인가?

'흥! 그렇게 쉽지는 않을 거요, 교두.'

본격적인 수련은 다음날부터였다.

그제야 아이들은 왜 기초삼관을 지옥십관에서 가장 고통스러운 관문이라 하는지 이해할 수 있었다.

말이 체력 단련이지 사람을 잡는 수련이었다.

잠자는 시간은 두 시진, 그 두 시진을 뺀 나머지 시간이 수련 시간이었다.

심지어 식사도 수련을 하며 먹어야 했다.

때로는 뛰면서 먹고, 때로는 물속에서 먹었다.

어디 그뿐인가?

먹으면서도 사람의 혈도, 무공의 기초 상식, 위기 대처 요령 등을 끊임없이 외워야 했다. 소화가 된다는 것이 신기할 지경이었다.

그러다 녹초가 되어 쓰러지면 교두가 나타나 물을 퍼부었다.

그래도 일어나지 않으면 구타가 이어졌다.

어쩌나 교묘하게 때리는지 결코 근육은 상하지 않았다. 대신 고통은 더 심했다. 때리는 데는 도가 튼 사람, 그게 교두들이었다.

한데 꼭 그럴 때마다 임동산이 나타났다. 그가 노리는 아이는 딱 하나였다.

"천유옥! 뭐 하나? 이 새끼, 그렇게 해서 살아나갈 수 있겠나!"

유옥은 그의 노림을 피하기 위해 남보다 배는 더 노력을 해야 했다. 어쩌면 오기일지도 몰랐다.

'흥! 저딴 작자에게 질 수는 없어!' 하는 오기 말이다.

다행이라면 풍백의 지시로 산을 오른 덕분인지, 다른 아이들이 쓰러질 정도가 되어도 유옥은 쓰러지지 않았다.

오히려 흐트러진 머리칼 사이로 노려보곤 했다. 그러면 임동산이 입술을 깨물며 슬며시 돌아서는 모습이 보였다.

'생각 같아서는 무조건 패고 싶을걸?'

하지만 그럴 수 없다는 것을 교두인 그가 더 잘 알고 있었다.

이곳의 수련생들은 반수 이상이 고위직에 가족을 둔 아이들이다. 더구나 천유옥의 친구라는 백리군악은 천기원주의 손자가 아니던가.

그가 아무리 천유옥과 다른 아이들을 괴롭히고 싶어도, 결코 법을 어기면서까지 괴롭힐 수는 없는 일이었다.

다만 문제는 팔십팔조를 괴롭히는 것이 임동산과 교두들만이 아니라는 것이다.

며칠이 지나자 먼저 들어온 아이들이 텃세를 부리는지 가끔씩 괴롭혔다. 마치 관례라도 되는 것처럼.

혹시 임동산이 뒤에서 시키는 것이 아닌지 의심스러웠지만, 그에 대한 증거는 찾을 수가 없었다.

그렇게 유옥이 수련을 시작한 지 열흘째 되던 날이었다.

먼저 들어온 팔십사조의 아이들 중 하나가 살짝 발을 걸어 사진옥을 넘어뜨렸다.

"낄낄낄, 그 자식, 굼벵이처럼 잘도 구르네."

그러더니 평상시처럼 그냥 지나가는 것이 아니라, 작정이라도 한 듯 전과 다르게 비웃기까지 했다.

한데 이상한 일은 그것만이 아니었다. 항상 수련생들과 십장 이상 떨어지지 않았던 교두들이 보이지 않는다. 마치 누군가가 뒤에서 상황을 조종이라도 한 것처럼.

유옥이 이상한 상황에 눈을 빛낼 때였다.

벌떡 일어난 사진옥이 주먹만 한 돌을 하나 집어 들더니, 자신의 발을 걸어 넘어뜨린 아이를 향해 불쑥 내밀었다.

움찔한 아이가 뒤로 한 걸음 물러서자, 열두어 살은 되어 보이는 아이가 어깨를 펴며 앞으로 나왔다. 팔십사조에서도 항상 선두에 서는 강소평이라는 아이였다.

"건방진 새끼! 네놈이 우리에게 대들겠다는 거냐?"

그 말에 사진옥이 독기를 뿜어내는 눈으로 그 아이를 바라보았다.

"그냥 한번 놀자는 거지."

"뭐야? 이 자식이……."

사진옥이 차갑게 씩 웃으며 말했다.

"이걸로 서로 한 번씩 치기로 하자. 죽는 것은 운에 맡기고. 어때, 할 자신 있어? 너부터 할래? 이렇게 말이야."

그러더니 누가 말릴 새도 없이 주먹만 한 돌로 자신의 머리를 쳤다.

빡!

순간 마른 박이 터지는 것 같은 소리가 크게 울렸다.

찢겨진 살이 허옇게 드러나고 얼굴이 피로 뒤덮인 것은 순식간이었다.

사진옥은 비틀거리는 몸을 바로 세우고는, 피가 주르륵 흐르는 얼굴로 씩 웃었다.

피가 턱 끝에서 뚝뚝 떨어져 손에 든 돌덩이를 물들였다.

"어때? 재미있을 것 같지? 너도 한번 해볼래?"

"너, 너, 이 자식……."

"해봐."

사진옥이 불쑥 피로 얼룩진 돌을 내밀었다.

강소평이 움찔하며 뒤로 물러난다.

그때 유옥이 사진옥의 손에서 돌을 뺏어 들었다.

"이거 진짜 돌 맞아?"

그러더니 자신의 머리를 사정없이 내려쳤다.

빡! 빡!

연속된 격타음에 사진옥조차 멍하니 유옥이를 바라보았다.

유옥은 고개를 갸웃거리며 돌덩이를 한쪽에 집어 던지고 강소평에게 말했다.

"저거보다 더 뾰족한 돌로 하자고. 저건 너무 평평해서 별로 안 아파. 어때? 할 거야?"

아무런 감정도 보이지 않는 싸늘한 눈빛. 어른도 질리는 유옥이의 눈빛이다. 그걸 견딜 재간이 강소평에게 있을 리 없었다.

"우, 우리는…… 어……."

"안 할 거면 비켜. 아직 목표를 달성하려면 한 시진은 더 뛰어야 하니까."

강소평과 팔십사조의 아이들이 질린 표정을 지었다.

"어… 그래. 우, 우리도 바쁘니까 다음에 하자."

이미 기세에서 눌린 터. 싸움이 되기는 애당초 틀린 상황이다.

대충 얼버무린 강소평이 주춤거리며 물러서더니 다른 관문을 향해 달려가자, 뒤이어 다른 아이들도 정신없이 그 뒤를 따랐다.

그제야 천유옥이 사진옥을 바라보며 피식 웃었다.

"왜 놈들을 치지 않고 네 머리를 쳤지?"

"몰라서 물어? 임 독사가 노리고 있는데, 내가 놈들을 쳤으면 아마 난리가 났을걸?"

역시 알고 한 행동이었다. 냉정한 판단과 확실한 행동을 할 줄 아는 아이. 유옥은 그런 사진옥이 마음에 들었다.

"나중에 우리끼리 해볼까?"

사진옥이 미친놈 다 본다는 눈으로 천유옥을 올려다보고는 씩 웃었다. 조금 전과는 확연히 다른 웃음이었다.

그 웃음을 향해 유옥이 말했다.

"일단 머리나 싸매. 교두들이 난리치기 전에."

기다렸다는 듯 커다란 덩치의 상유상이 재빨리 옷을 찢어 사진옥의 머리를 싸맸다. 그러고는 유옥이를 바라보고 이상하다는 듯 말했다.

"근데, 너는 괜찮아?"

백리군악이 조용히 웃으며 대신 대답했다.

"유옥은 강가에서 이마로 돌 부수는 장난을 자주 했었어. 아마 돌이 부서지면 부서졌지 유옥이의 머리가 부서지지는 않았을걸?"

아이들이 일제히 유옥이의 이마를 쳐다보았다. 아니나 다를까, 피가 묻어 있긴 했지만, 상처는 보이지 않았다.

'설마 철두?'

모두가 그렇게 생각했다.

그때 교두 하나가 다가오며 물었다.

"무슨 일이야! 왜 모여 있는 거지?"

"아무것도 아닙니다! 넘어져서 머리가 깨졌을 뿐입니다!"

사진옥이 큰 소리로 대답하며 휙 돌아섰다. 유옥이 뒤이어 소리쳤다.

"자, 또 뛰자! 늦으면 굶을지 모르니까!"

순간이었다. 멀리서 바라보는 눈길이 느껴졌다.

유옥은 그게 누군지 알고 있었지만, 아무런 내색도 하지 않고 주먹만 움켜쥐었다.

'당신 덕분에 좋은 친구를 얻었으니 오늘 일은 잊어주지.'

2

임동산과 묘한 대치를 이룬 채 세월은 살같이 흘렀다.

힘들고 고통스럽다 보니 시간이 가는 줄조차 알지 못할 정도였다. 먹을 것마저 풍족하지 않았다면, 아마 한 달도 못 가서 대부분이 탈진해 죽었을지도 몰랐다.

하루에 한 번, 정체를 알 수 없는 약물에 한 시진씩 담가지지 않았다면, 두 달도 못 돼 모두 골병들어 죽었을 것이다.

한 달, 두 달……

이제 팔십팔조원들의 눈빛에서도 들어올 때 보았던 아이들처럼 독기가 흐르기 시작했다.

먼저 들어와 있던 고참들도 팔십팔조원 아이들의 눈에서 독기가 흐르기 시작하자 어지간하면 모른 체하며 지나갔다. 그들도 소문을 들어 알고 있는 것이다.

―독사 임동산이 노리고 있는 놈들이다. 놈들 중 몇 놈은 진짜 독종들이다. 오죽하면 임동산이 아직까지도 제대로 화풀이를 못했다고 한다.

그것이 팔십팔조원들을 새롭게 보이게 만들었다. 특히 모두가 쓰러져도 굳건히 두 발로 서 있는 유옥이를 볼 때마다 다른 수련생들은 경이감을 느낄 정도였다.

그 와중에 팔십사조가 팔십팔조를 괴롭히려다 기세에 밀렸다는 소문이 돌았다.

―놈들은 돌로 자기 머리를 깨면서도 웃는 놈들이다.

―돌로 머리 깨기 놀이를 즐길 게 아니라면 놈들을 건들지 마라.

─그들 중 천유옥이라는 놈의 머리는 돌로도 못 깨는 철두
다.

팔십사조원들에게서 흘러나온 소문이었다. 그제야 사진옥
이 머리에 피 묻은 천을 두르고 다닌 이유를 깨달은 다른 조
원들은 이후로 팔십팔조를 건들지 않았다.

유옥이를 괴롭히려던 임동산이 되레 팔십팔조원을 편하게
만들어준 셈이 되어버린 것이다.

그렇게 지겨운 일 년이 지났다.

살이 통통했던 고후명도 사진옥처럼 말라 버렸다. 유옥이
의 눈빛은 더욱 깊게 가라앉았고, 군악이의 약하게 보이던 몸
에서도 힘이 느껴지기 시작했다.

그러자 명령이 떨어졌다.

"팔십팔조! 내일부터 이관에서 수련한다!"

이관은 일관과 근본적으로 다른 관문이었다. 체력 단련을
한다는 것은 같았지만 그 방법부터가 완전히 달랐다.

일관에서는 맨몸으로 굴렀다면, 이관에서는 각자의 몸에
맞춘 도구를 이용해야 했다.

팔이 약한 자는 팔에 철환을 차고, 하체가 약한 자는 발목
에 철환을 찼다. 처음에는 하나, 익숙해지면 둘, 그렇게 차츰
늘려가는 식이었다.

그러다 보니 일관이 천국처럼 생각될 정도로 힘들었다. 편해질 만하면 철환이 늘어나니 환장할 일이 아닌가.

그렇다고 농땡이를 피울 수도 없었다.

관절에 무리가 가지 않도록 한다는 명목으로 지옥십관에 배속된 의원이 일일이 검사를 하며 수련을 진행시켰으니까.

한 달, 두 달, 세 달. 유옥이의 손발에 채워지는 철환의 숫자도 하나씩 늘어갔다.

"씨발! 무거워 죽겠네! 이번에는 왜 한꺼번에 두 개나 다는 거야? 벌써 열 개나 되었잖아?"

덩치가 스무 살 장정만 한 상유상이 절벽에 박아놓은 다섯 치 길이 쇠못에 매달린 채 굵은 목소리로 투덜댔다.

아침에 추가된 두 개의 철환 때문에 숨이 목구멍까지 차 오르고 있었던 것이다.

"유상, 너는 그래도 힘이라도 세지. 나는 힘도 없는데 왜 철환을 세 개씩이나 채운 거냐고. 헥헥!"

고후명이 거친 숨을 내쉬며 헛소리 말라는 눈으로 일 장 위에서 투덜거리는 상유상을 올려다봤다.

"시끄러. 그럴 힘 있으면 빨리 기어 올라가기나 해!"

사진옥이 날선 목소리로 소리쳤다. 앞서 가는 두 사람이 방해된다는 투였다.

떠들어대느라 올라가는 속도가 더뎌지자 팔십팔조원 중

단 한 명의 여자, 남자보다 더 성질 사나운 예종이 빽 소리쳤다.

"유옥은 열두 개나 찼어. 그래도 한때 무공을 익혔다는 놈들이 부끄럽지도 않아?"

유상이 다시 투덜댔다. 그로선 예종에게 대들 배짱이 애당초 없었다.

"너는 왜 비교를 해도 사람 같지 않은 놈하고 하냐?"

그때 맨 밑에서 절벽을 기어 올라가던 유옥이 고개를 쳐들었다.

"정상이 얼마 안 남았다. 다른 조보다 늦으면 한 번 더 올라갔다 와서 식사를 해야 할 텐데, 그래도 좋아?"

"헉! 그건 안 되지!"

갑자기 상유상의 몸놀림이 빨라졌다. 지금까지 투덜댄 것이 모두 거짓말처럼 느껴지는 행동이었다.

하지만 조원들은 모두 상유상의 행동을 이해하고 있었다.

식사! 바로 그것 때문이었다. 아마 먹을 것을 늦게 배식받는다면, 상유상은 절벽에서 떨어지겠다고 고집을 부릴지도 몰랐다.

먹을 것에 목숨 건 사람. 그게 상유상인 것이다.

그렇게 정신없이 십오 장 높이의 절벽에 거의 다 올라갔을 때였다.

퍽!

"으아아! 조오오또, 씨바아알!"

둔탁한 소리와 함께 상유상의 몸이 비명과 욕을 동반한 채 진짜로 떨어져 내렸다.

고개를 들자 한 사람이 보였다. 임동산이었다.

그가 히죽 웃으며 말했다.

"힘이 남아도는 놈은 또 떠들어도 좋다. 아니지, 아예 전부 다시 내려갔다 와라."

유옥은 지그시 임동산을 올려다보고는, 절벽에 박힌 쇠못에서 천천히 손을 놓았다.

몸이 눕혀지자 임동산이 보다 더 뚜렷이 보였다.

그는 입술을 깨물고 있었다.

아마도 자신의 행동이 뜻밖이었나 보다.

순간 유옥이의 입가로 가느다란 선이 그어졌다. 웃음이었다.

그걸 봤는지 임동산의 이마에 굵은 주름이 일자로 그어졌다.

'지독한 놈!'

유옥이 스스로 떨어지자 나머지 아이들도 모두 절벽에서 손을 놓았다.

절벽 밑은 십 장 깊이의 소(沼)였다.

아무리 그렇다 해도 그 충격은 엄청날 수밖에 없었다.

지난 일 년간 죽어라 노력하지 않았다면, 몇 번의 경험으로 요령이 생기지 않았다면, 그 충격에 반은 죽었을지도 몰랐다. 자칫하면 내장이 터질 수가 있는 것이다.

실제로 이곳에서 떨어지는 바람에 내장이 상하거나, 심하면 죽어나가는 수련생이 가끔씩 나온다는 말이 있을 정도였으니까.

유옥은 천천히 몸이 떠오르자 절벽 위를 바라보았다.

임동산은 보이지 않았다.

'두고 봐! 오늘 우리가 당한 고통을 몇 배로 돌려줄 테니까!'

그사이 하나둘 조원들이 떠오르기 시작했다.

유옥은 한참 동안 절벽 위를 바라보다 떠오른 아이들을 세어봤다.

하나 둘 셋… 여덟.

이런! 한 사람이 없다.

"후명이가 안 보이는데?"

군악이도 상황을 눈치 챘는지 유옥이를 보며 말했다.

"모두 절벽을 올라가! 내가 들어가 볼 테니까!"

말이 끝나기도 전에 유옥이의 몸이 물속에 처박혔다.

"조심해, 유옥아!"

"하여간 그 약골이 항상 문제라니까."

눈이 작아 쥐눈이라 불리는 조진덕이 눈살을 찌푸리며 불만을 토해내자 사진옥이 싸늘하게 소리쳤다.

"시끄러! 너희는 유옥이 말대로 절벽이나 올라가. 내가 기다렸다 같이 갈 테니까."

군악이 고개를 끄덕였다.

"그래, 유옥이나 진옥이는 우리보다 훨씬 빠르니까 바로 뒤따라올 거야. 걱정 말고 올라가자."

한편 빠르게 밑으로 내려간 유옥은 삼 장쯤 내려왔다 싶자 손을 저어봤다. 어느 순간, 손가락 끝에 그물이 닿았다.

누가 빠지더라도 더 이상 빠지지 않게 쳐놓은 그물이었다.

그물의 넓이는 십여 장 정도. 유옥은 그물을 잡고 이동하며 천천히 주위를 살펴봤다.

희미한 빛이지만 주위를 완전히 볼 수 없을 정도는 아니었다.

그런데 이상하다. 어디에도 고후명이 보이지 않는다.

'왜 보이지 않는 거지?'

다급해진 유옥은 숨을 참고 그물의 가장자리 부근으로 이동했다.

그때였다. 갑자기 손에 아무것도 잡히지 않았다.

'뭐야? 설마…… 구멍?'

그랬다. 구멍이었다. 아마도 낡은 그물이 높은 곳에서 떨어진 고후명의 몸무게를 이기지 못해 터진 듯했다. 아니면 이미 터져 있었던지.

'이런, 큰일이다. 다시 올라갔다 오면 너무 늦을지 모르는데……'

자신의 숨이 차오는 것도 문제지만, 지금까지 올라오지 못한 것으로 봐서는 고후명이 정신을 잃은 것 같았다.

정신을 잃은 고후명이 과연 얼마나 견딜 수 있을까?

'좋아! 그냥 내려가 보자. 좀 무리하면 반 각 정도는 견딜 수 있을 거야.'

유옥은 그물의 구멍 속으로 몸을 밀어 넣었다.

사실 그물 밑은 아무도 모르는 세상이었다. 처음 지옥십관을 지은 사람들이 십 장 정도의 깊이라 해서 십 장으로 알고 있을 뿐이지, 실제로 물의 깊이를 재본 사람은 없었던 것이다.

일단 구멍 속에 몸을 밀어 넣은 유옥은 구멍의 위치를 머리에 새겨 넣고 일직선으로 내려갔다.

이 장 정도를 더 내려가자 아무것도 보이지 않았다.

시커먼 어둠이 물속 세상의 모든 것이었다.

솔직히 겁도 났다.

황톳물에서 버드나무 가지를 잡고 있을 때도 이랬을까 싶었다.

문득 손에 바위가 잡혔다.

칼날처럼 솟은 바위. 이끼에 덮인 면이 미끈거리는 것이 그리 좋은 기분은 아니었다.

'조금 더 내려가 봐야겠어.'

생각과 동시에 조금 더 내려가 봤다.

점차 숨이 가빠오기 시작한다.

짓누르는 수압에 고막이 멍멍해진다.

유옥은 이를 악물고 칼날처럼 솟은 바위를 따라 더욱더 밑으로 내려갔다.

그렇게 다시 이 장쯤 내려가자 마침내 바닥이 만져졌다.

그때였다. 뭔가가 손을 스치고 지나갔다. 아니, 손이 뭔가를 스쳐 갔다.

섬뜩한 느낌이 들었다. 고후명의 옷이 아닐까 생각도 했지만, 비늘처럼 느껴지는 것이 결코 고후명의 옷은 아닌 듯했다.

손을 저어봤다.

또다시 뭔가가 손에 걸려 옆으로 밀려난다.

'뭐지?'

바로 그 순간이었다. 바로 앞에 뭔가가 보였다.

어둠 속에서 은은히 붉게 빛나는 그것은 마치 구슬과도 같았다.

'저건 뭔데 스스로 빛을 발하는 걸까?'

유옥은 손을 뻗어 구슬로 보이는 물건을 집어 들었다. 순간, 조금 전의 그 섬뜩한 느낌이 다시 느껴졌다.

그제야 어렴풋이 그 느낌의 주인을 알 수 있었다.

생각대로 그것은 비늘이었다.

무언가의 시커먼 껍질. 그리고 거기에 붙어 있는 비늘.

아마도 조금 전까지는 그 껍질이 감싸고 있어 구슬의 빛이 보이지 않다가, 유옥이 껍질을 건드리자 마침내 그 모습을 드러낸 것 같았다.

구슬은 주먹에 쏙 들어올 정도로 작은 크기였다. 꼭 새알을 쥔 듯한 기분이었다.

붉은 구슬을 바라보던 유옥이의 얼굴이 힘든 와중에도 조금은 밝아졌다.

'잘됐군! 이 정도의 빛이 어디야!'

그랬다. 어둠 속에서 길을 찾은 것만 같았다. 더 이상 참기가 힘들었는데 빛을 내는 구슬을 보자 힘이 솟았다.

유옥은 구슬을 들어 앞을 가리키고 조심스럽게 주위를 훑어보며 전진했다.

빛이 있는 물속은 또 다른 세상이었다.

유옥은 이 물속에 작은 물고기들이 있다는 것도 오늘에서야 처음으로 알았다.

물고기들은 조금도 겁을 내지 않고 구슬을 향해 모여들었다. 하얀 몸체가 마치 얼음으로 만든 물고기인 듯싶었다.

고후명만 아니라면 다시 들어와서 구경하고 싶은 마음이 들 정도였다.

하지만 지금은 그럴 여유가 없었다.

이제 숨도 턱까지 차 오른 상태. 가슴이 터질 듯해서 견딜 수가 없었다.

그래도 악착같이 더 버텨봤다.

그렇게 천천히 스물을 셀 정도의 시간이 흘렀다.

그런데도 고후명의 흔적은 찾을 수가 없었다.

'젠장! 끝내 못 찾는 건가? 한 곳만 더 찾아보고…….'

마지막 희망을 걸고 조금 더 안쪽으로 들어가 봤다. 거기조차 없으면 올라가야만 할 거 같았다.

한데 어느 순간, 구석진 곳의 바위 아래서 희끗한 물체가 보였다. 옷자락이었다.

유옥이의 눈이 부릅떠졌다.

'후명이다!'

유옥은 재빨리 바위로 다가가 옷자락을 잡아당겨 봤다.

행여 끼어 있지 않을까 걱정했는데, 옷자락은 다행히도 순순히 딸려 올라왔다. 그리고 곧 고후명이 팔을 축 늘어뜨린 채 딸려왔다.

고후명의 옷자락을 단단히 틀어쥔 유옥은 손에 저으려다 말고 멈칫했다.

구슬을 손에 쥔 상태로는 손을 저을 수가 없었던 것이다.

그렇다고 망설이고만 있을 수도 없는 일. 유옥은 구슬을 입 안에 밀어 넣고 힘껏 바닥을 찼다.

세차게 손을 저었다.

금방이라도 가슴이 터져 버릴 것 같았다.

"후으으읍!"

유옥은 시뻘게진 얼굴을 물 밖으로 내밀고 급히 숨을 들이켰다. 터지기 직전의 가슴속으로 공기가 흡입되자 폐부가 찢어질 것만 같았다.

그때, 입 안에 있던 구슬이 입에 머금고 있던 물과 함께 목구멍 속으로 쏙 들어가 버렸다.

"흐업! 우욱! 콜록, 콜록!"

기도가 찢어지는 듯한 통증에 얼굴이 벌게졌다.

그나마 천만다행으로 구슬은 기도를 막지 않고 곧바로 목구멍을 통과해 버렸다.

'이, 이런! 상당히 귀한 구슬 같았는데…….'

아까웠지만 하는 수 없었다.

토해내고 어쩌고 할 시간이 없었다. 우선은 고후명을 살리는 일이 급한 상황.

얼굴이 벌게진 유옥은 급히 고후명을 잡은 손에 힘을 주고 위로 들어 올렸다.

사진옥이 재빨리 다가왔다.

"찾았구나!"

"찾았다! 유옥이 해냈어!"

"우와! 역시 유옥이다!"

절벽에 매달린 채 가슴을 조이고 있던 아이들이 환호성을 내질렀다.

하지만 유옥은 환호성에 신경 쓸 시간이 없었다. 고후명이 숨을 쉬지 않고 있는 것이다.

숨을 두어 번 더 들이킨 유옥은 지체없이 밖으로 헤엄쳐 나갔다.

"훅! 훅! 진옥! 너는 가서 빨리 송 교두를 불러와!"

송 교두는 의원 역할을 하는 송병부를 말함이었다.

"알았어!"

사진옥이 몸을 돌리며 교두들이 쉬고 있는 석옥으로 뛰어 갔다.

유옥은 고후명의 입에 숨을 불어넣어 주며 가슴을 계속 눌렀다.

"살아! 살아나! 제발! 숨을 쉬란 말이야!"

다시는 친한 누군가가 자신의 눈앞에서 죽어가는 모습을 보고 싶지 않았다.

그런 모습을 본다면 미쳐 버릴지도 몰랐다.

살아나라! 고후명! 나를 위해서라도 살아나!

"뭐 하나! 그놈은 그대로 놔두고 너는 계속 절벽을 올라가라!"

임동산의 목소리가 귀청을 찢을 듯이 울렸지만 신경도 쓰지 않았다.

"훅! 훅!"

자신의 호흡에 맞춰 고후명의 가슴을 계속 누를 뿐이었다.

얼마나 지났을까.

"쿨럭!"

고후명의 입에서 맑은 물과 함께 기침이 터져 나왔다.

동시에 옆구리에 강렬한 통증이 느껴졌다. 위험을 느끼긴 했지만 피할 틈이 없었다.

픽!

"이 새끼! 내 말이 들리지 않아!"

임동산이었다. 그가 옆구리를 후려 차고는 눈을 부라린다.

사정없이 팅겨진 유옥이도 고개를 쳐들고 임동산을 마주 노려보았다.

옆으로 다가오던 아이들이 소리친다.

"임 교두님! 동료를 구하느라 그런 것 아닙니까!"

"지금 너무하시는 것 아닙니까!"

저만치서 바라만 보던 다른 수련생들도 입을 모으고 한 소리를 낸다.

"우우우우!!!"

와락 인상을 찡그린 임동산이 빽 고함을 질렀다.

"뭐야! 너희 지금 반항하겠다는 거냐!"

하지만 소리는 멈출 줄을 몰랐다. 오히려 수련생들이 지르는 소리에 절곡이 울렸다.

그때 반쯤 몸을 일으킨 유옥이 손을 들었다.

아이들이 걱정스런 눈으로 유옥이를 바라보며 입을 닫았다.

약간의 시간이 지나고, 사방이 조용해지자 유옥이 입을 열었다.

"올라가죠. 교두님이 올라가라시면 올라가겠습니다. 하지만 고후명을 송 교두님에게 보내는 게 우선인 것 같군요."

임동산의 얼굴이 와락 일그러졌다.

"이봐! 너희는 고후명을 안으로 데려가라!"

그러더니 홱 고개를 돌려 유옥이에게 소리쳤다.

"대신 네놈이 동료들 몫까지 다 오른다! 어때, 할 수 있겠나!"

유옥의 입꼬리가 비틀려 올라갔다.

'제길, 복도 많군.'

"헉! 헉! 훅! 훅!"

벌써 세 시진째였다.

동료들의 몫까지 절벽을 삼십 번 올라야 하는 벌을 받고 있는 중이었다. 그것도 열 개의 환을 더 찬 상태에서.

이미 전신의 감각은 마비 상태였다.

그래도 멈추지 않았다.

죽음과의 싸움이었다.

항상 그랬다. 어릴 때도. 청아를 구하기 위해 황톳물에 뛰어들었을 때도. 그리고 이곳에 들어와서도. 이제 죽음은 자신의 또 다른 친구였다.

'지지 않아! 이까짓 거 얼마든지 할 수 있어!'

암벽에 박아놓은 쇠못을 잡은 손이 부들부들 떨렸다.

움켜쥔 손에 힘이 들어가지 않는다.

젠장!

유옥은 힘껏 입술을 깨물어 자신의 신경을 일깨웠다.

짜릿한 통증이 입술에서 시작해 온몸으로 치달렸다.

순식간에 입 안 가득 한 움큼의 핏물이 고였다.

꿀꺽!

유옥은 핏물을 그대로 삼켜 버렸다.

그리고 손에 다시 힘을 주었다.

눈에 핏발이 솟았다!

바로 그때였다. 기이한 느낌이 들었다.

뱃속이 따뜻해지는 것 같다.

'응?'

그 느낌이 서서히 퍼지자 떨리던 몸도 조금씩 안정되고 힘이 솟는다.

기분 좋은 느낌이었다.

'좋아! 이대로라면……'

하지만 그것도 잠시뿐이었다.

따뜻하게 느껴지던 그 느낌이 점점 강해지는가 싶더니, 잠깐 사이에 불덩이가 뱃속에 들어찬 것처럼 뜨거운 기운이 일기 시작했다.

그리고 곧 그것은 엄청난 고통으로 변해 버렸다.

그 고통에 비하면 절벽을 오를 때의 힘든 것은 아무것도 아니었다.

누군가가 불에 달군 꼬챙이로 뱃속을 후벼 파는 것만 같다.

"크윽! 이게 무슨……!"

뱃속에서 불길이 일었다.

숨을 쉴 때마다 붉은 김이 뿌옇게 새어 나왔다.

비릿한 냄새가 콧속을 파고들자 머리가 어지러울 지경이었다.

피 냄새였다. 자신의 피 냄새. 한데 왜?

'피를 삼킨 것 때문인가?'

지금까지 피를 삼킨 것이 어디 한두 번인가?

그럴 리가 없다. 그럼…….

'가만! 혹시 그 구슬을 먹어서……?'

바로 그때다! 갑자기 뱃속에서 일던 뜨거움이 전신으로 퍼지기 시작했다.

죽음을 친구로 삼은 유옥이조차 견딜 수 없을 정도의 고통이 뜨거움과 함께 전신을 치달렸다. 정신을 차릴 틈도 없었다.

한순간, 머릿속이 텅 비어버렸다.

쇠못을 잡고 있던 손을 미끄러지는데도 아무런 생각도 들지 않았다.

아무런 방비도 하지 못한 채, 유옥이의 몸이 십 장 허공에서 아래로 떨어져 내렸다.

멀리서 그 모습을 본 군악이 놀라 소리쳤다.

"유옥아!!"

얼마나 지났을까?

머리가 깨질 듯이 아프다.

뱃속은 불길에 익어버린 것처럼 아무런 느낌도 없다.

"유옥아!"

그때 누군가의 목소리가 들린다.

누구지?

아! 그래, 군악이의 목소리다. 그리고 또 한 사람의 목소리.

"거참 이상하네. 엄청난 열기가 느껴졌었는데 이제 괜찮군. 어떻게 이렇게 멀쩡해질 수가 있지?"

그다, 송병부. 지옥삼관의 의원.

유옥은 안간힘을 다해 떨리는 눈꺼풀을 들어 올렸다.

바로 앞에 군악이와 송병부의 얼굴이 흐릿하니 보였다. 역시 두 사람이었다.

군악이가 그렁거리는 눈으로 소리친다.

"나 보이냐? 보여?"

유옥은 천천히 고개를 끄덕였다.

친구가 환하게 웃는다.

툭툭!

눈물방울이 얼굴 위로 떨어진다. 뜨거운 눈물이다.

유옥이도 간신히 입술을 움직여 웃어주었다.

눈 가장자리로 흐르는 뜨거운 물기가 느껴졌다.

'또 너였구나, 군악······.'

3

학창의(鶴氅衣)를 입은 노인이 쓰던 글을 다 썼는지 검은
띠가 둘러진 넓은 소매를 한 손으로 붙잡고 가만히 붓을 내려
놓았다.

"세월 한번 빠르군. 벌써 삼 년이 흘렀어. 그래, 어떠하더
냐?"

깨끗한 백의를 차려입은 중년인이 공손히 답했다.

"오늘 삼관을 통과했습니다. 한데 다른 아이들이 알게 모
르게 두 아이를 중심으로 움직이고 있습니다."

두 아이가 누군지 알고 있는지 노인은 단도직입적으로 물
었다.

"누굴 더 따르느냐?"

"그게······."

백의를 입은 중년 문사가 말을 끌자 학창의를 입은 노인이 눈을 모으고 고개를 들었다.

"유옥이라는 아이를 더 따르나 보구나."

"따르는 아이들의 수는 같습니다만, 문제는 따르는 정돕니다, 아버님."

"따르는 정도?"

"유옥이라는 아이를 따르는 아이들은 순수한 열정으로 따르는 데 반해, 군악이를 따르는 아이들은 은연중에 손익을 따지며 따르고 있습니다."

노인이 주름을 펴고 고개를 저었다.

"그건 문제 될 것이 없다. 내가 염려하는 것은 군악이가 과연 사람을 다스리는 데 재주가 있나 없나, 하는 것이었으니까. 비록 손익을 따지며 따른다지만, 그 또한 능력이 아니겠느냐?"

"하오면 어떻게 하는 게……. 그냥 놔두는 게 나을지요?"

"우선은 그냥 놔둬라. 오관과 육관에서 시험해 보고, 그래도 통과하면 그때 가서 확실하게 손을 쓸 테니까."

중년인이 굳은 눈으로 노인을 바라보았다.

"혹시…… 칠관의 비로(秘路)를 이용할 생각이십니까?"

노인이 답했다.

"알고 있는 것은 써먹어야 하지 않겠느냐?"

두 사람의 눈이 마주쳤다.

"하긴 약속에 그 아이에 대한 것은 없었지요."

작은 미소가 두 사람의 입가에 걸렸다.

　　　　　*　　　　　*　　　　　*

태대원로는 잔잔한 미소를 지으며 찻잔을 내려놓았다.

"오랜만이군."

깊숙이 부복한 오십 중반의 초로인이 천천히 고개를 들었다.

"그간 강녕하셨습니까, 태대원로."

"어인 일인가? 천왕대전의 일이 바쁠 텐데 나 같은 늙은이를 찾아오다니."

"천왕께오서 한번 뵈었으며 하십니다."

"나를? 허허허허, 그 양반이 나를 다 찾다니. 별일이군."

"천왕께서 지난날의 일을 후회하고 계신다는 말을 꼭 전하라 하셨습니다."

"후회라……."

장천궁은 초로인을 바라보았다. 일순간 고요하면서도 만근의 무게가 담긴 눈빛이 초로인을 짓눌렀다.

"왜 부르시는 줄 내 짐작 못하는 것은 아니네만 이미 늦었네. 나도 이제 늙었어."

초로인은 부르르 몸을 떨며 고개를 숙였다.

'과연 천왕제일패 태대원로다. 백 살이 다 된 노인이 눈빛만으로 나 양한몽을 억누르다니. 하긴 오죽하면 천왕께서 이 대에 걸쳐 강제로 패왕전의 힘을 봉인시켰을까.'

고개 숙인 초로인, 천왕대전의 십대장로 중 한 사람인 양한몽이 쉽게 입을 열지 못하자 장천궁이 말을 이었다.

"게다가 귀찮다는 억지 핑계를 대고 이곳에 처박힌 지 벌써 삼십 년이 넘었네. 그 바람에 사람들도 다 떠났는데 이제 와서 누가 내 말을 듣겠는가?"

"천왕령이 함께한다면, 누가 감히 태대원로의 뜻을 막을 수 있겠습니까?"

장천궁은 속으로 혀를 차며 고개를 저었다.

'쯔쯔쯔, 너희가 어찌 그간의 사정을 알겠느냐? 천왕이 원하는 것은 태대원로라는 이름일 뿐이지 결코 나 장천궁의 힘이 아니란 것을.'

그는 다 늙어서 전면에 나서고 싶지 않았다. 더구나 허수아비가 되는 것은 더더욱 싫었다. 천왕을 따르는 것과 그것은 별개의 문제였다.

"내가 움직인다 해서 변할 상황이 아니네. 하니 천왕께 전하게나. 방법은 하나뿐, 무너진 천왕 율을 다시 세우는 것만이 정통을 보전할 수 있는 유일한 방법이라고 말이야."

낮게 깔린 음성에 양한몽의 어깨가 움츠러들었다.

"그 말씀, 그대로 전하겠습니다."

장천궁이 움츠린 양한몽의 어깨를 더욱 깊숙이 짓눌렀다.

"명심하게. 본래의 뜻을 잃으면, 그때부터 천왕교는 천왕교가 아닌 것이야."

"명심하겠습니다, 태대원로."

장천궁은 양한몽이 나간 후로도 한참을 더 앉아 있었다.

그러다 양한몽의 기척이 느껴지지 않자, 그는 눈살을 찌푸리며 의자에 깊숙이 몸을 묻었다.

'그때 그대는 나의 말대로, 집마원과 천기원을 풀어주지 말고 천왕대전의 힘을 극대화시켰어야 했어. 그랬으면 비록 많은 피를 보게 되었을지는 몰라도 이런 고민을 할 필요는 없었을 것을······.'

하지만 후회는 아무리 빨라도 늦은 법이었다. 그때부터 흐르기 시작한 탁류가 이제 바다로 들어가기 직전이었다. 직속 장로와 호법들 대부분이 등을 돌린 천왕이나, 그런 천왕으로 인해 팔다리를 잘린 장천궁으로선 막을 수 없는 지경에 이른 것이다.

"풍백."

소리없이 풍백이 모습을 드러냈다. 한데 어째 주름이 몇 개 더 늘어난 데다 볼이 홀쭉해져 있었다.

"쯔쯔쯔, 그놈 걱정 어지간히 하라고 해도······. 지치지도 않느냐?"

[요즘 속이 안 좋아서 그런 것뿐입니다.]

풍백이 턱도 없는 핑계를 대는데도 장천궁은 평소와 달리 별다른 반응을 보이지 않고 조용히 말을 돌렸다.

"천왕대전에 좀 다녀와야겠다."

풍백의 길고 가느다란 눈이 더욱 길어졌다.

"나 말고 네가 말이다."

그러면 그렇지, 하는 표정으로 풍백이 손을 저었다.

[무슨 일입니까?]

"가서 무연을 만나 내 말을 전해라. 함부로 날뛰지 말고 조용히 지켜보라고 말이다."

4

철컥!

유옥은 마지막 철환이 몸에서 떨어지자 몸을 일으켰다.

몰라볼 정도로 커진 키. 바싹 마른 몸에 홀쭉해진 얼굴. 깊게 가라앉은 눈빛. 열세 살 아이라 하기에는 온갖 풍상을 다 겪은 듯한 표정이었다.

주위로 네 명의 아이가 다가왔다. 내공이 풀렸는지 창백하던 얼굴에 홍조가 어려 있었다. 그 뒤에 군악이가 보였다.

"몸은 좀 괜찮아?"

군악이가 물었다. 네 명의 아이도 걱정이 담긴 눈으로 유옥이를 바라보았다.

매일 밤 악몽처럼 찾아오는 고통. 살이 찢겨지고 심장이 터져 버릴 것 같은 처절한 고통을 유옥은 악착같이 참아야만 했다.

한 달에 두 번씩, 평소보다 몇 배 더한 고통이 찾아올 때가 있었다. 그때는 어쩔 수 없이 악다문 이 사이를 비집고 신음이 흘러나오곤 했다.

그 바람에 모두가 알게 된 사실이었다.

팔십팔조원들은 그 시간만 되면 귀를 막고 자는 것이 일상생활처럼 되었을 정도니까.

그러나 모두가, 심지어 군악이조차도 그 원인에 대해서는 잘 모르고 있었다. 다만 절벽에서 떨어진 충격으로 그러지 않은가 할 뿐이었다.

말해야 하나? 그런 생각을 몇 번이나 가졌는지 모른다.

하지만 그때마다 유옥은 고개를 젓고 억지로 웃으며 말했다.

괜찮다고, 시간이 지나면 낫지 않겠느냐고.

구슬 때문임이 분명하다 생각하면서도, 그렇게 말할 수밖에 없었다.

해결 방법이 없는 이상 공연한 걱정을 끼치고 싶지도 않고, 그런 이유 때문에 임동산에게 쫓아낼 빌미를 주고 싶지는 않았으니까.

더구나 한 번의 고통을 겪을 때마다 넘치는 기운은 또 뭐라 설명한단 말인가.

　'나중에 이야기해 주지 뭐.'

　유옥은 고개를 끄덕이며 군악이를 향해 말했다.

　"견딜 만해. 그런데, 너도 사관(四關)에 들어갈 거냐?"

　군악이가 무심한 표정으로 고개를 끄덕였다.

　언제부턴지 군악이의 얼굴에서 표정이 사라졌다. 입도 닫혀 한 번에 서너 마디 이상은 거의 하지를 않았다.

　왜 그런지는 유옥이도 알지 못했다. 이관을 통과하고 삼관의 수련에 들어가기 전 누군가가 찾아왔었는데, 그때부터였던 듯싶었다.

　물어보고 싶었지만 굳이 묻지는 않았다. 나이가 차면 성격이 변할 수도 있는 법이려니 했다.

　그래도 조금은 안타까웠다.

　'군악이는 웃는 얼굴이 더 보기 좋은데……'

　유옥은 속으로 군악이의 웃는 모습을 그려보고는, 아무렇지도 않은 표정으로 물었다.

　"다른 애들은?"

　"사관 앞에서 기다리고 있어."

　군악이 짧게 대답했다.

　"그래? 그럼 우리도 가자."

　유옥이 걸음을 옮기자 상유상이 굵은 목소리로 말했다.

"임가는 그냥 놔두고 가는 거야?"

임동산은 유옥이 절벽에서 떨어진 그날 이후로 보이지 않았다. 그러다 그가 다시 보인 것은 감각을 훈련하는 삼관에서였다.

상유상은 삼관에서 남보다 덩치가 큰 만큼 모진 고생을 해야 했다.

촉 없는 화살도 두 배는 더 맞았고, 창두(槍頭) 없는 봉에 다른 사람은 한 번 맞을 때 상유상은 서너 번 맞았다.

그 중심에는 팔십팔조를 노리는 임동산이 있었다.

그래서 상유상은 임동산이라는 이름이 나올 때면 잠자다 벌떡 일어설 정도였다.

으드득! 으드득!

상유상의 이 가는 소리를 자장가 삼아 지낸 세월이 벌써 일 년이다. 유옥이라 해서 그 마음을 모르는 바는 아니었다. 하지만 마음만 앞선다고 모든 것을 해결할 수 있는 것 또한 아니었다.

유옥이 걸어가며 나직이 말했다.

"아직 우리 힘으로는 어쩔 수 없어."

"그 새끼, 목을 비틀어 버려야 속이 시원하겠는데."

"나중에 해. 우선은 사관을 통과하는 것만 신경 써."

유옥은 단호하게 말을 끝맺고 앞을 바라보았다.

동굴의 입구가 보이고 있었다. 사관으로 들어가는 입구

였다.

조진덕을 비롯해 군악이를 따르는 아이들이 기다리고 있었다.

'군악이하고도 당분간 만날 수 없겠군.'

사관에는 열 명의 아이가 두 개조로 나누어 들어가도록 되어 있었다.

누가 손을 썼는지, 아니면 자연스런 현상인지는 몰라도 두 조는 유옥이와 군악이가 조장이었다.

어릴 적부터 따지면, 처음 천왕교에 들어왔을 적의 석 달을 빼고 거의 육 년의 시간을 함께 보냈다. 죽음조차 함께 나누면서.

그런데 마침내 헤어질 시간이 온 것이다.

그리 긴 헤어짐을 바라지는 않지만, 앞으로의 일은 아무도 몰랐다. 더구나 오관부터는 개인별로 들어가 수련을 한다 하니 만나기가 더 어려울지도 몰랐다.

"나중에 보자."

유옥이 말했다.

입가에는 가느다란 웃음이 맺혀 있었다.

군악이가 고개를 끄덕이고는, 잠시 망설이는가 싶더니 어렵게 입을 열었다.

"목표했던 곳까지 가기 바란다. 너라면 갈 수 있을 거야. 조심하고."

유옥이의 웃음이 짙어졌다.

근 일 년 만에 듣는 긴 말이었다.

"그래, 너도. 자식, 고맙다."

군악이는 그 말이 끝나자마자 몸을 돌렸다. 그리고 어둠 속에 입을 벌린 지옥의 입구를 향해 걸음을 옮겼다.

유옥은 군악이의 등을 한참 동안 바라보다 조용히 입을 열었다.

"우리도 들어가자."

찌르고, 베고, 내지르고, 걸어 다니는 것.

사관을 간단히 말하면 그것으로 모든 설명이 끝이 난다.

문제는 찌르다 잘못 찌르면 얻어맞고, 잘못 베어도 얻어맞고, 이래도 얻어맞고, 저래도 얻어맞고…….

구타지옥(毆打地獄)이라 불리는 곳, 그곳이 사관이었다.

"병신 같은 놈들! 그것도 못 찔러! 완두콩만 한 것도 아니고, 강낭콩보다 더 큰데!"

'젠장! 넘어지고 뒤집어지면서 어떻게 저걸 찌르냐?

찌르기에는 자신있다는 사진옥이 독기 서린 눈으로 강낭콩만 한 점을 노려봤다.

'저게 교두 자식 눈동자라면 제대로 찌를 자신이 있는데.'

"뭐야? 이 자식들. 엄지손가락보다 굵은 선을 그어놨는데

그 옆을 베면 어쩌라는 거야! 집합!'

'지미! 니 손가락은 반쪽짜리냐? 배고파서 다 뜯어 먹고 뼈만 남았냐?'

상유상이 자기 손가락과 교두의 손가락을 비교하며 씨근덕거린다.

'제기랄! 배고파 죽겠네.'

"얼씨구! 아예 지랄들을 한다. 개구리를 시켜도 너희보다는 낫겠다. 술 처마셨냐? 왜 이리 비틀거려?"

'조또! 앞으로 돌고, 뒤로 돌고, 종일 팽팽 돌아봐라! 안 비틀거리는가!'

고후명이 남보다 짧은 다리로 바닥에 새겨진 백팔 개의 발자국을 밟으며 이를 갈았다.

'내가 앞으로 술 마시고 비틀거리면 성을 구씨로 간다.'

"거기! 넘어진 놈! 아예 일어나지 마라. 내가 아예 영원히 못 일어나게 해줄 테니까!"

'쓰발 놈! 내가 놈이냐? 눈깔은 개수 맞추느라 멋으로 두개 달았냐?'

예종이 부득부득 이를 갈며 억지로 몸을 일으켰다.

'내가 추만 달려 있었어 봐라, 절대 안 넘어지지. 씨부랄 놈!'

"너! 너는 이제부터 한쪽 눈을 가리고 한다!"

남보다 조금 잘한다고 한쪽 눈을 가리라고?

유옥은 거친 숨을 몰아쉬며 교두를 노려보았다.

"뭘 봐! 아예 하나를 빼줄까?"

'좋아! 가리라면 가리지. 대신 언제고 내가 당신 눈을 하나 빼줄 테니까. 기다려!'

온갖 핑계를 다 댔다.

그러다 안 되면 두 가지를 한꺼번에 시켰다. 실수 연발은 당연한 일.

소위 정신력을 기르고, 근육을 강화시킨다는 명목으로 매일같이 두들겨 팼다. 철저히 안 때린 곳만 골라 때리면서.

얻어맞고 난 후 약물에 담가지면 고통이 덜어지긴 하지만, 그렇다고 가슴속에 난 자국까지 없어지지는 않았다.

그나마 벽에 새겨진 심법구결을 외우지 못한다고 패지는 않으니 다행이라면 다행이었다.

구결은 일천 자에 달했다. 법문 같은 구결. 때로는 말도 안 되는, 이미 심법에 대해 알고 있는 다른 아이들이 코웃음을 칠 정도의 어이없는 내용도 있었다.

단 하루가 지나기도 전에 결론이 났다.

삼류심법이다. 익혀봐야 아무 소용없다!

더구나 하루 종일 네 가지에 딸린 백수십 가지 동작을 반복하며 두들겨 맞다 보면 외울 시간조차 거의 없었다.

외우지 않아도 된다고 하자, 이미 들어오기 전부터 나름대로 뛰어난 심법을 익힌 아이들은 눈도 주지 않았다.

하지만 유옥이만큼은 모두가 삼류심법이라 단정한 일천자의 법문을 잠자기 전에 하루도 빠짐없이 외워댔다.

교두들이 비웃었다.

"크크크, 너처럼 행여나 그것이 절세의 심법인 줄 아는 놈들이 있긴 했지. 하지만 열흘 이상 익힌 놈을 보지 못했다. 아마 기록이 보름이던가, 그럴걸?"

네 명의 아이도 차라리 나중에 다른 것을 배워보라 했다.

하지만 멈출 수가 없었다.

살기 위해서, 자신에게 찾아오는 고통을 누그러뜨리기 위해서, 유옥은 그걸 외우고 단 한 자라도 뜻을 풀어야만 했다.

심법구결에 몰두할 때만큼은 온몸이 터질 것 같은 고통이 덜어지는 것이다.

한 달, 두 달, 이를 가는 횟수만큼 세월도 지나갔다.

육 개월간 하루도 빠지 않고 두들겨 맞고 약물에서 목욕을 했다.

그러다 보니 육 개월이 지날 즈음에는 맞아도 별다른 고통이 느껴지지 않았다.

단순히 독기만 흐르던 눈빛이 깊게 잠겨들었다.

근육도 그럭저럭 몽둥이를 튕겨낼 정도로 단련이 되었다.

그제야 알 수 있었다. 교두들의 말이 마냥 헛소리만이 아니라는 것을.

그래도 다시는 겪고 싶지 않았다.

구타지옥! 말만 들어도 신물이 넘어왔다.

마지막 날.

독기가 심장까지 새카맣게 물들인 다섯 명이 죽 늘어섰다.

교두들이 삐질 땀을 흘리면서도 입가에는 억지웃음을 지으며 말했다.

"우리가 뭐 너희 미워서 때렸겠냐? 이해하고, 오관문도 무사히 통과하기 바란다!"

"그럼, 다 너희 잘되라고 때린 거지."

"나중에 우리에게 고마워할걸? 그러니 고위직에 올라가면 모른 체하지 말고 술 한잔 사라고!"

네 사람이 동시에 생각했다.

'좋아! 사주지. 코가 삐뚤어질 때까지. 대신 똑바로 못 걸으면 걸을 때까지 팬다! 그것도 다리만 골라서!'

여섯 달이 꽉 찬 그날, 사관의 석문이 열리고 다섯 명의 아이가 걸어나왔다.

사관을 나선 아이들은 아무도 입을 열지 않았다.

전에 비해 훨씬 강렬해진 눈빛만큼 그들의 전신에 새겨진 상처의 숫자도 늘어 있었다.

몇 걸음 걷던 상유상이 더는 못 참겠는지 이를 다문 채 이지러진 말을 내뱉었다.

"개새끼들! 덩치 좀 크다고 남보다 항상 더 세게 때리다니. 두고 봐! 얼굴 다 익혀뒀으니까 가만 안 둘 거야!"

사진옥이 짧게 말했다.

"둔한 게 죄지."

상유상이 사진옥을 노려보고는 홱 고개를 돌렸다. 사진옥에게 말해봐야 본전도 남지 않는다는 걸 오래전부터 깨달은 그였다.

'이 빼빼 마른 놈의 뼈다귀를 언제 확 분질러 버려?'

그때 예종이 꾹 다물고 있던 입을 열었다.

"왜? 내 대신 한두 대씩 더 맞은 게 분해?"

상유상이 무슨 소리냐는 투로 말했다.

"아니! 그거야말로 내가 원해서 맞은 건데 뭐."

"그럼 조용히 좀 해. 대장이 심각하잖아."

유옥은 아이들의 말을 한 귀로 흘리며 군악이를 생각했다.

그동안 군악이에 대한 소식은 들을 수 없었다.

다만 그들 바로 앞서 사관을 통과하고 오관으로 향했다는 말만 들었을 뿐이다.

'군악이가 왜 그렇게 달라졌을까?'

나이가 차며 성격에 변화가 생긴 것뿐이라 생각했었다. 그러나 시간이 지날수록, 깊게 생각해 볼수록 의혹만 짙어졌다.

'후, 나중에 만나보면 알겠지.'

이십여 장을 걸어가자 또 다른 동굴의 석문과 석문을 지키고 서 있는 교두가 보였다.

오관으로 들어가는 석문이었다.

그들이 다가가자 앞에 서 있던 교두가 입을 열었다.

"이제 오관이다. 안에 들어가면 여러 개의 동굴이 있다. 어느 곳을 들어가도 똑같은 무공, 똑같은 시설이 있다. 단, 한 곳으로 한 사람만이 들어갈 수 있다. 질문있나?"

어차피 질문을 해 봐야 좋은 답을 얻기는 힘들다. 그간의 경험이 그랬다.

다섯 명은 모두가 입을 맞추기라도 한 듯이 일제히 대답했다.

"없습니다!"

교두는 마음에 든다는 표정으로 고개를 끄덕이고는 석문을 열었다.

안쪽에 작은 광장이 보였다. 그 너머에는 기다랗게 뚫린 동굴을 따라 수십 개의 석동이 입을 벌리고 있었다.

막상 헤어진다는 생각을 하자 네 명의 아이는 긴장한 얼굴로 모두 유옥이를 바라보았다.

유옥은 그들을 한 번씩 쳐다보고는 강하게 입을 열었다.

"나중에 높은 자리에 올라갔다고 친구를 아는 체 않는 놈은, 내가 가만 안 둔다!"

잔뜩 긴장하고 있던 네 명의 아이가 슬며시 웃었다.

유옥은 그들의 웃음이 사라지기 전에 몸을 돌렸다.

"대장이나 모른 체하지 말라고!"

네 명의 아이가 한꺼번에 소리쳤다.

동굴 입구에 서 있던 교두가 깜짝 놀라 서슬 퍼런 목소리로 고함을 질렀다.

"이놈의 자식들! 빨리 안 들어가!"

시간이 되면 천장에서 먹을 것이 뚝 떨어졌다.

유등(油燈)의 기름도 좁은 관을 통해 저절로 채워졌다.

먹으면 당연히 배출해야 하는 게 사람의 생리다. 하지만 그 것도 작은 통에 배출물을 담아 가로세로 한 자 크기의 구멍으로 내밀면 모든 것이 다 해결됐다.

사람의 말도 들을 수 없고, 만날 수는 더욱 없었다.

죽든 말든 절대 문은 열리지 않으니, 여섯 달간 오직 무공만 붙잡고 씨름하라는 말이었다.

동굴의 석실에는 단 다섯 가지의 무공이 벽에 새겨져 있을 뿐이었다.

이름이 없는 심법과 검법과 도법과 권법과 보법.

교두의 말대로라면 아마 다른 아이들도 마찬가지 처지일 터였다.

게다가 한 자루씩의 검과 도가 무기의 전부였다. 아마도 검과 도를 친구 삼아 여섯 달을 버티라는 말인 듯했다.

완벽한 고립이었다.

그렇게 석 달이 흘렀다.

유옥은 검을 그러쥔 채 가만히 서서 눈을 감았다.

다른 아이들은 아주 어릴 적부터 무공을 익혔다고 했다.

상유상은 세 살 때부터 익혔다고 했고, 사진옥도 네 살 때부터 익혔다고 했다. 심지어 예종이나 고후명도 다섯 살 때 목검을 쥐었다고 했다.

하지만 자신은 이곳에 들어온 후 사관문에 들어가서야 처음으로 검을 쥐어봤다. 늦어도 한참 늦은 무공 입문이었다.

그나마 다행이라면, 자신의 자질이 다른 아이들보다 조금은 뛰어나다는 것이었다.

그것도 사관문을 나설 때쯤에야 알았다. 여섯 달간 휘두른 검이 오 년간 휘두른 검에 못지않았으니까. 적어도 찌르고 베는 것만큼은.

사관문에서 배운 것은 베는 방법이 서른여섯 가지, 찌르는 방법이 마흔아홉 가지, 주먹을 내지르는 방법이 스물네 가지, 그리고 백팔 개의 발자국을 따라 걷는 법이 거의 다라 해도 과언이 아니었다.

거기에 더한다면, 배워도 그만 안 배워도 그만인 하나의 심법일 것이다.

이미 들어오기 전부터 배운 심법에 익숙해져 있는 아이들은 그것을 익히지 않았다.

심지어 군악이도 가문의 심법을 외우고 들어왔을 정도였

으니 더 말할 것이 없었다.

하지만 자신은 그들과 달랐다.

태대원로도, 풍백도 가르쳐 준 심법이 없었다.

기껏해야 심법이라는 것이 사람의 기를 움직이는 방법이라는 원칙적인 말만 했을 뿐이었다.

그나마 산을 오를 때 호흡에 대해 한마디 해준 것이 있지만, 그것은 내공심법과는 확연히 다른 것이었다.

그러니 자신으로선 그 심법을 배우는 데 소홀할 수가 없었다.

악착같이 파고들었다.

그런 삼류심법은 익혀봐야 별 쓸모도 없으니 나중에 더 좋은 걸 익히라며 군악이 말려도 듣지 않고 익혔다.

자신만의 비밀 때문이었다.

'내가 이것을 익히는 이유는 지금 당장 살기 위해서야, 군악아!'

그것만큼은 군악이에게조차 걱정할까 봐 말하지 않았다.

그렇게 죽자 사자 삼류심법을 익힌 것이 지금은 천행으로 여겨졌다.

"이어지는 거였어."

유옥은 조용히 눈을 뜨고 독백하듯이 탄성을 내뱉었다.

삼류심법이라며 누구도 신경 쓰지 않았던 그 심법이 이어지고 있었다. 바로 이곳, 오관문에 적힌 한 가지 심법과.

처음에는 알지 못했다. 심법이라는 것을 처음 배워본 데다, 하나도 같은 구결이 없었으니까.

그런데 이제는 확신이 선다.

같은 심법이다. 그 심도에서 차이가 있을 뿐.

또다시 악착같이 오관문의 심법을 파고든 지 석 달. 실낱같던 기운이 하나둘 모이고, 꼬아지며, 굵어지는 것이 서서히 느껴지는 것이다.

아마 사관문의 심법을 익히지 않은 아이들은 모를 것이다. 그리고 오관문의 심법도 삼류라며 팽개칠 것이다. 분명히!

은근히 기대감이 생겼다.

육관문에는 어떤 심법이 있을까? 그곳의 심법도 계속 이어지는 것일까?

여섯 달이 거의 다 된 것 같다.

운기를 할 때마다 몸속에서는 굵은 동아줄 같은 기운이 꿈틀거리며 흐른다.

결코 심법만으로 생긴 기운은 아니다.

자신을 죽음 직전까지 몰고 갔던 뜨거운 기운 때문이다.

자신으로 하여금 하루에 두 번 악착같이 심법에 매달리게 했던 그 기운. 다스리지 않으면 금방이라도 온몸을 태워 버릴 것 같았던 그 기운이 동아줄을 더욱 강하고, 굵고, 질기게 만들었다.

유옥은 미처 모르고 있었지만, 그것에 비하면 천왕교의 기본 무공이라는 검법과 도법과 권법과 보법은 아무것도 아니었다.

그래도 유옥은 검과 도와 권을 익히는 데 혼신의 힘을 다했다. 먹고, 자고, 운기를 하고 나면 할 수 있는 것이 그것밖에 없었으니까.

그렇게 유옥이 혼신을 다해 검을 익히고 있던 어느 날, 갑자기 문이 열렸다.

쿠르르르…….

문 앞에는 한 사람이 서 있었다.

청의를 입은 장한. 여섯 달 전에 본 오관문의 교두와는 또 다른 자였다. 보는 것만으로도 그 강함이 느껴지는 자다.

그가 차가우면서도 나직한 목소리로 말했다.

"뭘 펼치든 나의 십 초를 받아내면 통과다. 단, 이곳에서 익힌 무공만을 사용해야 한다."

기이한 느낌. 불길함이 뇌리를 자극했다.

유옥이의 들떴던 기분이 차갑게 가라앉았다.

은연중 교두에게서 흘러나오는 기운이 전신을 찌른다. 솜털을 곤두서게 하는 기운.

'설마…… 살기?'

비록 일순간에 사라졌지만, 자신의 느낌을 속이지는 못했다.

왜 살기를 품은 걸까? 그리고 왜 감추는 걸까?

나가는 모두에게 그러는 걸까?

유옥은 의구심을 느끼며 슬며시 내력을 끌어올렸다.

'아무래도 이상해. 정확한 이유를 알기 전에는 힘을 함부로 쓰면 안 되겠어.'

자신의 초감각이 거짓을 말할 리는 없다. 뭔가 일이 이상하게 흐르고 있다. 단순한 통과 비무가 아닌 듯하다.

삼관에서도, 사관에서도 유독 자신을 몰아치는 교두들의 태도가 이상하게 느껴졌었다.

그때만 해도 그러려니 했다. 이곳은 지옥십관이니까.

한데 이제 살기를 품은 자마저 나타났다.

그렇다면 자신의 모든 것을 보여줘서는 안 된다. 최악의 경우가 아니라면.

'자신의 삼 푼을 숨겨라.'

그런 말도 있지 않던가.

사 할의 내력. 일단은 그 정도만 끌어올렸다.

사실 그 정도만으로도 자칫 의혹의 대상이 될지도 몰랐다. 교두들이 예상했던 것보다 두 배의 내력은 될 테니까.

그러니 그 이상은 참아야 했다.

그때 교두가 검을 치켜 올리며 말했다.

"시작하지."

검을 쥔 손에 힘이 들어가자 유옥이 먼저 발을 내디뎠다.

쩡!

검이 정면으로 부딪치며 불꽃이 튀었다.

주르륵…….

세 걸음을 물러선 유옥이를 보고 교두의 눈이 커졌다. 예상 밖이라는 표정.

그가 자신도 모르게 한마디 내뱉었다.

"왜 주시하는지 알 만하군."

중얼거리듯 한 말이지만, 못 들을 정도는 아니었다.

'주시한다고? 누가?'

좋은 뜻은 아닐 터였다. 살기를 감춘 자가 한 말이 아닌가.

'좌우간 이제 구 초만 버티면 된다.'

이를 지그시 깨문 유옥이 말했다.

"이제 구 초 남았군요."

"그래, 구 초 남았다."

아직 구 초나 남았다는 말처럼 들렸다.

하지만 아무런 상관이 없었다. 구 초만 남았든, 구 초나 남았든 최선을 다하면 되는 것이다.

유옥이 바닥을 차고 몸을 날렸다.

"갑니다! 타앗!"

사 초. 배는 빨라진 교두의 검이 옆구리를 훑고 지나간다. 다행히 살갗만 찢어졌을 뿐, 옆구리가 뚫리지는 않았다.

한데도 유옥은 아픔을 느낄 새도 없이 검을 치켜들었다. 교두의 검이 다시 춤을 추자 십여 개의 검영이 한순간에 피어나고 있는 것이다.

'좋아! 가는 데까지 가보자!'

칠 초. 내려치는 검을 막은 손이 부르르 떨렸다.

조금만 늦었으면 어깨가 잘려 나갔을지도 모르는 상황이었다.

대신 내부가 거센 충격에 흔들렸다.

'젠장! 아직은 참을 수 있어!'

그래도 내력을 더 끌어올리지는 않았다.

차창! 파앗!

핏줄기가 솟았다.

교두의 검날이 어깨와 얼굴을 동시에 스쳐 갔다.

그것이 끝이 아니었다. 뱀처럼 방향을 튼 검첨이 다시 아래서 위로 치솟는다.

"헛!"

보법을 배우지 못한 유옥이로선 도저히 피할 수 없을 것 같은 상황!

유옥은 자신도 모르게 다리를 뻣뻣이 한 채 미끄러지듯 물러섰다.

풍백의 걸음을 흉내 내던 습관이 비무 중에 갑자기 튀어나온 것이다.

단 두 자였다. 유옥이 미끄러진 거리는. 한데 그 두 자가 목숨을 구했다.

슈욱! 치솟은 검날이 독사의 헛바닥처럼 어깨를 스치며 지나간다.

하지만 그것도 일순간, 지나갔다 싶은 교두의 검이 낙뢰가 되어 떨어졌다.

"흡!"

유옥은 순간적으로 팔방을 밟아가며 혼신을 다해 검을 휘둘렀다.

마지막 일초!

지난 육 개월간 익혀온 모든 것이 유옥이의 손에서 한꺼번에 쏟아져 나왔다.

쩌저저정!

격렬한 부딪침!

힘에서 밀린 유옥이의 신형이 주르륵, 뒤로 밀렸다.

물러서고도 모자라 바닥을 뒹군 유옥은 검으로 바닥을 짚고 일어섰다.

"크윽!"

악다문 입술 사이로 피가 배어 나왔다.

갈라진 어깨에서 느껴지는 짜릿한 통증. 스며 나온 피가 가슴을 적신다.

와중에도 시선은 한시도 교두에게서 떨어뜨리지 않았다.

교두가 놀란 눈으로 노려보고 있었다.

"십초……. 다행히… 버틴 것 같군요."

유옥이 말했다.

벌린 입술 사이로 핏물이 뚝뚝 떨어졌다.

한데 언뜻, 교두의 손에 힘줄이 솟는 것이 보인다.

약속을 지키지 않겠다는 것인가?

'빌어먹을! 할 수 없이 나머지 힘을 다 써야 하나? 그럼 저 자도 전력을 다할 텐데, 얼마나 버틸 수 있을까?

순전히 초식을 시험하는 자리였다. 그런데도 터무니없이 강한 힘을 쓴 자다.

이유는 하나. 죽이든지, 병신을 만들든지, 둘 중 하나가 목적이었을 것이다. 그런데 실패했다.

지금까지는 그나마도 공력의 반 이상은 쓰지 않은 듯했지만, 자신이 숨겨놓은 기운을 끌어내면 저자도 모든 힘을 다할 것이다.

승산은 일 할도 되지 않는다.

'그래도 일단 버티는 데까지는 버텨보자! 까짓 거, 인명은 재천이라잖아!'

유옥이 교두를 마주 노려보며 천천히 일어설 때다.

"통과!"

교두가 갑자기 소리쳤다.

유옥은 깜짝 놀라 교두를 쳐다보았다.

눈초리가 떨리고 있었다.

씰룩이는 입술, 뭔가 불만이 있는 듯했다.

스르릉…….

검을 집어 넣는 그의 표정이 조금 전보다는 많이 풀려 있었다. 이제 살기는 보이지 않았다.

그가 돌아서려다 말고 머뭇거리며 말했다.

"육관도 통과하기 바란다. 조심하고……."

마지막 말은 거의 들리지 않았다. 신경이 곤두서 있지 않았다면 들을 수 없을 정도였다.

유옥이 천천히 고개를 숙였다.

'휴우, 풍백 아저씨가 날 구해준 셈인가?'

가느다란 눈. 머뭇거리며 휘두르는 손. 가뭄에 콩 나듯 한 번씩 피식거리며 웃는 모습.

오늘따라 유난히 더 보고 싶다. 군악이만큼이나.

5

"그 아이가 육관에 들어갔습니다."

"오동명이 막지 못했단 말이냐?"

"십 초를 겨루며 내공을 절반 정도 끌어올렸는데, 더하면 본신무공을 써야 할 것 같아 멈출 수밖에 없었다 합니다."

학창의를 입은 노인의 눈매가 가늘어졌다.

"오동명이 내공의 반을 쓰고도 어쩌지 못했다?"

"적지 않은 내상을 입은 데다 몸에도 여러 군데 상처를 입은 아이입니다. 육관은 쉽지 않을 것입니다."

"그래, 쉽지는 않겠지. 하지만 불가능한 것도 아니야."

"설사 육관을 통과한다 해도 걱정하실 것은 없습니다. 비로를 손봐놨으니까요."

"하긴……."

백의중년인의 말에 노인은 눈을 감고 손가락으로 탁자를 두드렸다.

노인의 눈이 뜨인 것은 반 각가량이 흘러서였다.

"태대원로의 뜻을 아직 모르는 이상은 모든 가능성을 막아야 한다. 사소한 일이라도 절대 소홀히 해서는 안 될 것이야."

"명심하겠습니다, 아버님."

"군악이의 주위를 정리하는 것도 빈틈없이 처리하도록 하고."

"이미 시작했습니다. 유옥이라는 아이만 처리되면, 모든 것이 백지상태로 돌아갈 것입니다."

만족했는지 학창의를 입은 노인의 입가에 조용한 웃음이 한 줄기 맺혔다. 아무런 감정도 느껴지지 않는 웃음이.

6

육관은 완전히 폐쇄된 공간에서 무공을 익히는 것이 아니라 했다.

기관으로 움직이는 동인방이 있어 그곳에서 실전에 가까운 수련을 하고, 그 결과에 따라 통과가 결정된다고 했다.

물론 동인방에 들기 전까지는 어느 정도 혼자만의 수련을 해야 할 테지만, 그것만으로 유옥은 살 것 같았다.

안으로 들어온 유옥이를 보더니 교두가 버릇처럼 입을 열었다.

"이곳에는 열 개의 무공이 있다. 선택은 자유다. 하나를 선택하든, 둘을 선택하든. 아니면 모두를 선택하든. 한 시진의 시간이 주어지니 꼼꼼히 따져 보도록."

벽에는 무서의 사본이 죽 꽂혀 있었다. 유옥이 책자에 눈을 두자 교두의 눈에 조소가 떠올랐다.

그러나 유옥이의 무덤덤한 표정을 보고는, 곧 흥미를 잃은 눈으로 설명을 이어갔다.

"선택을 하면 선택한 책자와 무기를 들고 안으로 들어가 죽어라 익혀라. 그리고 때가 되었다 싶거든, 석문의 구멍에 대고 '수련'이라고 말해라. 만일 누군가가 수련하는 중이 아니라면, 동인방이 열릴 것이다. 다른 사람이 있다면 문은 열리지 않는다. 동인방에 들어가면 실전이나 다름없는 수련을 할 수 있도록 십방(十房)에 기관이 설치되어 있다. 소림의 삼십육방에 있는 동인을 본떠서 만든 것이긴 하나, 내 장담하지만, 그보다 훨씬 살벌할 것이다. 죽고 사는 문제는 모두 본인의 능력에 달려 있지."

갑자기 교두의 목소리가 나직이 깔렸다.

"수련 기간 중에는 언제든 물러설 수 있지만, 기간이 다 되면 무조건 뚫고 가야 한다. 도저히 못 견디겠으면 '포기'라는 말을 크게 외쳐라. 공연히 개죽음당하지 말고."

가장 많은 수가 다치거나 죽어나가는 곳이 바로 육관문이라는 소문을 들었다. 교두의 말에서 그 말이 거짓이 아님이 느껴진다.

하지만 여기서 물러설 수는 없다. 더구나 그런 이유 때문이라면 더욱더 그러하다.

포기?

웃기는 소리다. 그럴 거라면 차라리 죽고 만다.

자신의 말에도 유옥이 태연하게 듣기만 하자 눈살을 찌푸린 교두가 말을 이었다.

"십방을 세 시진 안에 통과하면 통관이다. 그리고 통관을 하든 하지 못하든 책자는 꼭 반납하도록 해라. 이상! 질문있나?"

유옥이 물었다.

"혹시 백리군악은 오지 않았습니까?"

교두가 대답했다.

"어제 들어갔다. 네가 여덟 번째이자 마지막이다."

두 명이 탈락했다는 말이다.

하기는 열네댓 살의 나이로 닳고 닳은 교두들의 십 초를 받아낸다는 것이 쉬운 일은 아니었을 터였다. 자질이 모자란 아이들이었다면, 반은커녕 서너 명도 여기까지 오지 못했을 게 분명했다.

누가 탈락했을까? 아니, 살아서나 나갔을까?

궁금했지만 그것은 묻지 않았다. 대신 천천히 서가를 향해 걸음을 옮겼다.

서가에 군데군데 빈자리가 보였다.

누군가가 집어갔다는 말이다.

유옥은 열 가지의 무공을 찬찬히 훑어보았다. 교두는 이미 사라진 뒤였다.

시간은 한 시진. 짧다면 짧고, 길다면 긴 시간이었다. 개인 석실로 들어가기 전까지 유옥은 열 개의 책자를 꺼내 세세히 살펴보았다.

한 시진이 다 되어갈 무렵 유옥이 골라낸 책은 세 권이었다.

검법, 도법, 그리고 심법. 오관의 무공에서 이어지는 무공이 적힌 책이었다. 전과 다른 것이라면, 책자에 무공의 이름이 적혀 있다는 것이었다.

거창한 이름이었다.

전마십팔검(戰魔十八劍).

오관의 벽에 새겨진 것은 그중 십 초에 불과했다. 책자에는 나머지 팔 초가 모두 적혀 있었다. 총 열 권 중 다섯 권이 남아 있었다.

단혼십삼도(斷魂十三刀).

역시 오관에 팔 초, 책자에 나머지 후오초가 적혀 있었다. 일곱 권이 남아 있었다.

천라마마진결(天羅魔魔眞訣).

전혀 다른 심법처럼 보이지만, 유옥은 한 장을 채 읽어보기도 전에 느낄 수 있었다.

'다음 단계다!'

딱 한 권이 보이지 않았다. 나머지도 대부분 먼지가 수북이 쌓여 있었다. 아마도 먼지가 덜 쌓인 서너 권만 돌아가면서 계속 뽑아서 본 듯했다.

유옥은 심법요결을 가져간 사람이 책을 다 보지도 않고 한쪽에 놔둘 거라 확신했다. 사관과 오관에서 심법을 제대로 익히지 않은 이상은 무용지물에 가까웠으니까.

그저 길고 지루하기만 해서 삼류심법 같던 구결이 핵심 운용결의 기초였을 줄 누가 알았으랴.

어쨌든 유옥은 그 세 권에 두 권을 더했다.

칠양권(七梁拳), 유령보(幽靈步).

다섯 권의 책을 고른 유옥은 천천히 개인 석실로 향했다. 그리고 유옥이 안으로 들어가자 석문이 저절로 닫혔다.

"수련!"

유옥이 석문의 구멍에 대고 큰 소리로 '수련'을 외친 것은 석 달째가 되던 날이었다.

실전과 다름없는 수련이라 했으니, 단순히 책을 보고 혼자 익히는 것보다 훨씬 나을 거라 판단했기 때문이다.

쿠르르릉……

수련을 외친 지 반 각 정도 지나자 석문이 열렸다. 아무도 없다는 말이었다.

유옥은 심호흡을 하고 한 자루 검을 든 채 안으로 걸어 들어갔다.

석벽에 커다란 글자가 보였다.

동인(銅人) 제일방(第一房).

'총 십방(十房), 각 방(房)당 열 개씩의 동인이 있다고 했지? 그럼 합해서 백 개!'

검을 잡은 손에 불끈, 힘이 들어갔다.

급소를 치거나 찌르면 멈춘다고 했던가?

까짓것 뭐 어때? 진짜 사람도 아닌데 뭐!

동인 제일방에 들어간 지 일각.

이제는 기관이 움직일 때 나는 쇠줄 당기는 소리조차 귀에 들어오지 않았다.

정신이 없었다.

동인들의 움직임은 상상했던 것보다 빠르고, 믿을 수 없을 정도로 빈틈이 없었다.

우습게 생각하지는 않았지만, 그렇다고 설마 이 정도일 줄은 몰랐다.

처음 십여 초만 대등하게 상대할 수 있었을 뿐, 그 이후로는 일각이 지나도록 피하기에 급급했다.

그사이 동인의 주먹에 얻어맞은 것만도 이십여 번에 달했다.

뼈가 울릴 정도의 강력한 타격에 숨이 턱턱 막혔다.

신음이 목구멍까지 솟구치면 오기로 악착같이 참았다.

서너 대를 연속으로 맞을 때면 움직이기조차 힘들 정도다.

그래도 굴하지 않고 계속 동인들에게 마주쳐 갔다.

죽음 직전까지 몰렸던 게 어디 한두 번인가?!

그렇게 시간이 지나자 동인들의 움직임이 미리 느껴지기 시작했다.

동인들의 공격이 시작되지도 않았는데 살갗에 솜털이 올올히 솟았다. 몸 깊숙이 잠자고 있던 초감각의 또 다른 능력이 조금씩 깨어나는 것이다. 그러자 본능이 먼저 상대의 공격을 눈치 채고 움직임을 제어했다.

조금은 상대하기가 쉬워졌다.

맞는 횟수는 줄어들고, 동인을 제어할 수 있는 급소에 검이 꽂히는 시간은 빨라졌다.

푹!

'일곱!'

일곱 번째 동인의 가슴에 검을 꽂은 유옥이의 몸이 빙글 돌았다. 동시에 뻗어나가는 검첨!

피육!

'여덟!'

남은 것은 둘. 수가 줄어들면서 동인이 빨라지는 만큼 유옥이의 몸놀림도 빨라졌다.

휙! 동인의 팔이 머리를 스치며 지나가자, 유옥은 몸을 반쯤 비튼 채 전마십팔검의 삼초를 연달아 펼쳐 냈다.

따다당!

두 동인이 빠르게 돌며 유옥이의 검을 쳐냈다.

그 순간이었다. 동인의 팔이 멈칫하며 미세한 틈이 찰나간에 드러나고, 이를 악다문 유옥이의 검이 그 틈을 파고들었다.

슈숙! 콰직! 푹!

거의 동시였다. 검첨이 아홉 번째 동인의 배에 난 구멍과 열 번째 동인의 목에 꽂혔다. 일순간 일방의 모든 동인이 움직임을 멈췄다.

유옥은 생사대적을 노려보듯이 코앞에서 멈춘 동인의 팔을 노려봤다.

'갈수록 더하겠지? 후우, 정말 실전과 비슷할 거라 하더니 대단하군.'

석벽 안에서 조그만 구멍을 통해 그 광경을 바라보던 장한 하나가 눈을 부릅떴다.

'저놈이 처음부터 일방(一房)을 통과하다니. 평상시보다 두 배의 빠르기로 움직였거늘…….'

그런 사실을 알 리 없는 유옥은 천천히 이방을 향해 걸어갔다. 그리고 곧 요란한 소리를 동반한 채 일방보다 훨씬 더 치열한 격전이 유옥이와 동인 간에 펼쳐졌다.

그러길 이각, 유옥은 마지막 동인이 움직임을 멈추자 미련 없이 뒤돌아섰다. 비틀거리는 몸을 검에 의지한 채.

'젠장! 움직이기도 힘들군. 정말 굉장해. 자주 들러서 수련 해야겠어!'

장한은 자신이 조종한 기관을 멍하니 내려다봤다.

'이방(二房)마저……. 내가 직접 수동으로 조작해서 갑작스런 변화를 주기까지 했는데……. 으음, 안 되겠군. 다음부터는 좀 더 강하게 해야겠어.'

하지만 누구도 몰랐다. 동인을 조종한 장한도, 장한에게 일을 시킨 사람도, 유옥이도. 장한의 오기 서린 결심이 유옥이의 수련만 도와주는 꼴이 되었다는 것을.

어쨌든 유옥은 거의 매일 동인방을 찾아들었다.

그와 함께 동인들의 공격도 갈수록 더 격렬해졌다.

몸에 난 상처들은 하나둘 늘어만 가고, 그럴수록 유옥이의 눈빛도 강해졌다. 동인들의 변화에 대해선 당연히 그런 줄로만 알고서.

반면에 동인을 조종하던 장한은 미칠 것 같았다.

도대체 어떻게 된 놈이 하루가 다르게 실력이 는다. 마치 처음부터 실력을 감추고 있었던 놈처럼.

'이러다 진짜 통과하는 것 아냐? 제기랄! 그렇게 놔둘 수는 없지!'

그는 이를 갈며 남은 동인들을 꼼꼼하게 손봤다.

동인을 움직이는 선도 새로 갈고, 반응 속도를 높이기 위해 느슨한 줄을 팽팽하게 당겼다.

'흥! 어디 한번 해보자, 이놈!'

그렇게 세월이 살같이 흘렀다.

7

"놀라운 아이입니다. 육관에서 전마십팔검과 단혼십삼도

를 혼자서 칠성까지 익혀냈습니다."

"칠성?"

백의중년인의 말에 학창의의 노인이 해연히 놀란 표정을 지었다.

"관문의 책임자들이 관심을 가지고 주시하고 있습니다. 십년 만에 구관에 도전할 아이가 나올지 모르겠다고 하면서 말입니다."

"구관에 도전할 아이라고? 흥! 웃기는 소리. 절대 그렇게는 안 되지."

"걱정 마십시오, 아버님. 이미 준비는 다 끝나 있습니다. 오래전에 폐쇄된 곳인만큼 아무도 눈치 채지 못할 겁니다. 설사 나중에 시신을 발견한다 해도 누가 알겠습니까? 저희가 직접 손을 쓰지 않았는데."

노인이 만족한 표정으로 고개를 주억거렸다.

"음, 그건 그렇지. 그래, 군악이는?"

"육관은 겨우 통과할 것 같습니다만, 칠관은 무리일 것 같습니다."

"상관없다. 아무것도 배운 것 없는 아이였어. 그 정도만 해도 잘한 거야. 어차피 그 아이는 본가의 학문을 배워야 할 아이야, 거기서 끝내거라."

"이미 그 아이에게 그리 전했습니다."

만족한 듯 노인은 고개를 끄덕이고는 찻잔을 집어 들었다.

"한데…… 태대원로가 꼼짝도 않고 있다고?"

"오히려 집마원의 헌원무강이 수상한 움직임을 보이고 있습니다."

"그 곰 같은 작자는 염려할 필요 없다. 일단은 태대원로에게만 신경을 써라. 누가 뭐래도 태대원로는 아직도 태대원로니까."

그 말에 백의중년인이 의아한 표정으로 물었다.

"늙은 호랑이에게 그렇게까지 관심을 둘 필요가 있겠습니까?"

노인이 집어 든 찻잔을 입에 대려다 멈추고는 자신의 아들을 바라보았다.

"천왕이 자리에 누운 이상 태대원로가 사실상 본 교의 일인자다. 게다가 태대원로는 아직도 강하다. 일 대 일로는 누구도 그를 이길 수 없을 정도로."

태대원로를 생각하는 것만으로도 목이 타는지 노인은 손에 든 찻잔을 입에 댔다. 그러고는 한 모금을 천천히 마시고 말을 이었다.

"너는 잘 모르겠지만, 왕년의 그를 아는 사람들은 누구도 그를 건드리고 싶어하지 않는다. 비록 그의 옆에 있는 사람이 몇 되지 않는다 해도, 아니, 설령 그 혼자만 있다 해도 그건 마찬가지다. 후우……. 그는 정말 두려운 자야. 죽기 전까지는 안심을 할 수가 없을 정도로……."

절대 흔들리지 않을 것 같은 노인의 눈에 진정한 두려움의 빛이 떠오른다. 백의중년인은 그것만으로도 태대원로 장천궁의 무서움이 절로 느껴졌다.

"알겠습니다, 아버님. 태대원로에 대한 감시는 한시도 늦추지 않겠습니다."

그때다. 노인이 반쯤 마시다 만 찻잔을 내려놓더니, 조금 전의 흔들림을 잊고 싶은지 미간을 찌푸리며 물었다.

"그건 그렇고, 교주의 상황은 어떠하다더냐?"

"마의(魔醫)의 말에 의하면, 삼 년을 넘기기는 힘들 거라 합니다."

"삼 년이라……."

노인의 눈이 암울하게 가라앉았다.

'교주가 자리에 누운 지 벌써 십 년이거늘……. 지루하군. 이러다 내가 먼저 죽겠어.'

어느 순간, 가라앉은 노인의 눈에서 번쩍 한광이 솟구쳤다.

'적의 적은 친구라 했지. 으음……. 그를 만나봐야겠어.'

8

찌이익!

옷자락을 찢어 팔을 감쌌다.

동인의 검이 스치고 지나간 자리였다. 제법 깊게 베여서인지 싸맨 천 사이로 피가 배어 나온다.

'정말 대단했어. 그래도 며칠 전보다 빨라졌군.'

감정도 없이 철저히 기관에 의해 움직이는 동인들을 상대하는 일은 쉽지 않았다. 더구나 사 할의 내공만 쓰며 상대한다는 것은 더욱 어려운 일이었다.

그렇다고 더 많은 내공을 쓸 수는 없었다.

오기라고 해도 어쩔 수 없었다.

아직은 자신의 숨겨진 힘이 밝혀져서는 안 된다.

오관의 교두에게서 이상함을 느꼈듯이, 지금도 누군가가 자신을 주시하고 있다.

결코 좋은 이유 때문이 아니다.

그러니 자신의 능력이 생각보다 뛰어나다는 것이 밝혀지면, 무슨 일이 벌어질지 아무도 모른다.

최후가 아니라면 힘을 감추어야 한다. 이곳을 나가기 전까지는.

그래야 살아서 나갈 수 있다.

'흥! 쉽게 당하지는 않아! 어디 해봐!'

유옥은 검을 잡은 손에 힘을 주고 일어섰다.

한 시진이 지날 때마다 주어지는 두 번째 일각의 휴식 시간이 끝나가고 있었다. 괴물 같은 동인들이 다시 살아 움직일 시간이 된 것이다.

'이제 구방과 십방만이 남은 건가?'

열흘 전에는 칠방에서 멈췄다. 그리고 사흘 전에는 팔방에서 뒤돌아섰다.

하지만 오늘은, 끝장을 본다!

'어차피 기간이 얼마 남지 않았어. 주시하는 자가 허튼수작을 부리기 전에 통관을 하는 거야!'

끄르르르…….

기관이 움직이는 소리가 들렸다.

유옥은 생각을 접고 구방의 입구로 들어가며 자세를 낮췄다.

순간!

덜컥! 좌우 석벽이 열리고 동인이 튀어나왔다.

팟! 땅!

검날이 비스듬히 치켜 올라가며 동인의 팔을 때렸다.

그러자 빙글 도는 동인 옆에서 또 다른 동인이 불쑥 튀어나오며 검을 뻗는다.

사각이 노출되었다 싶은 순간, 반쯤 기울어진 유옥이의 몸이 빙글 돌며 일시에 사각을 없애 버렸다. 동시에 유옥은 좌권을 뻗어 동인의 복부를 때렸다.

떵!

그러고는 잠시 멈칫거리는 동인을 비켜가며 세 번째 동인의 가슴에 난 구멍 속으로 검을 쑤셔 넣었다.

하지만 완벽하니 쑤셔 넣을 시간이 없었다. 뒤에서 첫 번째와 두 번째 동인이 함께 달려들고 있었던 것이다.

연환에 합공까지, 철저한 공격이다.

팔방을 지나오는 동안 볼 수 없었던 공격 방법이다.

"핫!"

위험한 상황임을 느낀 유옥이의 입에서 짧은 기합성이 터져 나왔다.

동시에 유옥이의 몸이 일순간 세 바퀴를 맴돌았다.

따다당!

구로 안에 콩 볶는 소리가 요란하게 울렸다.

그때부터였다. 전마십팔검이 유옥이의 손에서 꼬리에 꼬리를 물고 펼쳐졌다.

두 발은 유령보법의 백팔변을 끊임없이 밟아갔다.

몸을 스치고 지나가는 동인들의 검을 보면서도 흔들리지 않는 눈동자. 세 개, 네 개의 동인이 한꺼번에 교차하며 달려드는 것을 보고서도 망설이지 않고 뛰어드는 유옥이다.

어차피 각오하고 있던 바다.

똑같은 공격이 있을 거라고는 생각도 않았다.

누군가가 임의로 동인을 조종하고 있다. 그것도 자신의 움직임을 살피면서.

놈은 자신하고 있겠지만, 바로 거기에 약점이 있다.

자신의 움직임을 보고 조종하다 보니 찰나간의 차이가 난다는 것!

머리칼 하나 차이지만 그거면 충분했다. 멍텅구리 쇳덩어리 인형들을 잠재우는 데는.

하나하나 동인의 급소를 치고 찌른 지 근 일각이 지났을 때다.

콰광! 와직!

굉음과 함께 유옥이의 검이 마지막 동인의 가슴을 뚫고 들어갔다.

순간 고요가 찾아왔다.

열 개의 동인은 벼락이라도 맞은 듯 멈추어 있었다.

"후욱! 훅!"

유옥은 거친 숨을 들이키며 만족한 표정을 지었다.

상처가 세 군데 정도 늘어난 것은 아무것도 아니었다.

싸맨 상처에서 흐른 피가 뚝뚝 떨어지고 있는 것도 문제 될 것이 없었다.

구방을 통과했다. 이제 남은 것은 십방뿐!

주시하던 자는 여기서 자신이 돌아설 줄 알고 있을 것이다.

'분명 그럴 거야!'

아닐지도 모르지만, 그리 생각할 거라는 생각이 더 강하게 들었다.

자신이 지금까지 그렇게 생각하도록 행동해 왔으니까.

유옥은 십방을 바라보며 내공을 조금 더 끌어올렸다.

천라마마진결의 흐름을 따라 단전에서 잠자고 있던 내공

이 꿈틀거렸다.

곧이어 기분 좋은 느낌이 전신을 치달렸다.

구멍 난 둑에서 뿜어져 나온 물줄기가 노도처럼 전신으로 퍼져 가는 기분이다.

육 할의 공력, 상쾌한 느낌이었다.

때마침 자신을 주시하던 기운이 사라진다.

'좋아! 가자! 끝장을 내버리자!'

9

콰당!

문이 부서질 듯 열리더니 다급한 표정의 청의인이 안으로 들어왔다. 이 장 거리에서 멈춘 그가 털썩 무릎을 꿇더니 떨리는 목소리로 말했다.

"팔십팔조의 꼬마가 육관을 통과했다 합니다!"

순간 죽 그어지던 난이 확 삐뚤어졌다.

백의중년인은 고개를 번쩍 들고 소리쳤다.

"무슨 말이냐? 아직 닷새 정도는 더 걸릴 거라 하지 않았느냐?"

전갈을 전한 청의인은 자신이 죄를 지은 것마냥 고개를 푹 숙이고 말했다.

"꼬마 놈이 몸에 상당한 부상을 입은 채로 구방과 십방을

176 천사혈성

동시에 통과했다 합니다. 교두가 미처 생각을 하지 못한 바람에, 동인을 임의로 조정하지 못하고 기관에만 맡겨놓아서……."

"멍청한! 내 그렇게 당부했건만! 으음……."

소리를 지르던 백의중년인, 백리종무는 신음을 흘리며 눈을 감고 자신을 다잡았다. 하찮은 일 때문에 군사에게 가장 중요한 평정심이 깨진 것이 못내 마땅찮은 것이다.

'어린놈 하나 때문에 평정심이 깨지다니……. 쯔쯔쯔, 아직 멀었구나, 멀었어.'

그는 마음이 어느 정도 가라앉자 눈을 뜨고 조용히 말했다.

"알았다. 일단 그대로 놔두라고 전해라."

"하오면, 칠관에 그대로 들여보낼 생각이십니까? 차라리 직접 손을 쓰는 것이……."

백리종무는 난을 치다 만 종이를 치우고 다시 깨끗한 종이를 펼쳤다. 그리고는 붓에 듬뿍 먹물을 먹였다.

"직접 손을 쓰면 흔적이 남을 수밖에 없다. 천 년 묵은 여우 같은 태대원로가 그냥 지나칠 리 없다. 하는 수 없지. 더 이상은 손대지 말라 이르거라."

"알겠습니다, 가주."

청의인이 나간 지 일각, 백리종무의 눈이 파르르 떨렸다.

난이 제대로 쳐지지 않는 것이다.

'군악이의 부탁을 들어주는 것이 아니었는데……. 죽이면

자신도 죽겠다고 하니……. 하지만 더는 안 된다. 군악이가 아무리 구하기 힘든 천고기재라 해도!'

뚝!

쇠만큼 단단한 철죽(鐵竹)으로 만든 붓의 허리를, 백리종무는 가냘파 보이는 세 손가락만으로 아무렇지도 않게 꺾어 버렸다.

'어차피 난을 치지 못하는 붓은 아무리 좋아도 필요가 없어.'

그러고는 다시 붓을 하나 집어 들며 중얼거리듯 말했다.

"한 시진의 휴식 시간이 있으니 아직 칠관으로 들어가지는 않았을 것이다. 종위, 네가 직접 그 아이를 그곳으로 인도해라."

대답은 들려오지 않았다. 하지만 백리종무는 그 명령이 이행될 것임을 믿어 의심치 않았다. 자신의 이복동생이자 무종령의 령주인 그는 철저한 사람이니까.

第四章
사투(死鬪)

千秀芳景深更掩中露　兩間容差現改
草闡故近天下　浬與知名詩家　界一

長座前再拜禮　一天師與
道吉廣爲傳
日弟子趙孟順敬書　至大改元四月

死星
天血

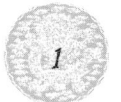

콰르르릉!

자신이 지나온 통로 안에서 굉음이 일더니, 뿜어져 나온 뿌연 먼지가 몸을 뒤덮었다.

왠지 불안한 느낌이 들었다.

'분명 이리 가라고 했는데, 잘못 왔나?'

교두가 직접 안내해 준 통로였다. 자칫하면 길을 잃는 수가 있으니 자신을 따라오라면서.

조금 이상하기는 했지만, 육관까지 교두의 안내가 잘못된 적은 없었으니 그러려니 했다.

더구나 들어선 지 얼마 되지 않아 봤던 석문에 쓰여진 글귀.

지옥 제칠관.

그런데 이상하다. 아무런 기척도 느껴지지 않는다.

자신의 감각이 잘못되지 않았다면 이곳에는 사람이 없다. 그 어느 곳에도. 그저 유등불만이 희미하게 빛을 발하고 있을 뿐이다.

어떻게 된 걸까? 칠관에는 본래부터 사람이 없는 것인가?

그러지는 않을 것이다. 지금까지 어느 곳에든 몸을 숨긴 채 수련생을 주시하는 자들이 있었으니까.

유옥은 제자리에 서서 생각을 정리해 봤다.

돌아서 나가야 하나? 그런 생각도 해봤다.

하지만 돌아서지는 않기로 했다.

누군가가 수작을 부렸다면 어차피 돌아가는 길도 막혔을 것이다. 조금 전의 굉음이 불안한 것도 그 때문이었다.

그렇다면 방법은 하나뿐.

기왕 들어온 길, 끝까지 가보는 거다!

'이곳이 어딘지는 모르지만, 들어오는 길이 있다면 나가는 길도 있겠지.'

문제가 없는 것은 아니었다.

'먹을 것은 어떻게 하지? 물은? 후우, 나도 모르겠다. 일단 더 들어가 보자.'

그 일이 알려진 것은 유옥이 칠관에 들어선 지 한 시진도 지나지 않아서였다.

─칠관에 들어간 천유옥이 사라졌다!

지옥십관에 비상이 걸렸다.

차라리 죽어서 시신으로라도 발견되었다면 이토록 시끄럽지는 않았을 것이다.

사라지다니! 칠관에 들어가는 것을 빤히 봤는데, 대체 어디로 사라졌단 말인가!

유옥이 사라진 지 한 시진도 되지 않아 관주의 명으로 십사가 모였다.

십사가 모두 자리에 앉자, 지옥전의 이인자이자 지옥십관의 관주인 심무자(深霧子) 갈천이 대갈을 터뜨렸다.

"대체 이것이 어찌 된 일인가!"

아무도 대답을 하지 못했다.

"그 아이가 태대원로의 아이라는 것을 모르는 사람이 있나?"

없다. 모두가 알고 있는 일이다.

갈천의 눈에 새파란 살기가 일었다.

"천기원에서 그 아이에게 관심을 가지고 있다는 말을 들었네. 설마 지옥의 율법을 잊은 사람이 있는 것은 아니겠지?"

"어찌 잊겠습니까? 중립을 지키지 못하면 지옥십관은 그날로 끝장이거늘."

삼사 은교명이 억눌린 목소리로 입을 열었다. 갈천이 싸늘한 눈으로 은교명을 직시했다.

"알면, 이 일이 얼마나 중요한 일인지 잘 알겠군. 전주께서도 이 일에 지대한 관심을 보이고 있다네."

"물론 잘 알고 있습니다, 관주. 하나 일단 그 아이를 먼저 찾고 보는 것이 순서가 아닐까 생각합니다."

"당연히 그래야겠지. 찾지 못하면 우선적으로 칠사(七師), 자네가 먼저 책임을 져야 할 것이야. 태대원로께 보고하는 것도 자네가 직접 해야 하네."

질책이 물먹은 채찍처럼 칠사에게 떨어졌다.

칠사 여우승은 이를 악물고 고개를 숙였다.

환장할 일이었다. 들어가는 것을 자신이 봤다. 그런데 어딜 갔다는 말인가?

칠관에 갈 데가 어디…….

'아! 있다!'

여우승이 번쩍, 고개를 들고 갈천에게 말했다.

"관주, 혹시 그 아이가 오래전에 폐쇄된 옛날의 칠관으로 들어간 것이 아닌지 모르겠습니다."

갈천의 이마에 내천자가 선명히 그어졌다.

"그곳은 완벽히 폐쇄되어 있는데 어떻게 들어간단 말인가?"

"폐쇄되어 있다지만 억지로 들어가고자 한다면 들어가지 못할 것도 없잖습니까?"

갈천의 이마에 진 주름이 더욱 굵어졌다.

"일단 가능성이 있는 것은 모두 조사해 봐야겠지. 가보세!"

삼십여 년 전, 너무 무지막지한 기관에 수련생들의 희생이 커지자 천왕대전에서는 칠관의 폐쇄를 결정했다.

그러고는 새롭게 칠관을 만들고, 구(舊) 칠관으로 이어진 비밀 통로는 벽처럼 교묘하게 위장된 석 자 두께의 석문으로 막아놓았다.

최근 그곳에 들어가도록 허락받은 자는 한 사람도 없었다. 들어가겠다고 신청한 자도 없었다.

그렇다면 당연히, 그곳의 문은 완벽하게 닫혀 있어야 했다.

하지만 아니었다.

그곳에 도착한 관주와 십사는 아연실색한 표정을 감추지 못했다.

비밀 통로로 들어가는 석문이 비스듬히 어긋나 있다. 누군가 손을 댔다는 말이다.

"앞장서!"

갈천이 빽 소리치자 여우승이 나서서 어긋난 석문을 열어젖혔다.

여우승이 앞장서고 갈천과 나머지 구사가 뒤따라 안으로

들어갔다.

그렇게 들어간 지 얼마, 두 번째 석문이 나타났다.

이제는 잊혀져 버린 옛날의 칠관이 시작되는 곳이었다.

여우승이 긴장한 표정으로 갈천을 바라보고는 조심스럽게 문을 잡아당겼다.

오래되어 열리기나 할까 우려했지만, 석문은 생각보다 쉽게 열렸다.

쿠르릉!

동시에 엄청난 암석 더미가 그들을 반기며 쏟아졌다.

여우승이 황급히 뒤로 물러섰다.

갈천도 두어 걸음 뒤로 물러서서는 이지러진 눈으로 석문 안쪽을 바라보았다. 그가 이를 갈며 소리쳤다.

"어떻게 이런 일이……. 어떤 놈이야! 어떤 놈이 감히!"

"그럼 아까 땅이 울린 이유가 저것 때문에?"

여우승은 눈앞이 캄캄해졌다.

지옥십관을 둘러싼 암벽에서 가끔씩 커다란 바위가 떨어질 때가 있는데, 그럴 때마다 산 전체가 울렸다.

특히 동굴 내부는 더했다. 그 진동으로 머리 위에서 작은 돌조각들이 떨어질 때도 있었으니까.

한 시진 전에도 그랬다.

조금 심하게 울려서 의아하긴 했지만 그러려니 했다.

제법 큰 바위가 떨어졌나 보다 하고 말이다.

한데 그것이 아니었다. 바위가 떨어진 것이 아니라 통로가 통째로 무너진 것이다.

넋을 잃고 서 있는 여우승을 향해 갈천이 휙 고개를 돌렸다.

"네가 직접 가서 태대원로께 말씀드려라!"

그러고도 분노를 참을 수 없는지, 갈천은 한마디 한마디 힘을 주어서 여우승의 가슴에 쐐기를 박듯 때려 박았다.

손가락으로 가슴을 콕콕 찌르며.

"이 일에 대해서! 네놈이! 책임지고! 마무리 지으란 말이다!"

2

쐐엑!

갑자기 강전이 쏘아졌다.

몸을 비틀어 강전을 피하고는 연속 동작으로 공중제비를 돌았다.

한 번의 공격으로 끝나지 않을 거라는 걸 알고 있기 때문이다.

아니나 다를까, 픽, 소리와 함께 가느다란 침들이 날아들더니 발밑을 스쳐 지나갔다.

조금만 늦었으면 전신에 수십 개의 바늘이 꽂혔을 게 분명했다.

"휴우, 하마터면 고슴도치가 될 뻔했군."

바닥에 내려선 유옥은 무릎을 꿇은 자세 그대로 신경을 곤두세운 채 모든 감각을 끌어올렸다.

한데 자신의 초감각으로도 아무런 기척이 느껴지지 않았다.

주위에 아무도 없다는 말이었다.

안심하는 한편으로 은근히 불안감이 스멀거렸다.

'젠장! 살벌하군.'

벌써 열일곱 번째였다.

처음에는 멋도 모르고 불쑥 튀어나온 창날에 허벅지를 찔렸다. 다행히 깊게 찔리지는 않아 행동에 그다지 불편은 없었다. 다만 그로 인해 신경이 곤두섰을 뿐.

이어서 화살이 날아들고 암기가 쏘아졌지만, 모든 감각을 최고조로 끌어올린 터라 쉽게 당하지는 않았다.

그렇다 해도 계속된 공격에 숨 돌리기가 바쁠 지경이었다.

긴장된 몸을 풀어줄 시간도 없었다.

몸에 난 상처는 벌써 열 곳이 넘었다.

배어 나온 피에 옷은 이미 반 이상이 붉게 변한 상태였다.

칠관이 기관을 상대하며 각자의 잠재한 능력을 최고조로 끌어올리는 곳이라는 말은 들었지만, 설마 이 정도일 줄은 몰랐다.

초감각이 아니었으면 벌써 죽었을 것이 아닌가 말이다.

찌이익!

유옥은 신경을 곤두세운 채 윗옷의 끝자락을 찢어 피가 제법 많이 배어 나오는 무릎 위를 감쌌다.

'이거야말로 사람 잡는 관문이군.'

그러고는 더 이상의 공격이 없자 첫 번째 통로의 중간에 앉아서 석벽을 바라보았다.

석벽에선 강전과 암기만이 쏟아지는 것이 아니었다. 그곳엔 많은 글귀들이 새겨져 있었다.

신법과 보법에 관해 포괄적으로 해석해 놓은 글이 대부분이었다.

한마디로, 가장 적당한 방법을 스스로 찾아내 피하라는 말인 듯했다.

얼마가 걸리든 그것은 본인이 책임져야 할 일. 살고 싶다면 굶어 죽기 전에 이곳을 빠져나가라는 말인 것 같았다.

이곳에서 지내야 할 날은 육 개월.

아직 하루도 지나지 않았다.

진짜 젠장할 일이다. 먹을 것도 없는데!

이곳을 지나면 먹을 것이 있을까?

'있겠지. 설마 굶겨 죽이기야 하겠어?'

근 이틀이 걸려서야 첫 번째 통로를 빠져나왔다.

얼마나 신경을 썼는지 입술이 쩍쩍 갈라져 있었다.

잠을 자지 못한 때문인지 눈가는 부석부석했다.

하지만 눈빛만큼은 그 어느 때보다도 날카롭게 번뜩였다. 시뻘겋게 충혈된 채.

광기에 가까운 눈빛이었다.

그런데 두 번째 통로를 앞에 둘 때까지도 먹을 것은 보이지 않았다.

'개새끼들! 차라리 그냥 죽이지, 말려 죽이겠다는 건가?

두 번째 통로의 공격은 훨씬 다채로웠다.

유옥이의 몸에도 온갖 상처가 더해졌다.

석벽의 구멍에서 쏟아진 불길에 머리카락이 반이 넘게 타버렸다. 옷은 아래만 겨우 가릴 정도가 남았을 뿐이다.

도저히 견딜 수 없어 자신의 모든 능력을 끌어올렸는데도 어쩔 수 없었다.

그러고도 사흘이 걸렸다.

만신창이가 된 유옥은 서 있을 힘도 없었지만, 오기로, 지지 않겠다는 악으로, 몸을 꼿꼿이 세운 채 두 번째 통로를 걸어나왔다.

해봐! 어디 죽여봐!

내가 죽음을 택하기 전에는 아무도 나를 못 죽여!

얼굴은 말라 광대뼈가 튀어나오고, 번들거리는 눈빛은 더욱 시뻘게졌다.

그런 유옥이도 세 번째 통로를 보고는 한숨을 푹 쉬었다.

"후우우……. 젠장할! 기름이 떨어졌나?"

컴컴했다.

어둠에 눈이 익은 유옥이인데도 아무것도 보이지 않았다.

진짜 지옥이 자신을 부르고 있었다.

3

"세 번째 통로부터는 기름을 보충하지 않았습니다. 설령 천운이 따라줘서 두 번째 통로를 통과했다 해도, 어둠 속에서 세 번째 통로 이후를 통과한다는 것은 불가능한 일입니다, 아버님."

백리종무가 조용히 말했다.

"아까운 아이였는데……. 쯔쯔쯔……."

학창의를 입은 노인, 백리진양이 조금도 아깝지 않은 표정으로 혀를 찼다.

"칠사 여우승이 태대원로께 말씀을 드렸는데 별다른 반응은 없었다 합니다."

"그러고도 남을 양반이지. 하여간 정이 안 가는 양반이야. 여우승만 목숨 하나 공짜로 건졌군."

"그리고 군악이에게는 알리지 않았습니다. 하나 곧 알게 될 것입니다."

"상관없다. 그 아이는 곧 만박당에 들어가게 될 테니까."

"그럼, 그 아이에 대한 것은 종료하겠습니다."

"음, 그래. 다른 할 일도 많은데, 사소한 일에 너무 신경을 쓴 것 같구나."

"그리고 아버님, 교주의 상태가 많이 안 좋아졌다고 합니다."

"그래? 한 번 찾아뵈어야겠군. 돌아가시기 전에 상의할 것도 있고 말이야."

"헌원 원주와 함께 가실 겁니까?"

"그래야겠지. 교주가 헛수작을 부리지 못하게 하려면 아무래도 그의 곰 같은 힘이 필요하니까 말이야."

"그가 너무 많은 요구를 하는 것은 아닌지 모르겠군요."

"하는 수 없지. 그 정도야 어차피 각오했었으니까. 현재로선 태대원로를 막을 수 있는 사람이 집마원뿐이니 어떡하겠느냐?"

그 말에 백리종무가 나직이 말했다.

"귀왕전이나 천양원을 끌어들이면 어떻겠습니까?"

백리진양이 길게 뻗은 수염을 쓸어내리며 천천히 고개를 저었다.

"귀왕전은 그럴 만한 힘이 있지만, 그들은 절대 앞으로 나서려 않을 것이다. 그리고 천양원은 무력이 너무 약한데다가 그나마 태대원로 사람이야. 둘 다 당장은 쓸모가 없으니 우선은 그들의 움직임만 예의 주시하거라."

"알겠습니다, 아버님."

"절대 성급해서는 안 된다. 기다림에 익숙한 자만이 최후의 잔을 들 수 있는 법이니까 말이다."

4

[유옥이 사라진 지 벌써 닷새입니다, 어르신. 걱정도 안 되십니까?]

풍백이 가느다란 눈을 슬쩍 치켜 올리고는 거칠게 손을 휘둘렀다. 그러자 장천궁이 별걱정 다 한다는 표정으로 피식 웃었다.

"내가 관상을 좀 본다는 거, 자네도 잘 알지?"

[……]

풍백도 안다. 좀 보는 정도가 아니라 소름이 돋을 정도로 정확하다.

"자네 한 시진 후에 죽을 거야."

그렇게 말하면 틀림없이 죽는다.

만에 하나, 혹시라도 죽지 않으면 직접 손을 써서라도 현실

화시킨다.

"너무 걱정 말게. 그 아이는 백 살도 넘게 살 팔자야. 어쩌면 나보다도 더 오래 살지도 모르지."

그러니 태대원로가 백 살을 넘게 산다면 사는 것이다.

풍백은 그렇게 믿었다.

그래도 이상하게 완전히 안심이 되지는 않았다.

풍백이 머뭇거리며 손을 들었다.

[정말…… 입니까?]

장천궁의 하얀 눈썹이 역팔자로 꺾어졌다.

"뭐야? 감히 나를 못 믿겠다는 건가?"

풍백이 재빨리 손을 뒤로 감췄다.

장천궁은 항상 조용하지만, 성질이 나면 누구도 못 말린다. 설령 교주라 해도 마찬가지다.

천왕교에서 그 사실을 모르는 사람은 없다.

적어도 마흔 살이 넘은 사람이라면, 장천궁의 진중한 성격이 활화산처럼 타오르는 데 필요한 시간은 찰나에 불과하다는 것을 모두가 아는 것이다. 이십여 년 전의 그 일을 잊었다면 몰라도.

정확하게는 이십이 년 전 가을이었다. 마흔단의 단주가 교주의 명을 세 번에 걸쳐 거역하자, 화가 난 장천궁이 단신으로 마흔단을 찾아가 백 명이 넘는 무사들을 하루아침에 고혼으로 만들고 이백여 명을 무릎 꿇리지 않았던가.

뒤늦게 소식을 들은 교주가 장천궁을 말리기 위해 마혼단에 갔을 때, 장천궁은 이미 패왕전으로 돌아와 낮잠을 자고 있었다고 한다. 오단이 사단으로 줄어든 이유가 바로 그 때문이다.

지금이야 그때보다는 훨씬 조용해졌지만, 그래도 사람들은 그 일을 잊지 못했다. 그 일은 천왕교가 존재하는 한 백 년이 흐른다 해도 결코 잊혀지지 않을 전설이었다.

지금에 와서 힘을 가진 자들이 장천궁을 건드리고 싶어도 자제하는 이유가 바로 그놈의 불같은 성격 때문인 것이다.

제풀에 놀란 풍백이 멀뚱하니 서 있자, 태산조차 활화산으로 만들 수 있는 장천궁이 아무 걱정 할 것 없다는 투로 말했다.

"그 아이는 내가 죽기 전에 돌아올 것이네. 죽기 전에는…… 반드시!"

그러고는 천천히 몸을 일으켰다.

"그래도 가서 한 번쯤 주의를 환기시키는 것도 좋겠지. 풍백, 앞장서라. 지옥전으로 간다!"

순간 풍백의 실 같은 눈에서 번갯불이 쏟아져 나왔다.

반 시진 후.

패왕전을 나선 장천궁과 풍백은 천천히 걸어서 지옥전에 도착했다.

지옥전은 지옥십관의 입구에서 백 장 정도 떨어진 곳에 세워져 있었다. 입구에 도착하자 온갖 미사여구가 총동원된 지옥전 무사들의 환영식이 펼쳐졌다.

"태대원로를 뵙습니다!"

"태대원로 천천세!"

"태대원로의 만수무강을 비옵니다!"

하지만 두 사람은 손 한 번 흔들어주지 않고 지옥전 안으로 들어갔다.

안으로 들어가자 풍성한 흑염을 길게 기른 지옥마제 영호승악이 갈천과 여우승을 대동하고 직접 장천궁을 맞이했다. 아마도 그가 온다는 말을 이미 들은 듯했다. 그만큼 태대원로 장천궁의 동태를 주시하는 자들이 많다는 말이기도 했다.

"오랜만이네."

"어서 오시지요. 여기까지 직접 오시게 해서 송구스럽습니……."

"자네도 말이 많이 늘었군. 예전에는 사람 목 따는 재주만 있었던 것 같은데 말이야."

근엄해 보이던 영호승악이 어색한 표정으로 입술을 비틀었다.

"세월이 흘렀잖습니까."

"흠, 그러니까 오래 살았다, 그 말인가?"

백 살이 넘은 태대원로 앞에서 칠십 먹은 지옥마제 영호승악은 노인도 아니었다.

영호승악은 황급히 머리를 숙이고 불만은 속으로 삭였다.

"제가 어찌 감히……. 일단 자리에 앉으시지요."

'증손자가 벌써 다섯 살입니다, 다섯 살!'

장천궁은 상석의 커다란 태사의에 앉자마자 그때까지도 서 있는 영호승악을 닦달했다.

"그런데 어째서 사람 하나 간수도 못하나? 벌써 노망들 나이도 아닐 텐데 말이야."

영호승악이 천천히 옆을 바라보았다.

심무자 갈천이 창백한 얼굴로 고개를 돌렸다.

두 사람의 눈이 차례로 꽂히자 여우승이 털썩 무릎을 꿇었다.

"속하가 아랫사람을 관리하지 못해 일어난 일이옵니다. 죽여주시옵소서!"

장천궁은 혀를 차며 영호승악과 갈천을 번갈아 보았다.

"내가 언제 실무자를 혼내던가?"

그 말이 떨어지자 두 사람의 얼굴이 하얗게 굳었다.

하도 오래되어서 깜박 잊은 것이다. 태대원로 장천궁은 책임자에게 책임을 묻지 결코 실무자를 상대하지 않는다는 걸.

그 일에는 자신들이 지옥전의 일인자, 이인자인 것은 아무런 상관도 없었다. 천왕을 제외하고는 누구도 장천궁의 법에서 벗어날 수가 없는 것이다.

"태대원로……."

"쯔쯔쯔쯔, 이제 증손자도 봤을 텐데, 어째 삼십 년 전이나 지금이나 변한 게 없나?"

"송구스럽습니다."

영호승악이 고개를 숙이자 장천궁이 직설적으로 물었다.

"누구 짓이야?"

"아직……."

"하긴 그걸 알았으면 여태 참고 있었을 자네가 아니지."

"제 마음을 알아주셔서 감사합니다."

"그래, 행방은 밝혀졌나?"

"아직 폐쇄된 통로에 있는 것으로 알고 있습니다."

"무너진 돌을 치우기가 어려운가?"

"어느 정도 치우고 들어갔는데, 또 무너져 내려서 다섯 명의 무사가 깔렸습니다."

장천궁의 이마에 세 줄기 굵은 주름이 세로로 그어지자, 그만큼 영호승악의 고개도 깊게 숙여졌다. 갈천도 덩달아 허리를 반쯤 접었다.

"다시 치울 수는 없나?"

"해보고는 있는데…… 힘들 것 같습니다, 태대원로."

"불가능하다는 겐가?"

장천궁의 이마에 그어진 주름의 골이 더욱 깊어지더니 나직한 노성이 영호승악의 뒤통수를 짓눌렀다.

숨이 턱 막힌 영호승악이 다급히 대답했다.

"너무 많이 무너진 데다 하필 무너진 곳 위쪽의 암반이 약해서……."

장천궁은 한참 동안 영호승악과 갈천의 뒤통수를 노려보고는, 하는 수 없다는 듯 고개를 쳐들었다.

"음, 정 불가능하다면 하는 수 없지. 그 아이에게 천운이 닫기를 바라는 수밖에. 하나 대신 이거 하나만은 약속하게."

"말씀하시지요. 제가 할 수 있는 일이라면 뭐든지 하겠습니다."

진짜 지옥에 들어갔다 살아 나온 것 같은 기분에 영호승악은 안도의 숨을 내쉬며 고개를 들었다.

그러자 장천궁이 조금은 밝아진 표정의 영호승악을 향해 한 자 한 자 대못을 박듯이 말했다.

"만일 그 아이가 살아 나온다면, 자네는 무슨 일이 있어도 그 아이의 부탁을 하나 들어줘야 하네. 자네 부친의 이름을 걸고 약속하게."

지금 상황에선 거의 지키지 않아도 될 약속이었다. 그러나 세상일이란 것이 어디 생각대로만 흐른다던가? 천유옥이란 아이가 칠관에서 사라진 것조차 어디 가능한 일이었는가 말이다.

더구나 부친의 이름을 걸고 한 약속은 절대 어길 수 없는 그였다.

"제가 할 수 있는 일이라면⋯⋯."

영호승악이 머뭇거리자 장천궁이 눈을 부라리며 소리쳤다.

"내가 멍청인가! 당연히 자네가 할 수 있는 일을 시키지, 못하는 일을 시키겠나!"

지옥전이 우르릉거리며 금방이라도 무너져 내릴 듯했다.

온몸을 짓누르는 가공할 패왕의 기세!

영호승악은 반사적으로 들었던 고개를 다시 숙였다.

"야, 약속하겠습니다, 태대원로!"

영호승악의 입에서 확답이 떨어지자, 그제야 장천궁은 내심 만족한 마음으로 자리에서 일어섰다.

그는 오늘의 방문으로 두 가지를 얻었다.

오늘의 일이 천왕교 전체로 퍼지는 것은 순식간일 터, 태대원로 장천궁이 아직은 천왕교의 공포라는 사실이 그 하나요, 천유옥이 천운으로 살아 나온다면─그는 반드시 살아 나올 거라 생각하고 있었지만─한 번쯤은 지옥전을 움직일 수 있게 되었다는 것이다.

그것은 억만금만큼의 가치가 있는 일이었다.

"돌아가자, 풍백."

싹싹!

석벽을 핥는 혀가 물기를 찾아 저절로 움직였다.

한 방울도 아까웠다.

갈라진 석벽의 틈에서 물기를 발견한 것은 천행이었다.

세 번째 통로를 통과하자마자 서 있을 힘도 없어 벽에 등을 기댔는데, 등줄기를 타고 차가운 기운이 느껴진 것이다. 그것도 단순히 차가운 기운이 아니라 물기 있는 차가운 기운이.

그 기운을 느끼자마자 급히 갈라진 석벽에 손가락을 집어넣어봤다. 그러자 물기가 흐르는 것이 느껴졌다.

안쪽으로 흐르고 있어서 밖으로 나오는 양은 극히 미미했지만, 물은 물이었다.

다급히 입을 대고 빨아봤다.

조금씩 빨려 들어오는 물기. 비록 작은 양이나 석벽의 물기는 그 어떤 것보다도 감미로웠다.

감로수인들 이토록 감미로울까!

한참을 빨아대자 갈증이 가셔졌다. 얼마나 빨고 핥았는지 입술도 혀도 얼얼했다. 그래도 기분은 날아갈 것만 같았다.

유옥은 갈증이 가시자 그 자리에 앉은 채로 한참을 보냈다. 신경이 곤두서 지끈거리던 머릿속도 조금은 맑아져 있었다.

"나는 죽지 않을 거야!"

유옥이 갑자기 소리를 질렀다.

컴컴한 통로가 울리며 자신의 말을 되돌려 보낸다.

'너는 죽지 않을 거야. 죽지 않을 거야……'

한데 묘하게도 그렇게 들린다.

유옥이의 입가에 웃음이 매달렸다. 안도의 웃음이었다.

그렇게 웃음을 매단 채 조용히 눈을 감았다. 걷잡을 수 없이 졸음이 덮쳐 왔다.

열을 세기도 전, 가느다란 숨소리가 새근거리며 흘러나왔다.

무려 팔 일 만이었다.

물만 마시고 견디는 데는 한계가 있을 수밖에 없었다. 보름이 지나자 팔다리를 휘두르는 것조차 힘이 들었다.

그래도 감각은 최고조로 예민해졌다. 어둠에 완전히 눈이 익어서 대낮처럼은 아니어도 앞이 대충은 보였다.

또한 공력을 한계점 이상 끌어올리는 걸 반복하다 보니, 몸속에 퍼져 있던 구슬의 힘도 어느 정도는 자신의 것이 된 것 같았다.

우습게도 극한의 상황에 공력만 늘어난 것이다.

'누가 공력을 늘어나게 해달랬나? 먹을 것을 달란 말이야!'

그래도 그 덕분에 겨우겨우 네 번째 통로를 통과할 수 있었다. 당연히, 몸에 상처 몇 개를 더 새긴 채.

'상처 나는 것이 당연하게 생각되다니……. 내가 미쳐 가는 건가?

"크크크크!"

그렇게 킥킥대며 터벅터벅 걸어가는데 앞에 글자가 보였다.

오(五). 다섯 번째 통로다.

빌어먹을!

칠관의 끝은 어디일까? 일곱 번째 통로까지 있는 거 아냐?

어떤 빌어먹을 작자가 이런 통로를 만들었을까?

먹을 것은 생각도 않고 만들었나?

오오! 하늘이여!

유옥은 오관을 반쯤 들어가다 말고 몸을 부르르 떨었다. 그러고는 두 손을 맞잡은 채, 하늘을 향해 감사의 기도를 올렸다.

하늘은 완전히 죽지 않았다.

봐라! 먹을 것이 있잖은가 말이다!

푸드득!

유옥은 퍼덕이는 날갯짓 소리가 가까이서 들리자 펄쩍 뛰어오르며 맞잡은 손을 홱 내쳤다.

언제 어느 때 기관이 움직이며 공격이 가해질지 몰랐지만, 이 기회를 놓칠 순 없었다. 지금까지 공격이 없었으니 제발 이 순간만큼이라도 조용하길 바랄 뿐이었다.

허공을 날아다니던 뭔가가 손에 걸렸다 싶은 순간!

찍!

외마디 괴이한 비명과 함께 주먹만 한 뭔가가 툭 떨어졌다.

박쥐였다.

박쥐를 바라보는 유옥이의 눈이 감격으로 붉어졌다.

금방이라도 눈물이 쏟아질 것만 같았다.

"박쥐가 이렇게 맛있게 보이기는 처음이군."

어디서 어떻게 들어왔는지는 모른다. 하지만 이제부터 알아볼 것이다. 이곳에서 이보다 훌륭한 식량을 어떻게 구한단 말인가.

"일단 이것부터 처리하고 보자."

유옥은 정신을 잃은 박쥐를 집어 들고 벽에 기대앉았다. 그리고 천천히 박쥐의 가죽을 벗겼다.

근 이십 일 만에 먹을 것을 보자 침이 절로 고였다.

쿠르릉!

뱃속에서는 천둥벼락이 쉬지 않고 울려댔다. 하지만 서두르지는 않았다.

급하다고 해서 서두르면 절대 안 된다. 어린 시절 배고프던 때 체득한 경험이다. 배가 고플수록 천천히 먹어야 한다.

'나흘 굶은 그 다음날이었던가? 얻어먹은 밥 한 술 때문에 죽을 뻔했었지…….'

그날 이후로 이틀 이상 굶은 다음에는 천천히, 조심스럽게 먹었다. 한 번은 썩은 생선을 구워 먹는 데 한 시진이 걸린 적도 있었다.

이런 생고기라면, 적어도 두 시진에 걸쳐 씹어 삼켜야 한다. 그래야 창자가 꼬여 허무하게 죽는 일이 생기지 않는다.

대충 세 시진쯤 흐른 것 같다.

식사가 끝났다. 뼈까지 먹어치우느라 시간은 더 걸렸지만, 기분은 더할 수 없이 좋았다.

유옥은 오랜만에 포만감을 느끼며 천천히 몸을 일으켰다.

"어디서 왔을까? 한 마리가 있다는 것은 또 있다는 말이다. 박쥐는 집단으로 서식하니까."

유옥이의 눈이 번쩍번쩍 빛을 발했다.

배가 부르니 공력도 한층 더 강해진 듯 느껴졌다.

그 모든 내공이 눈으로 몰렸다. 박쥐가 들어온 구멍을 찾기 위해서.

눈에 불을 켠 유옥은 조심조심 다섯 번째 통로의 구석구석을 탐색했다.

한데 이상하다. 통로의 어디에도 박쥐가 들어올 만한 구멍이 보이지 않는다.

더 이상한 것은 오관에선 어떤 기관도 작동하지 않는다는 것이다. 한마디로 공격이 없다는 말이다.

그래도 유옥은 마음을 놓지 않았다.

갑자기 공격을 당한 것이 어디 한두 번인가?

일각, 이각······.

마침내 오관의 끝에 다다랐다.

그때까지 단 한 번의 공격도 받지 않았다.

한데 어느 순간, 막 통로를 빠져나가던 유옥이의 걸음이 갑자기 멈췄다.

'저게 뭐지?'

어둠 속 귀퉁이에 긁힌 자국이 보였다.

이끼에 덮여 반도 보이지 않는 그것은 누군가가 날카로운 뭔가로 긁듯이 써놓은 글이었다.

호기심이 인 유옥은 글을 덮고 있는 이끼를 떼어냈다. 그제야 모든 내용이 눈에 들어왔다.

나는 영호우양이라 한다. 이놈의 칠관이 내 손가락을 하나 잡아먹었다. 대신 나는 기관을 움직이는 선을 몇 개 끊어버렸다. 우하하하! 교두 놈들, 나중에 이 사실을 알면 환장할 것이다. 고치기가 쉽지 않을걸? 어쨌든, 기관이 고쳐지기 전에 이곳을 무사 통과하는 수련생이여, 그대들은 나에게 감사하라!

유옥은 멍하니 그 글을 읽었다.

기관을 부쉈단다. 손가락을 잃은 것에 화가 나서.

'그래서 공격이 없었던 것인가?'

그런데 문제는 그것이 아니었다. 진짜 문제는 따로 있었다.

'왜 기관 부순 것을 여태 들키지 않은 거지?

바로 그것이었다.

교두들이 알고도 하지 않았다? 아니면 워낙 교묘하게 부숴서 몰랐다? 그도 아니면 그동안 게을러서 점검을 하지 않았다?

'웃기는 소리! 절대 그런 이유 때문이 아냐! 저 글이 쓰인 것은 적어도 수십 년 전이야!'

그렇게 오랜 시간이 흐르는 동안 아무도 몰랐다면, 아무리 생각해도 그 이유는 한 가지뿐이다.

"빌어먹을! 젠장할!! 그동안 아무도 들어오지 않았던 거야! 그래서 사람이 없었던 거야. 먹을 것도, 마실 것도, 준비해 줄 사람이 있어야 있지!"

그럼 자신을 안내한 교두는 뭐지?

'뭐긴, 나를 죽이려는 작자지!'

유옥이 실성한 사람처럼 피식 웃었다.

"참나, 그놈의 운명, 더럽게 지랄맞네!"

어쩌면…… 혹시…… 하며 그럴지도 모른다 생각을 안 해 본 것은 아니다.

그러나 직접 맞닥뜨리자 스멀스멀 스며 나온 분노가 온몸을 휘감았다.

한데 바로 그 순간이었다.

푸드득!

어디선가 박쥐의 날갯짓 소리가 들렸다.

유옥은 분노를 가라앉히고 벌떡 일어섰다.

그리 새삼스러운 일도 아니다. 이제는 너무나 익숙한 일상이 아니던가.

씩, 차가운 웃음이 입 언저리를 스쳤다.

"하긴 뭐 어때? 이러나저러나 어차피 죽음을 각오한 수련인데."

중요한 것은 식량을 확보하는 것이었다. 지금 당장 그보다 중요한 일은 아무것도 없었다.

분노로 천왕교를 태워 버리든, 자신을 죽이려는 놈들을 무저갱에 집어넣고 굶겨 죽이든, 그것은 나중 일이었다.

유옥은 모든 공력을 귀에 집중하고 박쥐의 날갯짓 소리가 들려오는 곳을 찾아 움직였다.

날갯짓 소리를 따라 십여 장 나아갔을 때다. 석벽이 꺾어지는 곳에 갈라진 틈이 보였다.

손바닥만 한 넓이의 틈이었는데, 손을 넣어보자 안쪽은 더 넓은 듯했다.

소리는 그 안에서 들려오고 있었다.

심장이 벌떡거리며 풀무질을 해댔다.

박쥐들이 놀라서 다 도망갈까 봐 걱정이 될 정도였다.

쿵덕거리는 가슴을 부여잡고, 유옥은 석벽의 틈에 살포시 귀를 대보았다.

생각대로 수없이 많은 박쥐들의 날갯짓 소리가 들렸다.

저 안쪽 어딘가에 집단 서식지가 있는 듯했다. 아마도 자신이 잡은 것은 실수로 이곳에 들어온 길 잃은 박쥐인 것 같았다.

한 마리가 실수를 한 이상 다른 박쥐라 해서 실수를 하지 마란 법은 없었다.

그렇다면 가끔씩 한두 마리의 박쥐가 들어올 거란 말이었다.

설령 아니라 해도 상관은 없었다. 존재 유무가 중요할 뿐.

"안 들어오면 들어오게 하지 뭐."

유옥은 알고 있었다. 박쥐가 어떤 소리에 반응하는지.

물론 완벽하지는 않지만, 어릴 적 친구가 없어 동굴에서 혼자 놀 때 재미로 박쥐 소리를 흉내 내본 적이 있었던 것이다.

아마 조금만 더 노력한다면 박쥐를 움직이게 할 수 있을 것 같았다. 그러면 몇 마리는 길을 잃고 이곳으로 들어올 것이다.

그거면 됐다.

유옥이의 입가에 흐뭇한 미소가 떠올랐다.

저만치, 멋진 식량이 석벽에 다닥다닥 붙어 있지를 않은가 말이다.

생각만 해도 배가 불렀다.

이제 남은 일은 오직 하나.

이 지옥 같은 칠관을 나가는 것!

'일단 이놈의 칠관에 남은 기관을 모조리 박살 내버려야겠어!'

휘이이!

두 손을 모으고 곤충들의 소리를 냈다.

파닥! 파다닥!

예상대로였다.

자신이 낸 소리에 박쥐들이 길을 잃고 통로 안으로 들어온다. 비록 하루에 대여섯 마리에 불과했으나 그거면 하루 식량으로 충분했다.

때로는 열 마리도 넘게 들어와서, 몇 마리는 다음날을 위해 남겨둘 여유마저 생겼다.

식량 걱정을 덜던 유옥은 통로의 기관을 부수기 시작했다.

기관을 잘 모르는 유옥이로선, 영호우양이 했던 방법을 따라 석벽의 틈을 들어내고 사슬을 하나하나 끊어버리는 방법을 택했다.

시간이 걸리는 것만 아니라면 가장 확실한 방법이었다.

어쨌든 사슬을 끊어 기관을 모두 부순 지 보름. 모든 기관이 움직임을 멈췄다.

이제 칠관에서 자신을 위협하는 것은 결코 기관이 아니었다.

고요, 그리고 어둠. 바로 그것이었다.

간간이 정적을 찢는 박쥐의 날갯짓 소리가 반가울 정도였다.

"너무 어두워서 안 되겠어. 불을 좀 옮겨봐야지."

두려워서가 아니었다. 석벽에 쓰여진 글을 읽기 위해서라도 빛은 꼭 필요했다.

유옥은 세 번째 통로까지 켜져 있던 유등의 기름을 옷에 스미게 한 다음, 기름이 떨어진 곳에 보충을 했다. 그러고는 자신이 머무는 곳 한 곳에만 불을 옮겨 붙이고 나머지는 바로바로 꺼버렸다. 최대한 기름을 아끼기 위해서였다.

어둠이 걷히고 행동하는 데 불편함이 사라지자, 유옥은 그때부터 각 통로의 석벽에 쓰여 있는 구결들을 연구하기 시작했다.

당장 나갈 수 없다면 힘이라도 길러야 했다.

언제 어떤 일이 생길지 모르니까.

첫 번째 통로와 두 번째 통로에는 신법에 대한 원론적인 구결. 세 번째와 네 번째 통로에는 초식의 정묘함에 대한 총론. 그리고 다섯 번째와 여섯 번째 통로에는 도검의 운용에 대해 적혀 있었고, 마지막 일곱 번째 통로에는 심법에 관한 해석이 빽빽이 적혀 있었다.

완벽하게 처음서 끝까지 적어놓은 것은 아니어서 어떤 엄청난 신공을 찾을 수는 없는 일이었다. 하지만 많은 도움이 되는 것만큼은 사실이었다.

유옥은 시간이 날 때마다 통로를 왔다 갔다 하며, 석벽의 글들을 분석하고 나름대로 자신이 익힌 무공을 정립했다.

매일처럼 신법을 연구한답시고 펄쩍거리고, 권각을 익힌 답시고 석벽을 두들겨 패고, 도검의 초식을 분해 연결시킨답 시고 첫 번째 통로의 바닥에서 꺾은 창대를 휘두르며 지냈다.

그렇게 육 개월쯤 흐른 어느 날이었다.

별다른 성과를 얻지 못한 채 일곱 번째 통로에서 나올 때였 다. 이끼가 낀 석벽에서 구결 하나를 발견했다.

그냥 나오려다 창끝으로 이끼를 긁어봤다.

얼마나 오랫동안 이끼에 덮여 있었는지, 창끝으로 긁었는 데도 희미한 글이 알아보기 힘들 정도였다.

그래도 마땅히 할 일이 없으니 처음부터 자세히 읽어보았 다. 잘 보이지 않는 글은 이끼를 손톱으로 긁어내며.

한데 읽으면 읽을수록 왠지 모를 친숙함이 느껴졌다. 이곳 에서 심법에 대해 공부한 이후로 처음 있는 일이었다.

그렇게 석벽의 글을 읽기 시작한 지 일각이 지났을 즈음이 었다. 유옥은 그제야 왜 석벽의 구결에서 친숙함을 느꼈는지 그 이유를 알 수 있었다.

"뭐, 뭐야? 설마…… 천라마마진결?"

그랬다. 그 구결은 천라마마진결의 네 번째 구결이었다.

여태 몇 번을 지나다녔는데도 알아보지 못했다니. 아무리 천라마마진결 때문에 다른 심법에 별 신경을 쓰지 않았다 해도, 이끼에 덮여 보이지 않았다 해도, 조금만 더 신경을 썼으면 찾았을 텐데…….

멍청한 놈!

"아하, 하하하!"

유옥은 창대로 자신의 머리통을 두드리면서도 터져 나오는 웃음을 참을 수 없었다.

한참 동안 석벽을 바라보며 웃어댄 유옥은 행여나 한 글자라도 손상될까 봐 조심스럽게 이끼를 걷어냈다.

"일단 다 외우고 보자."

다른 곳에는 이끼가 끼지 않았는데도 이곳만 이끼가 잔뜩 끼어 있다는 것은, 그만큼 사람들의 관심에서 멀어져 있었다는 말과도 같았다.

그것 하나는 마음에 들었다.

그 말인즉, 이 구결을 익힌 사람이 없다는 말이었다.

어쩌면 지금쯤은 알고 있는 사람이 아예 없을지도 몰랐다.

다른 곳에 적혀서 전해지지만 않았다면 말이다.

나 혼자만의 절세무공. 얼마나 멋진가!

"이거, 다섯 번째도 있는 것 아냐?"

그럴지도 모르겠다는 생각이 들었다.

그럼 대체 어디가 끝일까?

유옥은 생각을 하다 말고 피식 웃으며 고개를 털었다.

더 갈 곳도 없는데 다음을 생각하는 자신이 우스운 것이다.

'어쨌든 당분간은 심심하지 않겠군.'

정확히 석 달이 걸렸다.

이전의 구결과 칠관에서 얻은 구결이 하나로 합쳐졌다.

그로 인해 몸속에 잠들어 있던 정체불명의 구슬이 지닌 기운을 대부분 자신의 것으로 만들 수 있었다.

그리고 그 즈음, 유등의 기름이 다 떨어졌다.

칠관 전체가 암흑천지가 되었다.

유옥은 때가 되었다 생각하고, 전부터 생각해 오던 한 가지 계획을 행동에 옮기기로 마음먹었다.

다름이 아니었다.

박쥐 굴을 뚫어보자는 것!

바로 그것이었다.

사실 입구의 통로를 치워볼까 생각도 해봤었다. 그러나 채일 장도 치우기 전에 포기해 버렸다. 금이 간 천장에서 돌덩이들이 떨어져 내려, 다 치우기도 전에 붕괴될 것 같기 때문이었다.

어쩌면 지금까지 사람들이 입구를 뚫지 않고 있는 이유도 그 때문인지 몰랐다.

'하긴 그만한 이유가 있으니까 저 난리가 났는데도 조용한 거겠지.'

속 편하게 그렇게 생각하기로 했다.

대신 박쥐 굴에 관심이 두었다.

박쥐가 들락거릴 정도면 결코 작은 굴이 아닐 것이다. 분명 사람 하나 들락거릴 정도는 될 터였다.

아무리 생각해 봐도 위험하기 짝이 없는 입구를 치우고 나가는 것보다 훨씬 나을 것 같았다. 정 안 되면 그때 가서 입구를 뚫고 나가면 될 것이 아닌가 말이다.

생각은 곧 행동으로 옮겨졌다.

유옥은 도검 대용(代用)으로 사용하던 창을 이용해 석벽을 뚫기 시작했다. 찌르기 연습을 겸하면서.

그러다 창이 부러지면 첫 번째 통로의 바닥에 삐죽삐죽 솟아 있는 창 중에서 하나를 꺾어 석벽을 뚫었다.

하루에 반 자도 뚫고, 조금 돌이 무른 곳은 한 자도 뚫었다.

때로는 너무 단단한 곳을 만나 반 자도 뚫지 못하고 손바닥이 다 벗겨지기도 했다.

그렇게 한 달이 지나자 일 장이 넘게 뚫렸다.

한데 그 정도 뚫리자 문제가 생겼다. 장소가 좁다 보니 갈수록 타격점에 힘을 집중시키기가 어려워진 것이다.

처음부터 넓게 팠으면 몰라도 한 사람이 통과할 정도의 넓이로 판 터라 움직임이 제한을 받기 때문이었다.

하지만 유옥은 포기하지 않고 작업을 계속했다. 그러면서 짧은 동작으로 한 점에 힘을 집중시키는 방법을 연구했다. 그

것만이 좁은 곳에서 효과적으로 석벽을 뚫을 수 있는 방법이었기 때문이었다.

고생고생하며 석벽을 뚫은 지 두 달.

마침내 유옥은 나름대로 작은 동작으로 힘을 집중시키는 방법을 찾아냈다.

어떤 특별한 구결이나 초식을 연구해서 찾아낸 것이 아니었다. 그것은 오로지 자신의 몸이 스스로 반응해서 찾아낸 방법이었다.

하루에도 수백, 수천 번 석벽을 치고 찌르면서 힘을 집중하는 것만 생각하다 보니, 언제부턴가 몸속의 진기가 저절로 반응하며 일시지간 빠르게 뿜어진 것이다.

처음에는 빠른 진기의 반응에 손짓이 따라가지 못해 어색하기만 했다. 그러나 시간이 흐르자 어색하던 동작도 진기의 흐름과 일치되며 자연스럽게 펼쳐지기 시작했다.

유옥은 그 수법에 탄포천공(彈砲穿孔)이라는 이름을 붙였다.

그때부터는 모든 것이 빨라지기 시작했다.

오히려 처음보다도 훨씬 빠른 속도로 석벽이 뚫렸다.

그러던 어느 날이었다.

퍽!

마침내 창날이 석벽을 뚫고 허공을 찍었다.

와르르르!

건너편으로 돌덩이가 떨어져 내리며 먼지가 피어난다.

횡 하니 불어오는 바람이 가슴의 맨살을 스친다.

시원하다. 가슴이 뻥 뚫린 기분이다.

"크크크큭!"

다문 이 사이로 웃음이 나왔다.

세상이 저 너머에 있다.

살고자 한다면 언제든 나갈 수 있는 세상이!

유옥은 찬바람을 가슴에 안고서 한참을 그렇게 서 있었다.

시간이 지나자 서서히 먼지가 가라앉았다. 그제야 박쥐 배설물의 냄새가 코를 자극했다.

"그리 상쾌한 냄새는 아니군."

코를 씰룩이며 유옥은 천천히 박쥐 굴 안으로 몸을 집어넣었다.

순간 천장에서 발을 뗀 수천 마리의 박쥐가 일제히 날개를 퍼덕거렸다.

푸드드득!

찌지지직!

난데없는 인간의 침입에 항거하는 몸짓이다.

그걸 보는 유옥이의 입가에 희미한 미소가 걸렸다.

"굉장하군. 백 년도 견디겠어."

아무리 많은 박쥐라도 그저 식사 거리로 보일 뿐이었다.

세상에서 가장 유용한 동물. 유옥이에게는 박쥐가 바로 그런 동물이었다.

하지만 그런 박쥐 때문에, 한참이 지나도록 유옥은 발을 떼지 못했다.

천변만화하는 박쥐들의 움직임. 몇 년을 고심하고도 미처 생각지 못한 변화가 거기에 있었다. 게다가 수천 마리가 날아다니면서도 부딪침이 없는 경이로운 장면에 문득 유옥은 그 이유가 궁금해졌다.

"연구해 볼 가치가 있겠는걸?"

얼마나 지났을까, 박쥐들의 행동이 잦아들기 시작했다. 유옥은 그제야 천천히 입구로 생각되는 곳을 향해 걸어갔다.

시원한 바람이 불어오는 그곳을 통해 몇 마리의 박쥐들이 날아들고 있었다. 입구가 그곳에 있다는 말이었다.

대여섯 굽이를 돌아 이십여 장 정도 걸어갔을 즈음이었다. 유옥이 갑자기 걸음을 멈췄다.

마침내 희미한 빛이 보였다.

그 시발점은 삼 장 높이의 천장 쪽이었다.

천장을 가르며 쏘아진 태양의 칼날이 동굴의 굴곡진 벽에 반사되어 어둠에 익은 눈을 부시게 한다.

'입구다!'

동굴의 입구가 분명했다.

조금 높은 곳인데다 그리 넓어 보이지는 않았다. 하지만 중요한 것은, 바깥세상이 저 너머에 있다는 것!

유옥은 뚫어지게 앞을 바라보며 천천히 발을 뗐다.

옮겨지는 걸음걸음이 동굴을 울린다.

움켜쥔 손가락이 손바닥을 깊게 파고든다.

심장이 펄떡거리며 거세게 두방망이질을 친다.

걷잡을 수 없이 격랑치는 희열!

하지만 그것도 일순간뿐이었다. 유옥은 몇 걸음 옮기지도 못한 채, 눈을 감고서 황급히 고개를 돌려야만 했다.

습기로 인해 반질거리는 벽에서 반사된 빛 때문이었다.

눈이 따가웠다. 반사된 빛인지라 그리 강하지 않은데도, 마치 비수가 눈에 박히는 듯했다.

일순간 수많은 생각이 뇌리를 스쳤다. 하지만 결론을 내리는 데는 그리 오랜 시간이 필요치 않았다.

유옥은 실눈을 뜨고 바닥을 내려다보았다. 조금 전의 충격 때문인지 앞이 흐릿하게 보였다.

아쉽지만 세상을 구경할 시간을 늦춰야 할 것 같다.

'일단은 빛에 익숙해지는 것이 급선무일 것 같아.'

사실 급할 것도 없었다. 이제 갇힌 것이 아닌 이상, 나가는 것은 언제든 가능한 일이었다.

'이제 모든 결정은 내가 한다! 나가는 것도 내가 나가고 싶을 때 나갈 것이다!

멈춰 선 시간은 반 각 정도. 격랑 치던 심장이 얼어붙은 호수처럼 잔잔하게 가라앉았다.

유옥은 마음이 가라앉자 차분한 마음으로 동굴 안을 둘러보았다.

천천히, 행여 놓친 것이 없나 세밀하게.

그렇게 동굴을 둘러본 지 세 시진가량이 지났을 무렵이었다. 뜻밖의 소득에 유옥이의 얼굴이 환해졌다.

놀랍고 기쁘게도, 동굴 벽의 길게 찢어진 틈바구니를 비집고 들어갔다가 경사진 아래쪽에서 작은 샘을 하나 발견한 것이다.

직경 석 자 정도의 그리 크지 않은 샘이었지만, 그동안 벽을 빨고 핥으며 물기를 얻어온 유옥이에겐 그 샘이 박쥐만큼이나 반가웠다.

유옥은 샘물에 머리를 처박고 한참을 있다 고개를 들었다.

차가운 물이 긴 머릿결을 따라 뚝뚝 떨어졌다.

유옥이의 눈빛이 샘물만큼이나 차갑게 번뜩였다.

이제 물도 충분하고, 먹을 것도 천장 가득 주렁주렁 매달려 있고, 시간은 더욱 넉넉하다.

"좋아! 아직 나갈 때가 아니라면, 배운 것을 완전히 내 것으로 만들자!"

다시는, 다시는 당하지 않기 위해서라도!

第五章
친구여!
저승에서라도 나를 용서하지 마라

日弟子趙孟頫敬書至大改元四月

道吾廣為傳

長庭前再拜禮一天師與

草閒故逗天下　淫妖知名眩家界

千秀芳景深更掩本露　雨閒容差現改

死星
血天

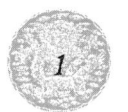

툭!

두툼한 책이 한쪽에 던져졌다.

그곳에는 이미 수천 권의 책이 산더미를 이루고 있었다. 지난 삼 년, 군악이 만박당의 골방에 처박혀 본 책들이었다.

어떤 책은 한두 번, 어떤 책은 십여 번이나 봐서 제목만 봐도 그 내용이 절로 떠오를 정도였다.

군악이 미친 듯이 책을 파고들자 사람들이 절로 고개를 끄덕였다. 과연 백리가의 자식이 될 자격이 있다는 듯이.

하지만 군악이 책에 미친 주된 이유는 결코 지식을 얻기 위함이 아니었다.

사람들에게 신임을 얻기 위함도 아니었다.

그것은 오직 하나! 머릿속에서 떠나지 않는 한 사람의 그림자를 지우기 위함이었다.

그렇게 삼 년이 지난 지금, 마침내 그토록 머릿속에 깊이 박혀 있던 그림자가 흐릿해졌다.

"유옥, 이제야 너의 얼굴이 희미해지는 것 같다."

아무런 감정도 느껴지지 않는 퀭한 눈이 천천히 들렸다.

귀를 기울여도 들릴 듯 말 듯, 표정이 사라진 군악의 입에서 독백이 흘러나왔다.

"나는…… 완벽한 백리가의 사람이 되기로 작정했다. 그럴 만한 이유가 생겼거든. 해서 나는 그 첫 번째로 너를 잊으려 한다. 잘되지는 않겠지만, 머릿속을 파내 버리겠다는 각오로 잊을 작정이다. 그리고 세상을 취할 것이다. 누구도 내 마음을 움직일 수 없게. 너를 잊는 대가가 적어도 그 정도는 되어야 하지 않겠느냐?"

오 년 전, 의부인 백리종무가 말했다.

"천유옥은 잊어라. 그 아이는 태대원로의 아이다. 어쩌면 본가에 가장 큰 적이 될지도 모르는 아이, 싹이 자라기 전에 없애야겠다."

그때는 아득한 마음뿐이었다.

결국 아무런 힘도 없는 자신으로선 모든 것을 던져 막는 수밖에 없었다.

그리고 다시 일 년이 지났을 무렵, 의조부 백리진양이 말했다.

"너무 위험한 아이다. 너를 버리는 한이 있어도 그 아이를 제거해겠다. 그리 알고 아무 말 말아라. 네가 더 이상 그 아이를 위해 할 수 있는 일은 없으니까."

그 말을 듣는 순간, 군악은 발끝에서 머리끝까지 올올이 솜털이 솟구쳤다.

"……잊어라. 너를 버리는 한이 있어도…… 없으니까……."

그제야 알았다. 자신은 백리라는 성을 쓴 순간부터 자신이 아니었다.

더럽고도 역겨워 토할 것 같은 기분이었다.

그런데 더 비참한 것은, 목숨을 던져 그것을 막지 못했다는 것. 친구를 위해 죽을 용기도 없는 사람이 바로 자신임을 알았다는 것이다.

홀로 남을 청아 때문이라는 것은 구차한 변명일 뿐이었다.

비겁함, 바로 그것과 다름이 아니었다.

일 년 후, 유옥이 칠관으로 들어가 실종되었다는 것을 알고 나서, 군악은 사흘을 울었다.

친구가 죽음의 길로 갔다! 영원히 돌아올 수 없는 길로!

가슴을 쥐어뜯고 피눈물을 흘렸다.

그리고 나흘째 되던 날, 시퍼렇게 멍든 가슴을 부여잡고 일어섰다.

이제 자신은 천유옥의 친구가 아니다!

친구가 될 자격도 없다! 영원히!

그러니 가슴속에 파묻고 잊을 것이다!

군악은 일어선 길로 백리종무를 찾아갔다.

"만박당에 들어가겠습니다. 삼 년간 나오지 않을 것이오니 청아를 부탁하겠습니다, 아버님."

그리고 그날 저녁, 한 사람이 은밀히 자신을 찾아왔다.

그가 말했다.

"이제야 모든 것이 비워진 것 같구나. 나는 지난 십여 년을 오늘만 기다리며 살아왔다."

그는 자신의 뇌리 속에서, 자신이 까마득히 잊고 있던, 절대 잊고 싶었던 기억 하나를 쇠갈고리로 속속들이 끄집어냈다.

"너는 그날의 일을 기억해야만 한다. 그날의 한을 말이다!"

그는 스스로를 자신의 외삼촌이라 했다.

그리고 자신을 이곳으로 오게끔 만들었다고 했다.

유옥이 함께 오게 되긴 했지만, 그것은 우연일 뿐, 본래는 자신을 원해서라고 했다.

말을 끝낸 그의 가슴은, 소리없이 흘린 그의 눈물로 축축이 젖어 있었다.

오늘이 외삼촌을 만난 그날로부터 딱 삼 년째 되는 날이었다.

파헤쳐진 심장에 친구를 묻어버린 바로 그날로부터.

"친구여, 너를 구하지 못한 나를, 너를 잊으려 하는 나를 저승에서라도 용서하지 마라!"

2

쿠륵!

어디선가 괴상한 소리가 들려왔다.

입 안 가득 찬 물이 목구멍을 통과하는 듯한 소리 같기도 했고, 자갈이 구르는 소리 같기도 했다.

유옥은 잘게 찢은 박쥐 고기를 씹다 말고 멈칫했다.

이상하게 신경을 자극하는 소리다.

박쥐들로 인해서 나는 소리가 아니다. 천장에서 돌이 떨어지는 소리도 아니다. 소리의 근원지가 아래쪽이다.

유옥은 눈을 감고 가만히 소리의 흐름을 추적해 봤다.

몇 번이나 꺾이며 메아리친 소리여서 애를 먹긴 했지만, 끝내 소리의 근원을 찾아낼 수 있었다.

어느 한 곳을 향한 채 그의 눈이 천천히 뜨인 것은, 소리의 근원을 찾기 시작한 지 반 각도 지나지 않아서였다.

"어? 저곳은?"

놀란 유옥의 눈이 동그랗게 커졌다. 샘이 있는 동굴이었다.

하긴 물소리 같았으니 샘이 그래도 가장 가능성이 있었다.

'가보면 알겠지.'

그는 자리에서 벌떡 일어나 샘이 있는 동굴로 들어갔다.

소리 날 것이 없는데 소리가 났다는 것은 분명 이상한 일이었다. 확인을 하지 않으면 아무것도 할 수 없을 것 같았다.

얼마를 들어가자 어둠 속에 검게 자리한 샘이 보였다. 역시나 전과 조금도 다른 점이 없었다.

주위도 마찬가지였다. 심지어 돌조각 하나 떨어진 것이 없었다.

"이상하군. 어디서 난 소리였지?"

그때, 조금 전에 들었던 소리가 또 들려왔다.

더 크고, 더 선명하게.

쿠르릌!

그제야 알 수 있었다. 소리의 근원이 어디인지.

풍덩!

유옥은 물속으로 몸을 던졌다.

며칠 더 머무르다 나갈 생각이니만큼, 그전에 물속의 비밀을 파헤쳐 보는 것도 괜찮을 듯싶었던 것이다.

사실 그동안 그런 생각을 해보지 않은 자신이 이상했다.

아무리 먹는 물에 시커먼 몸을 집어넣는 게 찝찝했다지만, 그래도 한 번쯤은 그런 생각을 했을 법도 한데 말이다.

'생각보다 깊은데?'

어쨌든 물속에 들어간 유옥은 발이 바닥에 닿지 않자 발끝을 뾰족이 세워봤다. 그런데도 바닥에 닿지 않았다.

조금 더 들어가 봤다. 머리가 잠길 정도로.

역시 닿지 않았다. 대신 조금씩 넓어졌다.

'아무래도 쉽게 바닥이 나올 것 같지가 않은데……?'

그렇다고 여기서 그냥 나갈 수는 없는 일.

'어디 누가 이기나 보자!'

물속에서 몸을 돌릴 정도로 넓어지자 유옥은 머리를 아래로 해서 바닥이 보일 때까지 내려가 봤다.

이 장, 삼 장…….

얼마나 내려갔을까, 오 장 정도 내려가자 물속의 동굴이 완만하게 꺾어지기 시작했다.

그러던 어느 순간이었다. 맞붙은 두 개의 바위 사이로 손이 쑥 들어갔다. 동시에 안쪽에서 물의 흐름이 느껴졌다.

흐름이 세질 때마다 '꾸룩' 거리는 소리가 들렸다.

바로 이곳이었다. 이상한 소리의 진원지는.

유옥은 내력을 끌어올려 시각을 극대화시키고는 천천히 주위를 살펴봤다.

완벽한 어둠이라 해도 일 장 정도는 앞을 볼 수 있는 자신의 눈이거늘, 물속에서는 몇 자 앞도 보기 힘들었다.

그래도 가까이 눈을 대자 희미하게나마 틈 안쪽을 살필 수 있었다.

틈이 벌어진 안쪽은 제법 넓은 듯했다. 어쩌면 자신이 있는 곳만큼은 될 것 같았다.

호기심이 독 오른 뱀처럼 대가리를 치켜들었다.

'들어가 볼까?'

한데 틈이 생각보다 좁아 보였다.

자신의 몸이 통과할 수 있을까 싶을 정도였다.

망설이지 않을 수 없었다. 들어갈 수 있을까?

하지만 아쉬움이 더 컸다. 뭔가 있을 줄 알았는데 기껏 물 흐르는 소리였다니.

한편으로는 그 이유가 또 궁금해졌다.

왜 갑자기 물이 세게 흐른 것일까?

'좋아, 가보자! 잘하면 들어갈 수도 있을 것 같은데 말이야. 여기까지 와서 그냥 가기도 그렇잖아?'

틈은 좁았지만, 이끼 때문에 미끄러운 점을 이용하면 들어갈 수 있을 것도 같았다.

유옥은 밑져야 본전이라는 생각으로 손을 넣어 틈을 만져 보았다.

역시 표면은 유리에 기름을 바른 것처럼 미끄러웠다.

마음이 일자 행동이 곧 뒤따랐다.

조금 넓은 곳을 고른 유옥은 조심스럽게 머리를 집어넣어 보았다. 머리만 들어갈 수 있다면 몸도 들어갈 수 있을 테니까.

미끄러운 이끼 때문인지 머리는 어렵지 않게 틈을 통과했다.

반대편으로 머리를 집어넣은 유옥이 씩 웃었다.

'과연 뭐가 있을까?'

머리가 통과한 이상 몸이 빠져나가는 것은 그리 어렵지 않았다.

반대쪽은 의외로 샘 쪽보다 훨씬 넓었다. 그리고 조금 더 깊었다.

유옥은 바닥을 살펴보며 앞으로 나아갔다. 조금 더 살펴보고 별것이 없다면 되돌아갈 생각이었다.

그러던 어느 순간이었다.

바닥을 기어가던 그의 눈이 더할 수 없이 커졌다.

바위 하나를 잡고 돌아가자 생각지도 못했던 뭔가가 바로 앞에 보인 것이다.

그것은 시커먼 비늘이 다닥다닥 붙은 껍질이었다. 바로 자신이 언젠가 보았던 껍질.

'뭐, 뭐야? 그럼 샘이 삼관과 연결되어 있다는 말인가?'

그럴지도 몰랐다. 수맥은 서로 연결되어 있는 것이 일반적인 일이었으니까.

하지만 비늘이 붙은 껍질을 들어 올린 순간, 어쩌면 자신의 생각이 틀렸을지도 모른다는 생각이 들었다.

비늘을 들어 올리자 파란 구슬이 하나 보인 것이다.

전의 구슬은 붉었는데, 이번에는 파란 구슬이었다. 게다가 구슬의 빛을 이용해 주위를 살펴보니 지형도 완전히 달랐다. 삼관의 소(沼)가 아닐 가능성이 높다는 뜻이었다.

문득 어떤 생각이 떠올랐다.

'혹시 그것과 이것이, 한 쌍?'

그럴 수도 있고 아닐 수도 있다.

의문이 들었지만 더 이상 지체할 수는 없었다.

너무 오래 있었는지 숨이 차 오르기 시작한다.

유옥은 일단 오른손으로 껍질을 움켜쥐고, 왼손으로 구슬을 집어 들었다.

그리고 아쉬움을 뒤로한 채 몸을 돌렸다.

'나중에 다시 들어와 보지 뭐.'

얼마나 나아갔을까, 조금 이상한 생각이 들었다.

지금쯤 틈이 보여야 하는데 보이지가 않는다.

'내가 잘못 왔나?'

마음이 다급해졌다.

다시 돌아가자니 얼마를 가야 밖으로 나갈 수 있을지 알 수가 없다. 죽으나 사나 앞으로 가는 수밖에 없는 상황이다.

'빌어먹을! 조금 더 신경 쓰면서 왔어야 했는데!'

바로 그때였다. 구슬에서 발하는 빛으로 인해 제법 멀리 떨어진 곳의 바위틈 하나가 희미하게나마 보였다.

속으로 환호가 터져 나왔다.

'저기다! 겨우 찾았군!'

한데 바위틈이 전보다 조금 좁게 보였다.

'앞에서 보는 것과 뒤에서 보는 것이 다를 수도 있지 뭐.'

다급한 마음에 간단히 그렇게 생각한 유옥은 전처럼 틈 중에서도 최대한 넓은 곳으로 머리를 밀어 넣었다.

그러기를 얼마, 빠져나올 때보다도 훨씬 더 힘들게 머리를 집어넣었다.

어찌나 세게 밀어 넣었는지 짓눌린 머리가 아플 정도였다.

그래도 몸이 다 빠져나갈 때까지 악착스럽게 손에 든 껍질은 놓치지 않았다.

그렇게 반대쪽으로 완전히 빠져나온 순간이었다.

유옥은 얼어붙듯이 몸이 굳어버렸다.

'젠장! 여기가 아니잖아!'

그랬다. 그곳은 자신이 살던 동굴의 샘이 아니었다.

지형이 완전히 다르다. 보다 더 넓고 경사도 심하다.

문제는 돌아갈 수도 없다는 것이다.

숨이 목구멍까지 차 올라서 가슴이 답답해지고 있었다.

더구나 바위 사이의 틈도 좁은데다, 위에서 아래로 난 형태라 다시 빠져나간다는 것이 쉽지 않아 보였다.

설령 어찌어찌 빠져나간다고 해도 모든 것이 해결되는 것은 아니었다.

'과연 처음의 그 틈을 다시 찾을 수 있을까?'

아마도 힘들 것이다.

'안쪽으로 계속 가면 삼관이 나오지 않을까?'

확실한 것도 아니다.

답답한 마음에 숨만 점점 더 가빠졌다.

유옥은 고개를 쳐들고 위를 바라보았다.

'박쥐굴이나 삼관처럼 올라가면 어디든 나오겠지. 그곳에서 숨을 가다듬고 다시 찾아보자. 혹시 알아? 바로 나가는 통로가 나올지.'

아니라 해도 하는 수 없었다. 이제는 외길이었다. 일단은 올라가 보는 수밖에.

그곳이 지옥보다 더한 곳이라 해도 말이다!

개똥 밟고 넘어져도 앞으로 넘어져서 돈 줍는 놈이 있고, 뒤로 넘어져서 뒤통수를 또 다른 똥덩이에 처박는 놈이 있다더니…….

염병할 놈의 하늘!

유옥은 조금이라도 빨리 올라가기 위해 왼손에 든 구슬을 입에 넣었다. 그때처럼. 삼키지 않도록 조심하면서. 그러고는 죽어라 손을 저었다.

턱까지 차 오른 숨이 목울대를 뚫고 나오려 하고 있었다.

한데 수중 동굴의 굴곡이 샘 쪽보다 훨씬 복잡했다.

길이도 훨씬 길었다. 엎친 데 덮친 격. 미칠 일이었다.

그렇게 정신없이 물길을 헤치고 입구를 찾아 헤맨 지 근 일 각, 가슴이 오그라들어 터지기 직전이었을 때다.

어스름한 빛이 보였다. 희망이 보이는 것이다!

그곳이 어딘지 생각할 겨를이 없었다.

그럴 정신도 없었다.

어스름이 비치는 곳을 향해 혼신의 힘으로 손발을 저을 뿐 이었다.

정신없이 나아가던 어느 순간이었다.

갑자기 불쑥, 머리가 물 밖으로 내밀어졌다.

"푸흐으으읍!"

유옥은 자신도 모르게 힘껏 숨을 들이켰다.

세상의 공기를 모조리 마셔 버리겠다는 듯이! 입을 크게 벌 리고!

그러고는, 꿀꺽! 입 안에 고인 침을 삼킨다는 것이 그만 구 슬까지 삼켜 버렸다.

아무리 정신이 없다고 해도 입 안의 구슬을 깜박해 버리다 니!

'이, 이런!'

유옥은 급히 천라마마진결을 끌어올렸다.

고통이 일기 전에 미리 다스리자는 생각이었다.

하지만 천라마마진결이 대주천을 이루며 한 바퀴 휘돌았는데도, 뱃속에선 아무런 반응이 나타나지 않았다.

'일단 다행이긴 한데……'

안도하는 한편으로는 조금 아쉬운 마음도 들었다.

사실 천라마마진결로 다스려지면 공력에 도움이 될지 모른다는 생각을 했던 것이다.

한데 색이 다른 것처럼 효과도 다른 듯했다.

'저번에는 빨간 것, 이번에는 파란 것. 참나, 골고루 먹어보는군.'

한데 문득, 그때와 지금은 상황이 다르다는 것이 떠올랐다.

'가만, 그때는 피 때문에 구슬이 녹았던 것 같던데……'

자신이 아는 한, 구슬이 녹은 것은 피 때문이었다.

'이것도 피와 반응하는 것이 아닐까?'

그럴지도 몰랐다. 아니, 그럴 가능성이 높았다. 하지만 확실한 것은 아무것도 없었다.

유옥은 슬쩍 입술을 깨물어봤다.

그러다 짜릿한 통증이 느껴지자, 화들짝 놀라 후다닥 입술을 이 사이에서 잡아 뺐다.

'내가 지금 뭐 하는 짓이야! 멍청하기는!'

자신이 생각해도 어이가 없었다. 스스로 고통을 자초하려

하다니.

더구나 모험을 하기에는 상황이 좋지 않았다. 이곳을 벗어난 다음 실행에 옮겨도 충분한 일이었다.

'좌우간 구슬에 대해선 천천히 생각해 보자.'

유옥은 일단 구슬에 대한 생각을 접고 고개를 돌려 주위를 살펴봤다.

강하지도, 그렇다고 그리 약하지도 않은 노란 빛이 동굴 안을 은은히 밝히고 있었다.

결코 유등불의 불빛이 아니었다. 그렇다고 햇빛도 아니었다.

출렁거리는 잔물결을 따라 춤을 추는 황금빛 비늘. 천장과 호수를 온통 서늘한 황금빛으로 물들인 빛은 동굴의 구석에서 흘러나오고 있었는데, 조금의 열기도 느껴지지 않았던 것이다.

'대체 여긴 어디지?'

자신이 빠져나온 곳은 신비스런 광경의 제법 큰 동굴 호수였다. 저만치 보이는 뭍과의 거리는 오 장 정도.

'일단 밖으로 나가보자.'

유옥은 천천히 헤엄쳐 뭍으로 다가갔다.

촤악!

물에서 몸을 일으키자 그의 몸도 황금빛으로 물들었다. 한 손에는 여전히 비늘이 촘촘한 껍질을 든 채였다.

천천히 물 밖으로 나간 유옥은 긴장한 눈빛으로 사방을 훑어보았다.

빛은 오른쪽 구석의 동굴에서 퍼져 나오고 있었다.

모서리가 각이 져 있는 것이, 한눈에 봐도 사람이 다듬어놓은 동굴이라는 것이 표가 났다. 아마도 지옥십관과 연관이 있는 듯 보였다.

유옥의 표정이 굳어졌다.

'사람이 있을까?'

그럴지도 몰랐다. 하지만 분명한 것은, 근처에는 없다는 것이다.

우선은 그거면 되었다.

유옥은 조심스럽게 걸음을 옮겨 동굴 쪽으로 다가갔다.

일 장 반 정도의 넓이에 높이는 일 장 정도. 그리 작은 동굴은 아니었다.

한데 어느 순간이었다.

"윽!"

동굴의 정면으로 다가가던 유옥이 화급히 눈을 감고서 고개를 돌렸다.

강렬한 빛의 화살이 두 눈에 사정없이 박혀들었다. 머리가 멍해질 정도였다.

빛의 발원. 그것이 바로 앞에 있었다.

'분명 구슬이었어. 그런데 어떻게 구슬이 저렇게 빛을 낼 수 있는 거지?

찰나간이지만 자신이 본 것은 분명 구슬이었다. 오리 알만한 노란 구슬.

유옥은 그 자리에서 눈을 감은 채 천천히 열을 셌다.

머리카락이 곤두설 정도로 멍해졌던 머리가 시간이 지나면서 고요히 가라앉았다.

그제야 유옥은 천천히 눈을 뜨고 바닥을 응시했다. 그래도 박쥐 동굴에서 연습을 한 덕분인지, 오래지 않아 빛이 눈에 익었다.

실눈을 뜨고서, 유옥은 고개를 들어 천장을 바라보았다.

부담이 가기는 해도 조금 전처럼 머리가 멍해질 정도는 아니었다.

'잘못 본 것은 아니었군.'

천장에서 세 개의 구슬이 빛을 쏟아내고 있었다.

신기한 일이었다. 야광주라는 것을 알지 못하는 유옥이의 눈에는 천장에 박힌 구슬이 그저 신기하기만 했다. 자신이 삼킨 구슬처럼.

'저것도 먹을 수 있는 걸까?'

엉뚱한 생각마저 들었다.

'한 번 먹어봐? 혹시 알아? 공력이 엄청나게 세질지.'

스스로 생각해도 어이가 없는지 유옥은 피식 웃으며 고개를 내렸다.

바로 그때였다.

고개를 내리는 유옥의 눈에 석동 안쪽 깊숙한 곳에 서 있는 비석이 하나 보였다.

여섯 자 정도의 크기, 새카만 오석으로 만들어진 비석이었다.

한데 놀랍게도, 먼지가 수북이 쌓여 있는 비석에는 다섯 개의 글자가 깊게 새겨져 있었다.

지옥(地獄) 제구관(第九關).

유옥의 두 눈이 화등잔만 하게 커졌다.

곧이어 와락 일그러진 얼굴이 부르르 떨렸다.

지옥구관이 눈앞에 있었다.

삼십 년간 두 사람만이 들어가서 통과했다는 구관이!

하지만 하나도 반갑지 않았다. 반갑기는커녕 화가 날 지경이었다.

차라리 밖으로 나가는 입구나 나오지, 웬 구관?!

"젠장! 설마 또 먹을 걸 찾아 헤매야 하는 거 아냐?"

화가 나는 이유였다.

자신이 이곳에 있다는 것은 누구도 모른다. 그렇다고 '나 여기 있소' 할 수도 없다. 자신을 노리는 놈들이 얼씨구나 하고 달려들지도 모르니까.

결국 먹을 것을 자신이 챙겨야 한다는 말이다.

'이곳에는 박쥐도 없을 것 같은데…….'

한참 동안 분노의 시선으로 비석을 노려보던 유옥은, 고개를 돌려 동굴 호수를 바라보았다.

'할 수 없지. 정 먹을 것이 없으면, 다시 물속으로 들어가서 박쥐 동굴로 가는 통로를 찾아보는 수밖에.'

어차피 언젠가는 박쥐 동굴로 가야 할 터였다. 몰래 나가기 위해서라도.

'저 칠흑 같은 어둠 속에서 칠관으로 가는 입구를 찾을 수 있을까?' 하는 것이 문제일 뿐.

문득 유옥이의 눈이 천천히 천장에 박혀 있는 야광주로 향했다.

눈가에 하얀 웃음을 맺은 채.

"그래! 저걸 들고 들어가면 되겠어!"

뭐 어때? 하나쯤 빼간다고 누가 뭐라 할 것도 아닌데.

박쥐 동굴로 갈 수 있는 방법이 생기자 유옥은 구관의 입구를 바라보았다.

언제 분노했냐는 듯, 유옥은 기분 좋은 목소리로 입을 열었다.

"좋아! 구관에 뭐가 있는지 가볼까?"

채 열 걸음을 옮기기도 전이었다.

유옥은 벽에 시선을 고정시킨 채 걸음을 멈추었다.

"뭐, 뭐지?"

무공 구결이 적혀 있는 것도 아니었다. 물론 나가는 방법이 적혀 있지도 않았다. 벽에는 단지 몇 개의 그림이 그려져 있을 뿐이었다.

문제는 그 그림이 단순한 그림이 아니라는 데 있었다.

'왜 이런 그림이 여기에 있는 거지?'

어이없게도 벽에는 아름다운 여인들이 그려져 있었다.

무심코 세어본 여인의 수는 모두 열여덟. 한데 각기 다른 자세를 하고 있는 여인들은 모두가 속이 훤히 비치는 옷을 입고 있었다.

은어의 지느러미 같은 매끈한 팔다리는 물론이고, 봉긋 솟은 가슴, 오목한 배, 그리고…….

유옥은 처음 보는 성숙한 여인의 알몸을 보고 얼굴이 붉어졌다.

바로 그때였다.

기이하게도 속이 훤히 보이는 매미 날개 같은 옷을 입은 여인들이 움직이는 것처럼 보였다.

홍조를 띤 채 빙그레 웃는 여인, 출렁거리는 젖무덤을 두 손으로 가리는 여인, 하늘거리는 나삼을 입고 자리에서 일어나는 여인…….

이상하게 눈이 떨어지지 않았다. 부끄러움에 그냥 지나가려는데도 발이 떨어지지를 않았다.

"호호호! 깔깔깔!"

그러더니 어느 순간부터는 웃음소리마저 들렸다. 환청이
라 하기엔 너무나 똑똑히 들렸다.

"후욱, 후우욱⋯⋯."

시간이 지나면서 숨소리가 거칠어지는데도 아무것도 느낄
수가 없었다.

"호호호호, 오라버니!"

그때 갑자기 청아의 목소리가 들렸다.

유옥은 눈을 크게 뜨고 앞을 바라보았다.

"정말 처, 청아?"

성숙한 청아가 바로 앞에 있었다. 작은 박을 엎어놓은 듯한
젖무덤이 눈앞에서 출렁거린다.

두 눈이 벌겋게 충혈된 유옥은 입을 반쯤 벌린 채 멍하니
청아를 바라보았다.

눈이 마주친 순간이었다. 청아의 영롱한 목소리가 나직이
귓속을 파고들었다.

"안아줘요, 오라버니."

"청아야⋯⋯."

유옥은 손을 뻗다 말고 흠칫 움직임을 멈췄다. 그러자 청아
가 더욱 적극적으로 달려들었다.

"너무 추워요, 오라버니. 어서 안아줘요."

그러더니 빙어 같은 투명한 손가락으로 가슴을 쓰다듬으

며 슬며시 안겨들었다.

그녀의 가슴은 너무도 부드러웠다. 도저히 사람의 살결이
라 생각할 수 없을 정도였다. 그런 청아의 젖무덤이 자신의
맨살갗에 닿자, 정신이 몽롱해진 유옥이의 단전에서 뜨거운
기운이 훅 치솟았다.

일순간 억제할 수 없는 열기에 머릿속이 텅 비어버렸다.

미칠 듯이 두방망이질을 치며 전신을 벌겋게 달구는 심장
의 고동 소리가 귀청을 울렸다.

하체가 묵직해진 유옥은 청아를 안은 손에 힘을 주었다.

"처, 청아야……."

그런 유옥이를 향해 다른 여인들도 달려들었다.

"오호호호! 우리도 안아줘요, 공자!"

한데 이상한 일이었다. 다른 여인들마저 달려들자 알 수 없
는 거부감이 일었다.

바로 그 순간! 뱃속에서 바늘로 찌르는 듯한 짜릿한 통증이
격렬하게 느껴졌다.

그 바람에 꽉 막혔던 유옥이의 머릿속에 바늘 끝만큼의 공
간이 열렸다.

'청아가 왜 여기에 있지?'

그 생각과 동시, 유옥은 본능적으로 허벅지를 세차게 꼬집
었다.

살이 찢겨지는 듯한 고통이 허벅지에서 뇌리까지 찰나에

관통했다. 그제야 어렴풋이 정신이 드는 유옥이었다.

'이, 이게 어떻게 된 거지?'

유옥은 급히 운기하며 흐트러진 내력을 끌어 모았다.

하지만 여인들도 만만치 않았다.

그녀들은 나삼마저 벗어 던지고 유옥이의 전신에 달라붙었다.

"호호호호! 공자, 그러지 말고 우리랑 놀아요."

"그래요, 세상 어렵게 살 필요가 뭐 있어요? 저희가 극락에 가는 즐거움을 선사해 드릴게요. 흐응, 공자님."

달라붙은 여인들이 온몸을 부비며 나른한 신음을 토해낸다. 그녀들의 빙어 같은 손길은 닿지 않는 곳 없이 온몸을 쓰다듬는다. 미끈거리는 설육이 전신을 훑어댄다.

도무지 정신을 차릴 틈이 없었다.

겨우 모이던 내력도 순식간에 흩어지고, 잠시 돌아온 듯했던 정신마저 다시 흐릿해졌다.

그때 또다시 뱃속에서 바늘로 찌르는 통증이 거세게 일었다. 이번에는 그 기운이 차갑다는 것까지 느껴졌다.

유옥은 다시 허벅지를 꼬집으며 입술을 깨물었다.

'저리 가! 저리 가란 말이야!'

그러나 가란다고 해서 갈 여인들이 아니었다.

유옥이 거부하면 거부할수록 여인들도 더욱 적극적으로 매달렸다. 미칠 일이었다.

"으음, 오라버니. 더 세게 안아줘요. 저를 가지란 말이에요. 아흥, 어서요, 어서……."

더구나 청아의 달뜬 신음은 나머지 열일곱 여인의 유혹을 합친 것보다도 더 견디기 힘들었다. 그녀가 귓가에 입술을 대고 속삭일 때마다 유옥은 당장이라도 모든 것을 포기하고 싶었다. 그냥 청아를 끌어안고 극락에 오르는 즐거움을 만끽하고만 싶었다.

만일 뱃속에서 시작된 차가운 통증이 없었다면, 정말 그랬을지도 몰랐다.

그나마 다행이라면, 여인들의 반응에 따라 뱃속에서 느껴지는 차가운 기운도 시간이 갈수록 거세진다는 것이었다. 비록 찰나에 불과했지만, 그것이 유옥이의 정신을 붙잡는 단 하나의 생명줄이었다.

유옥은 차가운 기운으로 인해 정신이 들 때마다 허벅지를 찢어지도록 꼬집으며 악착같이 운기를 하려 했다. 그러나 한 번 흩어진 내력은 쉽게 모아지지가 않았다.

'청아야, 제발 저리 가! 제발!'

그렇게 얼마나 지났을까, 유옥은 뱃속에서 이는 지독한 한기에 몸을 부르르 떨었다.

얼음덩어리가 살을 찢고 튀어나올 것만 같았다.

그 고통이 어찌나 심한지 눈앞에 있던 여인들의 모습이 흐릿해지는데도 아무런 생각을 할 수가 없었다.

"끄으으아……!"

처절한 신음이 이 사이를 뚫고 흘러나왔다.

참을성이 강하다는 유옥이조차 도저히 참을 수 없는 극한의 고통이었다.

유옥은 자신도 모르게 그 자리에서 털썩 주저앉았다. 그리고 살고자 하는 본능에 따라 천라마마진결을 죽어라 운기했다.

'살아야 돼! 여기서 죽을 수는 없어! 나는 살아야 한단 말이야!'

정신이 아득한 가운데서도, 유옥은 자신을 구한, 그리고 이제는 자신을 고통의 지옥으로 몰아넣는 한기의 정체가 무엇인지 알고 있었다.

삶과 죽음은 자신의 의지에 달려 있었다.

참으면 살 것이고, 참지 못하면 죽을 것이다.

'살 수만 있다면, 세상 그 어떤 고통도 참을 수 있는 사람이 바로 나, 천유옥이야!'

순간이었다. 부서져라 이를 악다문 유옥이의 몸에 하얀 서리가 내리기 시작했다.

그리고 얼마의 시간이 지나자 눈처럼 하얀 서리가 그의 온몸을 덮었다.

그때부터는 고통조차 고통처럼 느껴지지가 않았다.

모든 것이 아득하기만 했다.

그러함에도 유옥은 운기를 멈추지 않았다. 그것은 삶에 대한 그의 본능이었다.

그렇게 한없이 흐른 시간이 망각의 늪에 빠져 허우적거릴 때였다.

얼음처럼 굳어버린 몸 깊은 곳에서 실낱같은 열기가 피어나기 시작했다.

처음에는 거미줄처럼 가늘고도 약해서 아무런 힘도 쓰지 못할 것 같은 열기였다. 그러나 시간이 지날수록 끈적끈적하니 피어나더니, 얼마가 지나자 한기를 몰아낸 열기가 단전 부위를 지배해 버렸다.

그것은 또 다른 시작을 알리는 징조였다.

"후우우······."

긴 숨을 내쉬며 유옥이 눈을 뜬 것은 만 하루가 지난 후였다.

그가 눈을 떴을 때 열여덟 명의 여인은 보이지 않았다. 아니, 보이긴 했지만 눈앞이 아닌 벽에 있었다. 선정적인 자세를 취하고서, 자신을 향해 눈웃음을 치면서.

유옥은 흠칫, 눈살을 찌푸리며 고개를 돌렸다. 그때였다. 그림이 끝나는 부분에 음각으로 새겨진 글이 보였다.

욕관(慾關), 환락염정대진(歡樂炎情大陣).

그제야 유옥은 자신을 생사의 나락으로 빠트린 것이 기문진이었음을 알고 인상을 있는 대로 구겼다.

절정의 벽에 부딪치면 심마(心魔)가 찾아오리니, 이곳을 통과해야만 훗날 심마를 견딜 수…….

비록 그림에 불과해서 실제 위력의 삼 할도 채 발휘되지 못했으나, 삼백 년 전에 사라진 환락궁의 절대기진이 바로 환락염정대진이었다. 심마를 견딜 수 있는지, 수련생의 정신력을 시험하려 했다면 이보다 더 확실한 방법은 없을 터였다.

하지만 그딴 것은 아무래도 상관없었다.

"누구 미치는 꼴을 보고 싶어서 이런 곳에 이따위 기문진을 설치한 거야? 빌어먹을!"

그에게는 그저 이곳에 저따위 괴상한 기문진을 설치한 자가 미친놈으로밖에 보이지 않았다.

몇 년간 죽어라고 무공만 익힌 피 끓는 청춘들을 그런 방법으로 시험하다니. 그 얼마나 악독(?)한 심성이란 말인가!

또 다른 한편으로는, 그런 기문진에 빠져 허우적거린 자신이 한심스럽기만 했다.

"하아……."

저까짓 그림 때문에 생사의 기로에서 사투를 벌여야 했

다니.

덕분에 파란 구슬이 조금 녹고, 내공 또한 그만큼 늘었을 테지만, 겪은 일을 생각하면 그런 기연도 반갑지 않았다.

여인들의 유혹에 자신이 그렇게 쉽게 넘어갈 줄이야.

벌거벗은 청아가 끼어 있어서 그랬나?

"제기랄, 하마터면 큰일 날 뻔했네. 빨리 이곳을 벗어나야지 원."

유옥은 자신의 가슴에 안겨 달뜬 신음을 토해내던 청아의 얼굴이 떠오르자, 어색한 표정으로 투덜거리며 벽을 등진 채 일어섰다.

순간 너덜너덜해진 하의가 바닥으로 흘러내렸다.

피멍 든 허벅지며, 덜렁거리는 살막대가 훤히 보였다.

"이, 이런!"

난감한 일이었다. 아무도 없다고 해서 벌거벗고 다닐 수도 없는 일이 아닌가.

그때 문득 일 장 정도 떨어진 곳에 놓인 검은 가죽, 자신이 물속에서 들고 나온 껍질이 눈에 들어왔다.

'일단 저거라도……'

유옥은 하는 수 없이 검은 가죽을 대충 허리에 둘러봤다. 다행히 가죽은 생각보다 넓고 길어서 하체를 가리는 데 부족하지 않았다.

거기다 찢어진 옷을 꼬아 허리띠를 만들어서 단단히 묶고 보니 그럭저럭 하얀 몸뚱이와 검은 가죽이 어울려 보이기까지 했다.

일단 몸이 가려지자 유옥은 벽에 그려진 그림은 쳐다보지도 않고서 빠르게 걸음을 옮겼다.

'젠장, 그림이 무서워서 피해야 하다니. 어이없어서…….'

그러나 그것은 시작일 뿐이었다.

유옥은 입을 쩍 벌렸다.

눈앞에 끝없이 펼쳐진 사막을 보라!

새알을 깨면 모래에 스미기도 전에 익어버릴 것 같은 뜨거운 열기. 누렇게 불어오는 먼지바람. 영락없는 사막의 풍경이 아닌가 말이다!

진짜 어이가 없었다.

이놈의 구관은 어떻게 된 것인지 정상적인 것이 하나도 없다.

대체 얼마나 사람을 고생시키려고 관문을 이따위로 만들어놨단 말인가!

유옥은 이 관문을 만든 자의 정신 상태가 의심스러웠다.

가능하기만 하다면, 나가서 작신 두들겨 팬 후 머릿속을 들여다보고 싶었다.

"아예 죽으라 죽으라 하는군. 동굴 안에 웬 사막이야!"

버럭, 소리친 유옥은 하늘을 올려다보았다.

그나마 아주 밝지는 않아 눈이 안 아픈 게 다행이었다. 진짜 태양처럼 밝았다면 눈도 못 떴을 텐데.

하지만 그 정도만으로는 암담한 마음이 조금도 누그러지지가 않았다.

"흐으……. 저기를 건너가란 말인가 본데……. 정말 환장하겠군."

머리를 세차게 흔든 유옥은 자신의 허벅지를 바라보았다.

비늘이 촘촘한 검은 가죽 사이로 수많은 흉터 자국이 보였다. 자신이 스스로 낸 상처였다.

입술도 만져 봤다. 너무 세게 깨물어서 앞뒤로 뚫린 곳이 아직 다 아물지도 않은 상태라 아릿한 고통이 남아 있었다.

'미쳐 버리기 직전에 겨우겨우 육욕(肉慾)의 관문을 뚫고 나왔는데……'

만일 자신이 남달리 정신력이 강하지 않았더라면, 여자에 대해 조금만 더 알았더라면, 그곳에서 정기가 말라 쓰러졌을지도 몰랐다.

여인의 우윳빛 동체가 덮쳐들 때마다 허벅지를 꼬집으며 고함을 질러대야 했다.

미끈거리는 설육이 전신을 훑을 때마다 입술을 깨물어야 했다.

지옥과 천당을 오락가락한 것이 몇 시진인지 모른다.

잊을 만하면 나타나는 여인들의 얼굴이 지금도 눈에 선

하다.

물론 벌거벗은 청아의 모습도.

'쳇! 옷이나 입고 나타나지.'

그래도…… 정말 예뻤다. 생각할 때마다 얼굴이 달아오를 정도로.

발그레해진 얼굴에 열기가 느껴지자 유옥은 고개를 세차게 흔들고 정신을 가다듬었다.

그러고는 억지로 눈을 부릅뜨고서 앞을 노려보았다.

지금은 그런 생각을 할 때가 아니었다. 어쩌면 모래에 파묻혀 죽을지도 모를 상황인 것이다.

'대체 이런 기문진이 왜 이리 많이 설치되어 있는 거지? 기문진에 대해 가르쳐 주지도 않고서…….'

문득 불안한 생각이 들었다.

'혹시 팔관에서 기문진에 대해 배우고 들어왔어야 하는 건가?'

한데 그것도 좀 그렇다. 이곳은 무공 수련관이지 문(文)을 수련하는 곳이 아니다. 그랬다면 들어오기 전에 무슨 말이든 들었을 것이 아닌가.

풍백이나 장천궁이 그 정도도 알려주지 않고 들여보냈다는 것은 말이 되지 않았다.

교두들도 팔관은 칠관까지 배운 것을 다듬는 관문이고, 구관은 인(忍)의 관문이라고만 했을 뿐, 기문진에 대해선 누구도 말해준 사람이 없었다.

다른 아이들 역시 구관에 기문진이 설치되어 있다는 것을 알지 못하고 있었다. 아마 알고 있었다면 누구든 입을 열었을 것이다. 적어도 자신의 조에 속했던 아이들만큼은.

어쨌든, 이러나저러나 결론은 한 가지다.

사막을 건너야 한다는 것!

'설마 저기를 걸어서 건너라는 것은 아니겠지?'

만일 그렇다면, 이곳에 기문진을 설치한 놈은 미친놈이 분명했다. 아니면 남이 고통받는 것을 즐기는 놈이든지.

한데… 아무리 생각해도 자신의 생각이 맞는 것 같았다.

빌어먹게도 다른 방법이 없는 것이다.

자신뿐만이 아니라 함께 들어왔던 아이들이 기문진에 대해서 알고 있는 것은 기껏 삼재가 어떠니 사상이 어떠니 하는 기본적인 지식 정도였다.

그것도 삼관에서 무공을 배우기 위해 터득한 것들이 다였다.

그런 기초 지식만으로 상상도 할 수 없는 기문진을 뚫고 지나간다는 것은 어불성설, 지나가던 똥개가 코웃음 칠 말이었다.

"빌어먹을!"

방법이 없다면 어쩔 수 없다. 막고 푸는 수밖에.

결국 유옥은 길게 한숨을 내쉬고는 몸을 날렸다.

기문진을 만든 사람이 미쳤기만을 바란 채.

"후우, 제발 제대로 미친놈이었으면 좋겠군!"

출발한 지 일각 만에 유옥은 앞에 보이는 모래산의 정상에 올랐다.

한데 아무리 생각해도 이상했다.

생각보다 시간이 너무 오래 걸린 것 같다. 자신이 출발한 곳과의 거리라고 해봐야 기껏 백 장도 되지 않거늘, 일각이라니.

유옥은 미심쩍은 마음에 다시 산을 내려갔다. 그리고 이번에는 걸어서 올라가 봤다.

딱! 일각. 똑같은 시간이 걸렸다.

"하, 하! 젠장."

헛웃음만 나왔다. 미칠 일이었다.

신법도 펼칠 수 없다면, 결국 걸어가야 한다는 말이 아닌가.

'말이 씨가 된다더니!'

그래도 이까짓 기문진에 두 손 들고 항복할 수는 없었다.

유옥은 허공에 대고 소리쳤다.

"좋아! 누가 이기나 보자! 나! 천유옥이야! 죽음 따위, 고생 따위는 열 살 전에 겪을 만큼 다 겪었어!"

그러고는 속이 좀 후련해지자, 그때부터 이를 악물고 걷기 시작했다.

죽어라 달려봐야 힘만 빠질 뿐 아무 소용이 없을 것은 뻔한 일. 게다가 다른 방법이 없으니 어쩌랴.

하루가 지났을까? 아니면 이틀?

'아냐, 닷새도 더 지난 것 같아.'

밝기가 변하지 않으니 알 수가 없다.

대체 얼마나 지난 걸까.

입이 바싹 마른 것은 오래전의 일이다.

이제는 자신의 내력조차 급격히 고갈되고 있었다.

그리고 무엇보다도, 졸음이 밀려와 머리가 지끈거렸다.

그때 그것을 봤다. 하나의 석판을.

여기까지 오느라 수고했다. 그대는 천궁마검(天弓魔劍)을 배울 자격이 있도다!

"제기랄! 지이이이미!"

석판의 글을 읽던 유옥의 입에서 육두문자가 튀어나왔다.

누가 무공을 달랬나?

물을 준비해 놓으면 덧나? 먹을 것을 주면 어디가 아파?

이곳을 만들어놓은 놈은 확.실.히 미친놈이다.

어쩌면 자신의 생각보다 더 미친놈일 것이다.

아니고서야 이럴 수는 없다. 이런 곳에 기껏 준비한 것이 이따위 석판이라니!

천공에 뜬 흐릿한 태양빛이 유난히 따갑게 느껴졌다.

털썩!

석판 앞에 주저앉은 유옥은 물끄러미 석판을 바라보았다.

걸어가는 것 말고는 달리 할 일도 없었다.

혹시나 구결 중에 이곳을 빠져나가는 방법이 있을지도 모르는 일. 한 자 한 자 놓치는 글자가 없는지 일일이 확인해 보았다.

하지만 끝까지 세 번을 읽어도 자신이 원하는 내용은 보이지 않았다.

그렇다면 더 머무를 이유가 없었다.

"가자, 가! 세상 끝까지 걸어서 가보자고!"

두 번째 석판을 발견했을 즈음에는 욕도 나오지 않았다.

표향귀도(飄香鬼刀)를······.

세 번째 석판이 나오자 이제는 더 걸을 기력도 남아 있지 않았다.

천붕신권(天崩神拳)이야말로 천하에서······.

그리고 마침내, 네 번째 석판을 보자 절로 몸이 무너져 내렸다.

혈왕천심기(血王天心氣)를 익혀라.

대충 생각해 봐도 사막에 들어선 지 이십 일은 넘은 듯싶었다.

유옥은 철푸덕 주저앉아서 석판을 뚫어지게 바라보았다.

머릿속에서 벌 떼 우는 소리가 들린 지 오래였다. 수만 마리 박쥐가 달려들며 울어대는 것만 같아 미칠 지경이었다.

침을 뱉으면 바싹 마른 혓바닥에서 모래가 쏟아지는 느낌이 들었다.

돌로 된 석판을 물통으로 변하게 할 수만 있다면, 무슨 일이라도 할 수 있을 것만 같았다.

사람을 죽이라 하면 죽이고, 친구를 배신하라 해도…….

"아냐! 그럴 순 없어!"

버럭 소리친 유옥은 주먹을 치켜들고 허공을 찔러댔다.

쩍쩍 갈라진 목소리가 허공을 찢어발겼다.

"빌어먹을 관문! 망할 놈의 기문진! 나쁜 새끼들! 개새끼들!"

부들부들 떨리는 얼굴에서 광기 어린 눈빛이 쏟아져 나

왔다.

두 눈이 금방이라도 터져 버릴 것처럼 붉게 충혈됐다.

하지만 한 차례 부르르 몸을 떤 유옥은 주먹을 내리고 몸을 옆으로 눕혔다.

"큭, 크큭! 내가 겨우 그 정도였나?"

허탈한 마음이 들었다.

친구가 원한다면 언제든지 목숨조차 내던질 수 있다 생각했는데, 남자라면 당연히 그 정도 각오쯤은 있어야 한다고 생각했는데……

비겁자만이 신의(信義) 대신 자신의 안락만을 추구한다 여겼었는데, 그랬는데…….

물 한 통에 친구를 팔아먹으려 하다니. 그게 자신의 모습이었다니!

"크흐흐흐! 정말 웃기는 일이야. 안 그러냐, 군악아?!"

공연히 미안한 마음에 참담한 웃음이 터진다. 쓰디쓴 눈물이 흐르는데도 억제할 수가 없다.

비록 알지는 못하겠지만, 알았다 해도 빙그레 웃으며 그냥 넘길 친구지만, 자신의 마음에 새겨진 오늘의 일은 영원히 잊혀지지 않을 것 같았다.

유옥은 마치 백리군악이 눈앞에 있는 것처럼 허공과 석판을 번갈아 바라보며 두서없이 중얼거렸다.

"이따위 개떡 같은 기문진을 설치하다니. 어떤 놈인지 정말로 나쁜 놈 아니냐? 인(忍)! 인(忍)! 인(忍)! 그래! 내 더러워 서 참는다, 참아! 군악아, 너도 알지? 내가 얼마나 잘 참는지. 조금 전에는 내가 미쳐서 헛소리를 한 것이야……. 정말이라 니까? 정말이야, 혓바닥이 바짝 마르니까 헛소리가 나온 거라 고…….”

그렇게라도 하지 않으면 정말 미쳐 버릴지도 몰랐다.

미쳐 버리면 무슨 짓을 할지 자신조차 두려웠다.

한데, 어느 순간이었다.

유옥은 석판을 보며 중얼거리다 말고 입을 다물었다. 그러 고는 머리를 흔들어 흐트러진 정신을 가다듬고, 고개를 모로 꼰 채 석판을 뚫어지게 바라보았다.

석판에 쓰여진 글은 백여 자 정도. 어디서 많이 본 듯한 내 용이다.

눈은 가물거리는데도, 그 내용만큼은 송곳으로 박박 긁어 새기듯이 충혈된 눈동자를 파고든다.

자신이 알고 있는 뭔가와 연관이 있지 않다면 불가능한 일 이다.

유옥은 안간힘을 다해 석판의 글을 한 자 한 자 읽어봤다.

석판의 글을 거의 다 읽었을 때다. 갑자기 실실 웃음이 나 왔다.

“크, 크크크, 여기도 있긴 있었군.”

두어 번 반복해서 읽고 보니 더욱 확실해졌다.

비록 이름은 다르지만, 혈왕천심기는 천라마마진결과 일맥상통하는 구결이 분명했다.

'다섯 번째일까? 아니면 여섯 번째?'

팔관을 거치지 않았으니 확실한 것은 모른다.

다만 자신의 느낌대로라면, 이 무공이 여기에 있는 걸 보니, 어쩌면 구관의 끝이 그리 멀지 않은 곳에 있을 것 같다는 것이다.

왜 그런 느낌이 드는지는 자신도 몰랐다. 그러나 지금까지 자신의 느낌은 거짓을 말하지 않았다. 덕분에 목숨을 구한 것이 어디 한두 번이던가.

그렇다면… 무작정 이곳에 누워서 한탄만 하고 있을 수는 없었다.

유옥은 천천히 자세를 바로하고 앉았다.

구관도 사람이 만든 관문. 통과하지 못하게 만들어놓지는 않았을 것이다. 적어도 십여 년 전에 누군가가 통과한 걸 보면 말이다.

천라마마진결을 끌어올려 마음을 가라앉히자 마른 입술이 벌어지며 픽, 헛웃음이 새어 나왔다.

조금 전까지 왜 그렇게 조급해했는지 이해할 수가 없었다.

그것도 기문진의 영향력 때문일까?

사실이 그랬지만, 유옥은 알지 못했다.

몰래 숨어든 자에겐 기문진 내의 거리가 두 배는 더 길어지고, 정신적인 압박도 훨씬 더 심해진다는 것을. 그리고 지난 이백여 년, 그로 인해 허락받지 않고 들어왔던 열두 명의 침입자들이 미쳐서 죽어갔다는 것을.

그러한 일을 알지 못하는 유옥은 남은 힘을 다해 천라마마진결을 끌어올렸다.

나름대로 피폐해진 정신을 가다듬고, 되는대로 혈왕천심기를 외우기 위해서였다.

그렇게 얼마를 지났을까. 유옥은 괴이한 느낌에 번쩍 눈을 떴다.

휘이잉!

어디선가 갑자기 바람이 불어왔다.

이곳에 들어와서 처음 있는 일이다.

"뭐, 뭐야? 무슨 일이지?"

유옥은 다급히 주위를 둘러보았다. 그러나 뿌연 모래 바람 때문에 아무것도 보이지 않았다.

바로 그때, 발가락을 간지럽히던 모래가 바람에 날려 사라지는 것이 느껴졌다.

고개를 내려 바닥을 바라보자, 자신이 깔고 앉았던 곳의 모래도 바닥으로 스미기라도 한 듯 어느새 보이지 않았다.

그렇게 모래가 사라짐과 동시, 석판의 아래쪽에 새로운 글이 나타나기 시작했다.

유옥의 충혈된 눈이 바닥에 틀어박혔다.

앞으로 오 개월간 진세는 발동되지 않을 터. 그대가 무엇을 익히든 상관없다. 하나 혈왕천심기를 삼성 이상 익히든지, 아니면 일 갑자의 공력을 지녀야만이 구관을 통과할 수 있으리라.

구관 통과 어쩌고저쩌고 하는 것은 보이지도 않았다.

말도 안 되는 일 갑자 공력타령도 눈에 들어오지 않았다.

그의 눈이 주시하는 것은 오직 하나, 오 개월이라는 기간이었다.

'이곳에서, 이 사막 한가운데서! 오 개월간이나 지내야 한다고!!'

한 달도 못 돼서 죽기 직전까지 몰렸거늘, 오 개월이라니!

차라리 이곳에서 죽으라는 말과 무엇이 다르단 말인가.

이글거리는 눈으로 바닥을 바라보던 유옥은, 간질거리는 느낌이 드는데도 무시해 버리고 분노를 삭였다.

어찌 보면 자신의 욕심으로 인해 생긴 일이었다.

구관에 들어오지 않고 그냥 돌아갔으면 이런 일은 없었을 터였다.

게다가 잠시였지만, 자신은 신의조차 망각하고 어려움만 덜 생각조차 하지를 않았던가.

'후후후, 신의를 버렸으니 천벌을 받는 게 당연하지 뭐.'

한데 문득 기이한 기분이 들었다. 솜털을 쓸고 지나가는 으

스스한 느낌이 전신에서 느껴진다.

유옥이는 반사적으로 고개를 번쩍 쳐들었다.

순간 메마른 목구멍을 뚫고 경악성이 터져 나왔다.

"맙소사!"

주위가 빠르게 변화하고 있었다.

뿌연 안개 속으로 사막이 사라지고, 그토록 뜨겁던 느껴지던 열기도 빠르게 식어갔다.

그리고 서서히, 동굴의 석벽이 뚜렷이 보이기 시작했다.

순식간의 변화에 유옥은 새삼 등골이 오싹해졌다.

'기문진이란 것이 이토록 무서운 것이라니……'

상상을 초월하는 현묘함이다. 기문진이라는 것이 다시 보일 정도다.

만일 누군가가 자신을 죽이려 했다면, 자신은 영락없이 탈진해 죽었을 것이 아닌가 말이다.

그렇다고 마냥 질려 있을 수만은 없는 일. 이를 지그시 깨문 유옥은 찬찬히 자신이 있는 곳을 살펴보았다.

높이는 이 장 정도, 가로세로가 삼 장은 됨 직한 제법 커다란 석실이었다.

좌우의 석벽을 빽빽이 메운 채 그려져 있는 것은 자신이 이곳까지 오면서 봤던 무공의 도해인 듯했다.

그리고 전면의 석벽, 그곳은 움푹 파인 손바닥과 혈왕천심기를 풀어놓은 도해로 가득했다.

유옥은 전면을 뚫어지게 바라보다 무심코 뒤를 돌아다보았다. 동시에 허탈한 목소리가 힘없이 새어 나왔다.

"환장하겠군."

길게 일직선으로 뚫린 통로가 바로 뒤에 있었다.

통로의 천장에 삼사 장 간격으로 박혀 있는 야광주는 보이는 것만 일곱 개 정도. 그 빛 때문인지 양편의 벽에 그려진 온갖 그림들이 더욱 생동감있게 느껴졌다.

우습게도 자신이 걸어온 통로였다. 그려진 그림은 대부분이 사막의 모습이었다. 자신이 지난 보름 이상 질리도록 봐온 그 삭막한 풍경 말이다.

그리고 저 멀리 끝에 보이는 것은, 구관의 입구에 서 있던 석비가 분명했다.

한 달 가까이 걸었다 생각한 것이 기껏해야 삼십 장도 벗어나지 못하고 제자리에서만 맴돌았다는 말이었다.

"훗, 완전히 다람쥐 쳇바퀴 돌리고 있었던 건가?"

어쨌든 앉아만 있을 수는 없는 일. 유옥은 힘을 내서 벌떡 일어섰다.

'이럴 때가 아니지. 기문진이 발동하지 않는다고 했겠다?'

무공이 적힌 석판 따위는 신경도 쓰이지 않았다.

일단은 급한 일을 먼저 해결하는 게 우선이었다.

저 통로의 끝에는 물이 있지 않은가. 그리고 잘하면 박쥐 동굴로 가서 먹을 것도 챙겨올 수가 있고 말이다.

이곳에서 얻은 무공을 익히는 것은 그다음에 해도 충분했다.

유옥은 생각이 정리되자 통로를 향해 걸음을 옮겼다.

그렇게 오 장 정도를 가자 여기저기 분봉(糞峰)이 보였다.

석실과 멀어질수록 분봉은 점점 커졌다. 처음 것은 거의 주먹 두 개만 했다.

'끄응, 분명히 모래로 잘 덮었었는데…….'

그리고 입구 쪽에서 삼 장여 떨어진 곳에 도착하자, 벽에 그려진 여인들의 모습이 눈에 들어왔다.

하늘거리는 속옷만 입은 채 비스듬히 누워 있는 여인. 게슴츠레한 눈으로 흘겨보는 반라의 여인. 입을 반쯤 벌리고서 눈을 감은 여인.

유옥은 여인들의 그림을 감상하며 천천히 통로를 지나쳤다.

이제 동굴 호수가 코앞이었다.

급할 것은 하나도 없었다.

'청아를 닮은 여인은 없잖아?'

한데 이상하게도 자신이 보았던 청아와 닮은 여인은 아무리 봐도 찾을 수가 없었다. 눈을 바짝 들이대고 찾아봤는데도.

第六章
암천혈왕(暗天血王)의 전설(傳說)

日弟子趙孟頫敬書 至大改元四月

道吉廣為傳

長庭前再拜禮 一天師與

干秀芳景深處掩雲霧　兩間容畫現改

草閣放近天下　湛此知知虚家思

死星
天血

1

미미한 떨림이 느껴졌다.

마누라의 젖무덤에 머리를 처박고 있던 지옥관주 갈천은 침이 반쯤 흘러나온 것도 모른 채 게슴츠레한 미소를 지었다.

마누라의 몸이 가늘게 떨리는 것이 자신의 능력 때문이라 생각한 것이다.

하지만 그 미소가 사라지는 데는 그리 오래 걸리지 않았다.

'너무 긴데?'

그랬다. 지금까지 함께 살아온 세월이 삼십 년이 넘어 사십 년이 다 되어간다. 마누라의 반응 정도는 손가락 끝만으로도 정확히 알 정도였다.

그런데…… 이건 길어도 너무 길었다.

갑자기 어떤 생각이, 도저히 불가능할 것 같은 한 가지 생각이 그를 잡아 일으켰다.

잠자리에서 벌떡 일어선 그는 휙 고개를 돌려 한 곳을 바라보았다.

그의 시선이 쇠뇌를 떠난 화살처럼 박혀든 곳에는 사방 한 자 크기의 구멍이 벽면에 나란히 뚫려 있었다.

구멍은 모두 네 개. 푸르스름한 동판이 그 구멍을 막고 있었는데, 동판에는 칠, 팔, 구, 십이라는 글자가 황금빛으로 선명했다.

평상시라면 당연히 그 글자가 나란히 보여야 옳았다. 하지만 오늘, 자신이 바라보고 있는 지금은 결코 그렇지가 않았다.

갈천은 눈을 화등잔만 하게 치켜뜨고 떡 벌어진 입을 다물 줄 몰랐다.

보면서도 믿을 수가 없었다.

꿈을 꾸는 것이 아닐까?

갈천은 자신의 허벅지를 힘껏 꼬집어봤다.

머리꼭대기에 죽창이 꽂힌 것 같은 충격!

"꺼흐!"

벌어진 입에서 숨넘어가는 신음이 터졌다.

그러면서도 눈길은 한 곳에서 벗어나지를 않았다.

조금 전과 그대로였다.

열린다는 것 자체를 잊고 지냈던 그곳과 절대 열리지 않을 거라 믿고 있던 또 한 곳이 열려 있었다.

그리고 보였다.

석판이 내려간 안쪽. 눈부신 황금빛으로 쓰인 글자가.

지옥 제구관 출(出).

지옥 제십관 입(入).

이제는 온몸이 벌벌 떨렸다.

"마, 말도 안 돼!!!"

하지만 그것도 잠시. 점차 떨림이 가라앉았다.

얼어붙었던 머리도 빠르게 돌아가기 시작했다.

열리지 않아야 할 곳이 열렸다!

아무리 생각해도 이상한 일이었다.

저곳에 들어갈 사람이 있기나 한가?

아니지, 구관은커녕 지금 팔관에 들어가 있는 놈도 없는데, 웬 십관?

자신이 생각할 수 있는 가능성은 한 가지뿐이다.

'고장났나 보군. 하긴 손본 지가 십 년도 넘었으니……'

아무리 생각해도 자신의 생각이 옳은 것 같았다.

은근히 화가 났다.

오랜만에 제대로 마누라를 만족시켜 줄 수 있는 기회였는데!

"여보, 왜 그래요? 어서 계속……."

속도 모르고 몸을 비비 꼬는 마누라를 내팽개친 채, 갈천은 벌떡 일어나 밖을 향해 뛰쳐나갔다.

"오늘 날 샐 테니까! 옷 입지 말고 기다려! 곧 돌아올 테니까!"

어차피 이백 년이 넘도록 아무도 들어가지 못한 곳이 아니던가.

입구를 열지 못하게 한다고 해서 누가 알까? 기껏해야 하룻밤 정돈데.

'일단 열렸으면 닫아놓고…….'

2

십관으로 가는 통로는 구관의 마지막 석실에 있었다.

처음 유옥이 앉아 있던 정면의 석벽. 그 너머가 바로 십관으로 가는 통로였던 것이다.

석벽을 여는 방법은 생각 외로 간단했다.

석벽의 손자국에 손을 집어넣고, 혈왕천심기를 운기한 채 세 가닥으로 나뉜 경력을 나선으로 꼬아서 발출하면 되었다.

혈왕천심기를 삼성 이상 익혀야 하는 이유가 그 때문인 듯했다.

혈왕천심기의 특이한 운용결 중 하나가 경력을 회전시킬 수 있다는 것이었는데, 삼성 이상을 익혀야만이 어느 정도 그 위력을 발휘할 수 있었던 것이다.

물론 혈왕천심기를 익히지 않은 자에게는 결코 쉽지 않은 방법일 터였다. 아니, 불가능에 가까웠을 거라는 생각이 들었다.

일 갑자 정도의 내력이 있어야 세 가닥의 기운을 동시에 발출할 수 있을 테고, 발출한 경력을 회전시키려면 그보다 더한 공력을 지녀야 할 터였다. 스물도 안 된 나이에 그러한 공력을 지닌 자가 얼마나 될 것인가.

어쨌든 유옥은 혈왕천심기를 적어도 삼성 이상 익힌 상태였다. 어쩌면 사성을 넘어 오성은 되지 않을까 싶기도 했다.

그리 생각하는 데는 이유가 있었다.

기문진에서 고생한 것이 결코 손해만은 아니었다. 극한의 상황에서 녹은 파란 구슬의 기운은 생각보다도 강했다.

그것은 붉은 구슬로 인해 얻은 뜨거운 기운과는 상반되는 기운이었다. 굳이 따진다면 음(陰)의 기운이랄까.

그렇다고 두 기운이 충돌하거나 서로를 배척하지는 않았다. 오히려 수년간 헤어진 연인이 다시 만나기라도 한 것처럼 서로를 끌어당겨서, 하마터면 내력이 꼬여 내상을 입을 뻔했었으니까.

그 일이 있은 후로 유옥은 매우 조심스럽게 운기하며 상반된 두 기운을 다스렸다.

그리고 오 개월. 완벽하지는 않지만 지금은 두 기운이 제법 조화를 이룬 상태였다.

"어디 열어볼까?"

유옥은 자신감 넘치는 표정을 지으며 손자국 모양으로 움푹 파인 석벽의 구멍에 두 손을 집어넣었다.

그러고는 눈을 반쯤 감고 혈왕천심기를 일으켜 두 손에서 세 가닥의 기운을 뽑아냈다.

순간, 발출한 경력이 나선으로 꼬이며 석벽을 파고들었다.

곧이어 철커덕! 기관이 풀리는 소리가 나면서 손바닥이 안으로 쑥 밀려 들어갔다.

쿠궁!

요란한 굉음에 석벽이 진동했다. 동시에 쇠사슬 당겨지는 소리가 나고, 석문이 천천히 좌우로 벌어지기 시작했다.

쿠궁! 크르르르…….

석문은 다섯 자 정도 벌어지더니, 지쳐 버린 듯 더 이상 벌어지지 않고 멈추어 버렸다.

무려 석 자도 넘는 두께였다. 게다가 바닥의 홈을 따라 움직이게 만들어져 있었다. 그리고 무엇보다도 석문의 안쪽이 세 치 두께의 철판으로 덧대어져 있었다.

부수고 싶어도 부술 수가 없다는 말이었다.

유옥은 한참 동안 석문을 바라보고는 고개를 절레절레 저으며 천천히 안쪽으로 발을 디뎠다.

"휘유, 문을 저렇게 무식하게 만들어놓다니. 만든 사람이 누군지는 몰라도 정말 질리는 사람이군."

말은 그리하면서도 긴장을 늦추지는 않았다.

무슨 일이 벌어질지 아무도 모르는 일이었다.

이곳은 지옥십관, 최후의 관문으로 가는 통로였다.

사람들이 지금까지 십관에 들어가지 못했다는 것에는 그만한 이유가 있지 않겠는가 말이다.

천장이 갑자기 무너지지는 않을까? 양쪽 벽이 좁혀져서 길이 막히는 것은 아닐까? 설마 생로가 없는 기문진을 설치해놓은 것은 아니겠지?

그렇게 유옥이 온갖 상상을 다 하며 긴장한 표정으로 십여 장가량 전진했을 때였다.

쿠르르릉!

석문이 요란한 소리를 내며 저절로 닫히기 시작했다.

유옥이 홱 고개를 돌렸을 때는 석문 사이의 간격이 석 자밖에 남지 않은 상태였다.

왠지 모를 불안감이 엄습했다.

공연히 들어왔나?

지금이라도 돌아서서 나갈까?

그럴 수는 없지. 여기까지 어떻게 왔는데!

저절로 닫히게 만들어졌는가 보지 뭐.

이런저런 갈등이 마음을 뒤흔들었다.

그러나 그가 내릴 수 있는 결정은 오직 한 가지뿐이었다.

'어떻게 들어왔는데 돌아가! 그럴 순 없어!'

그사이 석문은 조금의 틈도 남기지 않고 완전히 닫혀 버렸
다.

유옥은 이를 지그시 깨물고 마음을 다잡았다.

이제 돌아갈 길은 없다. 자신이 겪어온 바대로라면, 석문은
쉽게 열리지 않을 것이다. 석문이 열릴 수 있는 조건을 자신
이 충족시키지 못하는 이상은.

'겁먹을 것 없어, 천유옥! 이곳을 멋지게 뚫고 나가는 거야!
아직 아무도 십관에 들어가 보지 못했다잖아? 그래! 네가 들
어가는 거야!'

유옥은 스스로를 독려하며 앞으로 나아갔다.

터벅, 터벅.

천천히 걸음을 옮기는 유옥의 발자국 소리가 십관의 통로
를 울렸다.

이십여 장을 더 들어가자 직경이 십 장 정도 되는 제법 큰
광장이 나타났다.

잠깐 걸음을 멈춘 유옥은 천천히 광장의 중앙을 향해 나아
갔다.

단순히 넓은 광장일 뿐이었다. 입구를 제외하고는 다른 곳

으로 들어갈 암동도 없고, 갈라진 틈조차 없었다.

자연적인 동굴을 사람이 다듬어놓은 곳. 전면의 잘 다듬어진 벽에 음각(陰刻)된 글과 그림만 아니라면, 이곳이 누군가를 가두어놓기 위한 뇌옥이 아닐까 하는 생각이 들 정도였다.

유옥의 눈살이 살짝 찌푸려졌다.

'십관이 어디에 있는 거지?'

칠관처럼 기관진식이 있는 것도 아니다. 구관처럼 기문진이 펼쳐져 있는 것도 아니다.

이곳이 십관으로 가는 길이 맞긴 맞는 걸까?

강한 의문이 들었다.

지금까지 들어간 사람이 단 한 명도 없다는 곳이 십관이다.

한데 왜 들어가지 못하게 했을까? 구관을 통과하지 못해서?

그것도 아닐 것이다.

지금까지 구관을 통과한 사람은 열 명이 넘는다. 비록 십 년에 한 명일 때도 있고, 수십 년에 한 명일 때도 있었지만 말이다.

하면 그 사람들이 모두 발길을 돌렸다는 말인가?

십관이라는 유혹이 그 정도 이유만으로 포기할 만큼 보잘 것없지는 않을 텐데, 왜?!

한데, 바로 그때였다!

벽의 그림에 시선을 두고 있던 유옥이 서서히 움직임을 멈쳤다.

벽면에 수를 셀 수조차 없이 새겨진 수많은 용들이 눈동자의 움직임을 따라 서로 뒤엉켜 광란의 몸짓을 한다.

천지를 뒤흔드는 천둥 소리!

귀청을 찢으며 울리는 광룡들의 포효 소리!

광란의 세상이다!

결국 유옥은 표정조차 석회를 뒤집어쓴 것마냥 하얗게 굳어버렸다.

대기를 가르며 지상으로 내리꽂히는 수백 줄기의 뇌전이 당장 눈앞에 보이는 것만 같았다.

뇌전에 관통당하고 찢겨진 채, 처절히 울부짖는 수백 마리 광룡의 울음소리가 고막을 찢으며 박혀드는 듯했다.

그것은 그림이되 그림이 아니었다.

혼천(混天)의 세상, 암천(暗天)을 평정하는 천왕의 기세였다!

"으음……."

끝내 유옥의 악다문 입에서 가벼운 신음이 흘러나왔다.

벽에 그려진 그림이 뭘 뜻하는지는 몰랐다.

하지만 그림을 보는 것만으로도 전신이 짓눌리는 기분이었다.

티끌에 불과한 힘을 얻었다고 내심 자만에 찼던 자신이 우습기만 했다.

그렇게 그림에 시선을 둔 지 일각.

유옥은 느껴지는 압력이 점점 더 심해지자, 혈왕천심기를 극한으로 끌어올린 채 이를 악물고 고개를 들었다.

광란에 몸부림치는 수백 마리 광룡들의 눈이 일제히 천장을 향하고 있다는 것을 깨달았기 때문이다.

그리고 어쩌면, 이 가공할 기세에서 벗어날 방법이 그곳에 있을지도 모른다는 생각이 들었기 때문이다.

그렇게 어느 지점에 이르렀을 때였다. 유옥의 두 눈이 화등잔만 하게 커진 채 파르르 떨렸다.

시커먼 암천을 찢어발기는 뇌전의 소나기!

수백 줄기의 뇌전이 천장 한가운데에서 쏟아지고 있었던 것이다.

유옥은 홀린 듯이 천장을 쳐다보았다. 시간이 흐르는 것조차 잊어버린 채.

그러던 어느 순간이었다.

짜릿한 느낌이 단전에서 피어났다. 생경하지 않은 느낌.

'응? 어떻게 된 것이지?'

기이한 일이었다.

자신이 바라지 않았는데도 천천히 혈맥을 도는 기운. 천라마마진결로 인해 생성된 혈왕천심기의 기운이었다.

처음에는 명주실처럼 가느다랗던 기운이 시간이 흐르면서 점점 커진다.

쿠르릉!

그러더니 우렛소리를 내며 걷잡을 수없이 전신혈맥으로 퍼져 나간다.

지금껏 한 번도 경험해 보지 못했던 일.

왜 혈왕천심기가 스스로 움직이고 있는 걸까?

정신을 차린 유옥은 빠르게 천장 전체를 훑어보았다.

천장을 보고 있을 때 혈왕천심기의 기운이 움직였다. 그렇다면 천장에 그 원인이 있을 가능성이 컸다.

한순간, 천장을 살펴보던 유옥의 눈이 커졌다.

뇌전과 광룡에 집중시켰던 시선을 분산시키자, 그제야 천장에서 쏟아지는 뇌전 사이사이에 쓰여 있던 글자가 눈에 들어온 것이다.

한데 갑자기, 부릅뜬 눈으로 글을 읽어가던 유옥의 입이 아연히 벌어졌다.

"뭐, 뭐야? 저것도… 천라마마진결?"

그랬다. 천장에 새겨진 글은 놀랍게도 천라마마진결의 또 다른 구결이었다.

천라마마진결을 익힌 자가 아니면 그 내용조차 알아볼 수 없도록, 구결은 혈왕천심기처럼 또 다른 이름으로 그 자리에 적혀 있었다.

더구나 마지막에는 십관에 들어갈 방법마저 나와 있었다.

천라혈왕공(天羅血王功)으로 광룡을 제압하는 자만이 십관에 들 수 있을 것이다!

유옥의 입에서 헛웃음이 흘러나왔다.

"하, 하, 하, 크크크크……."

왜 이백 년이 넘도록 아무도 십관의 비밀을 풀지 못했는지 그제야 이해할 수 있었다.

천장에 쓰여 있는 천라혈왕공은 천라마마진결의 완성체였다. 한마디로 천라마마진결을 모르면 아무 짝에도 쓸모없는 무공이란 말이었다.

구관을 통과할 정도의 기재들이라면 고르고 고른 기재들. 그들이 천라마마진결을 익혔을 가능성은 백에 하나도 되지 않았다. 보나마나 들어오기 전부터 나름대로 뛰어난 내공심법을 익혔을 테니까.

하니 그런 자들이 어찌 천장의 천라혈왕공에서 진체를 얻을 수 있었겠는가!

아마도 그들은 오랜 시간, 지금 유옥이 서 있는 자리에서 천장만 바라보다 발길을 돌려야 했을 것이다. 머리를 쥐어뜯으며 절규한 채.

아니면 말도 안 되는 엉터리 구결이라며 고개를 내젓고 돌아섰든지.

그러나 자신은 그들과 달랐다. 자신에게는 어떤 보물보다

귀한 것이 천장의 구결이었다.

설령 십관에 있는 것이 달랑 천장의 구결 하나뿐이라 할지라도, 자신은 충분히 만족하고도 남았다.

유옥은 서서히 웃음을 거두고 그 자리에 주저앉았다.

그리고 옆구리에서, 말린 고기와 가죽으로 만든 작은 물통을 꺼내놓았다.

박쥐 동굴에서 잡아 말린 박쥐 고기와 박쥐 가죽으로 만든 물통이었다. 박쥐가 워낙 작아서, 유옥은 물통을 다섯 개나 만들어 가지고 왔다.

그것이면 당분간은 견딜 수 있을 터. 조급하게 서두를 필요가 없었다.

'에라, 누워서 보자.'

며칠이 지났는지 정확히 알 수는 없었다.

다만 먹고 싸는 횟수를 세어봤을 때, 대충 열흘 정도 지나지 않았나 하는 생각이 들었다.

그때서야 유옥은 천장에서 눈을 떼고 석벽을 바라보았다.

"저걸 제압해야 진짜 십관에 들어갈 수 있단 말이지?"

광룡을 제압하라 했다.

천장의 구결을 얻고 나서야 유옥은 그 말이 뭘 뜻하는지를 깨달았다.

벽면의 광룡과 뇌전도 이전과 다르게 보였다.

음각된 선 하나하나가 천라마마진결과 일련의 연관성을 지니고 있다.

끊임없이 이어지는 선, 선…….

자신의 본능이 소리친다.

'이곳은 천왕교! 힘이 곧 법인 곳이야! 망설일 것이 뭐 있어! 진기가 흐르는 동선을 따라가며 다 부숴!'

항상 본능에 충실했던 그였다. 하지만 이번만큼은 망설이지 않을 수 없었다.

이백 년이 넘도록 존속해 온 것을 내 손으로 부숴도 되는 걸까? 혹시 다른 방법이 있는 것은 아닐까?

근 반 각, 석벽을 노려보던 유옥이 미미하게 고개를 저었다.

달리 방법이 없다. 마냥 이곳에서 고민만 하고 있을 수도 없는 일.

'좋아! 일단 부수고 보자! 부수다 보면 뭔가 답이 나오겠지. 설령 실패한다 해도 천라혈왕공을 얻었으니 실망할 필요는 없지 않겠어?'

벌떡 일어선 유옥은 천천히 손을 쳐들었다.

그러고는 뇌전이 흐르는 길을 따라, 아니, 천라마마진결의 운기진행로를 따라 손끝에 뭉친 기운을 떨쳐 냈다.

조금은 어설픈 천라혈왕공이었다. 하지만 그 위력만큼은, 손을 떨친 유옥의 눈이 커질 정도로 가공했다.

퍽!

단 일 수에 한 마리의 광룡이 가루로 변하며 흩어진다.

연이어 휘둘러지는 손에서 붉은 번개가 번쩍일 때마다 은은한 뇌성벽력이 동굴을 울린다!

우르르릉! 퍼벅!

동시에 두 번째, 세 번째 광룡이 스러졌다. 광룡이 스러진 곳에 남는 것은 뇌전이 지나간 흔적뿐.

시간이 지나면서 유옥의 얼굴이 서서히 붉어졌다.

눈에서도 열기가 피어올랐다.

힘들어서가 아니었다.

'그동안 당한 걸 생각하면, 이까짓 거!'

신이 나서다.

광룡이 하나하나 부서져 나갈 때마다 가슴이 뻥 뚫리는 것만 같았다.

꼭…… 복수를 하는 기분이었다.

지옥십관에 들어와 당하고만 살았다.

죽을 뻔한 위기도 수없이 넘겼다.

그런데 이제 자신의 손으로 수백 년간 아무도 들어오지 못했다는 십관을 부수고 있다.

자신의 기분을 누가 알 것인가!

"푸하하하! 이런 기분일 줄 알았으면 진작부터 다 부숴 버렸을 텐데 말이야!"

광룡이 천 마리쯤 되면 원이 없을 것만 같았다.

쓰러질 때까지 부수며 지금의 기분을 만끽하고 싶었다.

열 마리, 스무 마리…….

유옥의 손이 점점 빨라지면서 스러져 가는 광룡의 숫자도 빠르게 늘어간다.

어느 순간이었다. 진기 운행의 동선에 있던 광룡이 점차 줄어들면서 동굴 광장이 울리기 시작했다.

유옥의 두 손에서는 푸른 빛마저 뿜어졌다.

그렇게 백팔 마리째의 광룡이 스러졌을 즈음이었다.

신이 나서 광룡을 지워가던 유옥의 눈이 부릅떠졌다.

전신이 붉게 달아오르며 몸속의 기운이 일제히 두 손으로 몰렸다.

놀라서 손을 멈췄는데도 진기의 유동은 멈추지를 않고 더욱 빠르게 몰려들었다.

'뭐, 뭐야?

유옥은 그제야 정신이 번쩍 들었다. 지금의 상황은 결코 자신의 의지가 만들어낸 상황이 아니다.

그러고 보니 뭔가가 이상하다.

조금 전의 흥분도 이해가 되지 않는다.

자신이 왜 그렇게 흥분했던 걸까?

번쩍, 한 가지 가능성이 뇌리를 스쳤다.

'설마… 의도적으로……?

찰나였다!

두 손에 몰린 기운이 빠져나가기 위해 요동을 쳐댔다.

이를 악다문 유옥은 생각을 접고 부릅뜬 눈으로 석벽을 바라보았다.

진기가 모인 것은 자신의 의지가 아니지만, 쏟아내는 것만큼은 의지대로 하고 싶었다.

대상은 맞은편의 석벽!

'좋아! 어디 한번 받아봐라!'

"타아앗!!"

유옥의 입에서 굉렬한 기합이 터져 나왔다.

썰물처럼 빠져나가는 진기!

두 줄기 뇌전이 폭발하듯이 뻗어나간다.

일수유의 순간!

콰광!

동굴이 터져나갈 듯한 굉음이 울렸다.

그와 동시에 억만근도 더 나갈 것처럼 보였던 석벽이 어이없게도 반대편으로 쑥 밀려 들어갔다.

"크윽!"

답답한 신음이 유옥의 이 사이를 뚫고 흘러나왔다.

전신이 물먹은 솜처럼 축 늘어졌다. 서 있을 힘조차 남아 있지 않았다.

유옥은 앞을 노려보는 자세 그대로 쓰러지면서 씩, 웃었다.

"어쨌든…… 성공했군."

며칠 만에 정신을 차렸는지 자신도 알 수가 없었다.

입 안이 까칠하고, 배가 완전히 등가죽에 붙은 것으로 봐서 이틀은 더 지난 듯했다.

고개를 들자 콧등이 멍했다.

유옥은 인상을 찡그리며 천천히 몸을 일으켰다.

다행히 몸을 일으키는 데는 별 지장이 없었다.

코도 뼈가 부러지지는 않은 듯 만져도 별다른 통증은 느껴지지 않았다.

대신 입술이 두 배로 부풀어, 삐죽 내민 입술이 자신의 눈에 커다랗게 보일 정도였다. 이가 멀쩡한 것이 천만다행이었다.

한데 그뿐이 아니었다.

가만히 선 채로 운기를 해보던 유옥이 조금 의아한 표정을 지었다. 바닥까지 빨려 나갔던 내력이 전과 별 차이가 나지 않는 것 같다.

자신의 상식으로는 이해가 되지 않는 일이었다.

'어떻게 이런 일이 있을 수가 있지? 분명 쓰러질 때만 해도 내력이 완전히 고갈되다시피 했었는데?'

더구나 내상까지 입은 듯하지 않았던가.

유옥은 스윽, 입가를 손으로 닦아봤다. 마른 피딱지가 떨어져 손바닥에 점점이 묻어 나왔다. 내상으로 인해서인지, 입술이 터져서인지 정확히 알 수가 없었다.

'좌우간 이 정도인 것이 다행이군.'

쓴웃음을 지으며 손바닥을 바라보던 유옥은 천천히 고개를 들었다.

살짝 들린 시선에, 밀려 들어간 벽 안쪽의 광경이 적나라하게 들어왔다.

"저기가 십관? 큭, 생각보다는 별 볼일 없어 보이는데?"

사실이 그랬다. 안쪽은 상당히 넓은 석실이었는데 신비하지도, 거창하지도 않았다.

천장 중앙에 박힌 야광주로 인해 전체가 은은한 빛으로 물들어 있는 석실은 특이하게도 육각 형태였다.

유옥은 입구에 서서 한참 동안 안쪽을 살펴보았다.

중앙에 석 자 높이의 낮은 석탁 하나. 그 위에 놓인 작은 함.

그것이 전부였다. 아무리 눈을 씻고 찾아봐도 그 이외의 것은 보이지 않았다.

단지 육각의 벽면 중 자신이 들어온 곳을 제외한 나머지 다섯 곳에, 뜻을 이해할 수 없는 열 개의 글자가 다섯 치 깊이로 커다랗게 쓰여 있을 뿐이었다.

아무래도 십관의 비밀은 열 개의 글자와 좌대 위에 놓인 함 속에 있는 듯 보였다.

흡탄(吸彈), 전회(轉回), 망라(網羅), 염폭(念爆), 공파(空破).

유옥은 벽면의 글자를 쓰윽 가볍게 둘러보고는, 석탁 위의 함에 시선을 고정시키고 천천히 중앙을 향해 다가갔다.

보이는 것보다는 보이지 않는 것에 더 신경이 쓰였다.

시커먼 쇠로 만들어진 함은 그 크기가 가로세로 두 자도 채 되지 않았다.

뭐가 들어 있는 걸까? 뭐가 들어 있기에 이토록 깊은 곳에 넣어놓은 걸까?

호기심이 뭉게구름처럼 피어오르더니 순식간에 뇌리를 가득 채웠다.

'열어보면 알겠지.'

주위를 살펴봐도 함정이나 기관이 설치되어 있는 것 같지는 않았다. 하긴 어차피 기관에 대해 잘 모르는 자신이다. 주위에 기관이 설치되어 있든, 설치되어 있지 않든 마찬가지였다.

이러나저러나 함을 그대로 놔두고 나갈 수는 없는 일. 유옥은 손을 뻗어 함의 중간 부위에 있는 고리를 잡아당겼다.

딸깍!

함의 고리가 풀리고, 유옥의 손짓을 따라 함의 뚜껑이 열렸다.

순간 붉은 빛이 휘황하니 뿜어져 나왔다.

흠칫, 유옥은 눈을 좁히고 함 안쪽을 응시했다.

"비수? 아닌가?"

손잡이도 없는, 피처럼 붉은 비수 두 자루. 중앙의 원판에 의해 고정된 채 겹쳐 있는 비수의 선홍빛에 눈이 시리다.

그리고 그 옆에 놓인 눈처럼 하얀 혁대.

왠지 이질적인 느낌이 드는 물건들이었다.

그나마 그 물건들에 눌려 있는 작은 책 하나가 시선을 잡아 끌지 않았다면, 유옥은 한바탕 욕지거리를 내뱉었을지도 몰랐다.

'젠장! 이따위 물건 때문에 이 고생을 해야 했다니!' 하고 말이다.

유옥은 두 가지 물건은 밀어내고는 작은 책을 조심스럽게 집어 들었다.

볼품없어 보이는 책이 함 속에 들어 있는 이유를 짐작하는 것은 그리 어렵지 않은 일이었다.

보나마나 두 가지 물건에 대한 것과 이 물건들이 왜 이곳에 있어야 하는지 정도는 밝혀야 할 것이 아니겠는가.

'거기에 더한다면 사용법 정도? 아니면 십관에 대한 이야기?'

이런저런 짐작을 하며 유옥은 책을 펼쳤다.

그때부터였다.

유옥은 책에서 눈을 떼지 못했다.

나 혈왕(血王) 단우신결은 살면서 단 두 번 패했다. 한 번은 친구인 무적천왕 사도천백에게, 또 한 번은 천왕에게 패한 지 이십년 후, 그의 아들이자 이대 천왕인 사도성광에게.

후회는 없다. 억울하지도 않다. 젊었을 적 무기의 이점에만 매달려 노력을 게을리 한 결과니까. 장담하건대, 그들만큼 내공심법을 익히는 데 노력했다면, 승자는 내가 되었을 것이다.

그랬다면 이 좁은 천왕곡에 처박혀 평생을 보내지 않아도 되었을 것이거늘, 모든 것이 나의 잘못이었다.

조카인 사도성광도 그것을 알기에 나와의 약조를 없던 것으로 돌리려 했다. 하나 나는 그럴 수가 없었다. 약속은 곧 목숨이 아니던가! 약속을 지키지 말라는 말은 곧 나에게 죽으라는 말과도 같았다. 결국 나이 칠십에 나는 천왕의 사람이 되기를 자처했다. 내 고집을 꺾지 못한 조카는 나에게 천왕의 율을 수호해 주기를 부탁했다.

천왕수호총령!

그것이 조카가 나에게 내린 지위였다. 천왕의 부재시 천왕을 대신할 수 있으며, 천왕의 율을 어길 시 천왕을 제외한 누구라도 벌할 수 있는 지위를.

나는 그 지위를 수락했다. 하나 한 산에 두 마리의 호랑이가 존재한다는 것은 결코 바람직한 일이 아니었다. 천왕의 위엄을 견제할 사람이 있어서는 안 되는 것이다.

천왕수호총령의 지위를 수락한 나는 수련관을 만들고 있는 의제(義弟), 천수신기자(千手神技子)를 비밀리에 찾아갔다. 그리고 그에게 밀실을 만들게 하고 그곳을 심관으로 정하라 했다.

그 후, 나는 밀실에 칩거하다시피 한 채 나의 평생을 되돌아보며 한 가지 내공심법을 만드는 데 전념했다. 그리고 그것을 완성하자마자 지옥구관에 나누어 배치해 놓았다.

인연이 닿지 않는다면 어쩔 수 없는 일이다. 그 또한 나의 복이 없음이니 어떤 식으로 남긴다 해도 이어지지 않을 것이 아니겠는가.

노력을 하지 않았다면 결코 익힐 수 없었을 것이고, 우둔했다면 아무것도 얻을 수 없었을 터. 각고의 노력으로 천라혈왕공을 익힌 그대여!

그대가 이제부터 제이대 천왕수호총령 암천혈왕(暗天血王)이다!

단순히 어느 한 사람의 인생을 적은 글이 아니었다.

천왕교의 최대비사 중 하나가 적나라하게 적힌 글이었다.

밖으로 새어나가면 천왕교 전체가 지진을 만난 듯 뒤흔들릴 이야기였다.

그러나 지난 이백여 년 동안 아무도 이곳에 들어온 사람이 없다 했다. 그 말인즉, 어쩌면 암천혈왕의 존재에 대해 아는 사람이 없을지도 모른다는 말이나 같았다.

유옥은 쿵쿵거리는 심장 박동을 가라앉히기 위해 숨을 크게 들이켰다.

'후우……. 그래도 아는 사람이 있긴 있겠지. 천왕수호총령을 임명한 사람이 천왕이라면…….'

어쨌든 지금 유옥에게 필요한 것은, 이곳의 주인이 누구냐, 하는 것이 아니었다.

이백 수십 년 전의 일은 단지 흥미로운 일일 뿐이었다.

이제는 잊혀졌을지도 모를 일로 고민하기에는 이곳에서 지낸 세월이 너무도 길었다.

그래도 한 가지만큼은 유옥의 신경을 자극했다.

천라혈왕공을 구관에 나누어 배치해 놓았다는 것.

'그럼 팔관에도 구결이 있다는 말인데…….'

왠지 혈왕천심기를 익히며 뭔가가 부족한 것 같았다.

뜻하지 않은 기연 덕분에 그리 큰 이상을 느끼지는 못했지만, 그래도 내심으론 아쉬움이 없잖아 있었다.

어쩌면 그로 인해 천라마마진결, 아니, 이제는 천라혈왕공이 된 구결을 완성하지 못할지도 모르는 일이 아닌가 말이다.

아니나 다를까, 그만한 이유가 있었던 것이다. 아직 확실한 것이 아닌데도, 유옥은 애착을 가지고 있던 무공에 흠집이 난 것처럼 느껴졌다.

그래도 당장 팔관에 들어갈 마땅한 방법이 없는 이상은 어쩔 수 없었다. 무작정 들어가게 해달라고 사정할 수도 없고, 이곳과는 다르게 수련생 중 누군가가 있을지도 모르니 몰래 숨어 들어갈 수도 없는 일.

'일단은 나중을 기약하는 수밖에.'

생각이 마무리되자 유옥은 단숨에 아쉬움을 털어냈다. 상념을 붙잡고 고민할 시간조차 아까웠다.

'이곳이 비밀리에 만든 밀실이라고 했지?'

그 말은 한 가지 가능성을 시사했다.

'그렇다면 아무도 모르는 통로가 또 있을지 몰라.'

어쩌면 확신이었다. 자신의 감각이 그렇게 속삭이고 있었으니까.

유옥은 망설임없이 다음 장을 넘겼다.

암천혈왕의 증표와 친구의 마지막 유물을 남긴다.

유옥은 묵묵히 함 속의 눈꽃처럼 하얀 혁대와 기이하게 겹쳐진 붉은 비수를 바라보았다.

하지만 그뿐이었다. 구관을 통과하며 물욕과 색욕에 대해선 어느 정도 떨쳐 낸 그였다.

도망가지도 않을 것을 살피느라 시간을 낭비할 때가 아니었다.

당장 중요한 것은 뛰어난 무기가 아니라 이곳을 나갈 수 있는 방법이었다.

설령 석문을 어찌어찌 연다 해도, 오 개월의 시간이 지났으니 구관의 기문진이 다시 움직일 것이 아닌가 말이다.

'그 지겨운 진법이 펼쳐진 구관 쪽으로 되돌아가야 한다면, 아마 나는 미쳐 버릴 거야!'

그러니 이 책 안에서 밖으로 나갈 수 있는 방법이 나와야만 했다.

반드시!

유옥의 눈이 책자로 다시 돌아갔다.

빽빽이 쓰인 글씨가 보였다.

책자에는 천라혈왕공의 다섯 가지 운용법과 총 구초의 검법 도해가 세밀히 적혀 있었다.

'이건?'

다섯 가지 운용법. 그것의 핵심은 벽면에 새겨진 글자였다.

하지만 유옥은 눈동자에 새겨 넣듯 잠시 동안 벽면을 뚫어지게 바라보고는, 고개를 돌려 다시 책자의 내용에 정신을 집중했다.

그렇게 열 장을 넘어가자 글씨체가 달라졌다. 아니, 따로 붙인 것이 역력한 색 바랜 양피지가 나왔다.

모두 일곱 장이었다. 거기에는 단 하나, 한 가지 괴이한 무기를 다루는 방법에 대해 적혀 있었다.

아마도 원판에 의해 겹쳐진 두 자루 붉은 비수를 다루는 방법인 듯했다.

하지만 유옥은 그것마저 딱 한 번 세밀히 읽었을 뿐, 곧바로 다음 장으로 넘어갔다.

그러던 어느 순간이었다.

마지막 한 장을 남긴 유옥이 우뚝 손이 멈췄다.

긴 머리카락 사이로 드러난 그의 눈에 진한 웃음이 떠올랐다.

좌삼 우삼, 석탁을 돌려라. 기관이 작동되면 석탁 아래로 통로가 드러날 것이다. 이후로 십관은 사라질 것이니…….

일각 후.

콰광!

굉음과 함께 두 자 두께의 석벽이 무너져 내렸다.

유옥은 천천히 비밀 통로를 빠져나오며 사방을 둘러보았다.

찍찍찍찍!

갑작스런 굉음에 놀랐는지 수천 마리의 박쥐들이 정신없이 동굴을 날아다니고 있었다.

어이없는 한편으로 너무도 반가운 소리였다.

3

그 시각.

부르르, 몸을 떤 갈천은 만족한 웃음을 지으며 마누라를 내려다보았다.

부드러운 표정으로, 자신의 능력에 한껏 흡족한 마음으로.

"여보…… 어땠……."

한데 이상했다.

분명 함께 절정에 오른 것 같았는데 마누라의 표정이 심상치 않다.

마치 이십 년 전, 자신이 바람났을 때, 억지로 행사를 치르고 나면 짓던 바로 그 표정이다.

"왜 대충 끝내는 거죠? 혹시……?"

아니나 다를까, 자신을 의심하는 표정이다.

"무슨 소리야? 당신도 분명 몸을 떨었……?"

갈천은 급급히 해명을 하다 말고, 와락 일그러진 표정으로 휙 고개를 돌렸다.

순간, 그의 일그러진 표정이 시커멓게 죽어버렸다.

"마, 말도 안 돼!!"

갈천은 머리를 쥐어뜯으며 미친놈처럼 외쳐 댔다.

마누라가 놀라서 슬슬 도망갈 정도로.

그의 눈이 향한 곳에서는 네 개의 글자가 금빛도 선명히 번쩍이고 있었다.

십관(十關) 봉쇄(封鎖).

갈천은 머리를 움켜쥔 채 멍하니 중얼거렸다.

"십관 봉쇄, 혈왕 출현……. 천수신기자 조사께서 헛소리
한 것인 줄로만 알았는데……."

하지만 갈천은 곧 머리를 세차게 흔들었다.

그럴 가능성은 만에 하나도 없었다. 들어간 사람이 있어야
나올 사람도 있을 것이 아니겠는가!

결국, 오늘의 결론도 한쪽으로 흘러갔다.

"그때 강제로 기관을 멈춘 것이 잘못된 것인가? 젠장! 새대
가리 전주가 또 난리치겠군."

第七章
아들 하나 키워보실래요?

千秀芳景深爱掩重客雨間客盖現改
羊闲故近天下 涅此知名張客 男
長座前年祥禮一天師與
道告廣為傳
日弟子趙孟頫敬書呈大政元四月

死星
天血

1

풍백은 물끄러미 침상을 바라보면서 버릇처럼 허공에 손
을 저었다.

[왜 안 오냐.]

지난 구 년 동안 그랬던 것처럼, 오늘도 대답은 들려오지
않았다.

그래도 다시 손을 들었다.

[태대원로께서 몸이 안 좋으시다. 빨리 와라.]

메아리조차 들려오지 않는데도 풍백은 계속 글을 썼다.

[나를 뭐라고 부를 것인지 생각은 해봤냐?]

그러더니 인상을 잔뜩 찌푸리고는 홱, 손을 뿌렸다.

거친 손짓이 허공을 가득 메웠다.

[썩을 놈! 게으름뱅이 같은 놈! 제발 살아만 와라! 내가 뭐든지 들어줄 테니까!]

그때 들려온 목소리.

"정말입니까?"

풍백의 손이 허공을 긋다 말고 석고상처럼 멈췄다.

하지만 그것은 순간뿐이었다.

갑자기 풍백의 신형이 안개처럼 흩어졌다.

소리도 없었다. 바람 한 점 일지 않았다.

본래부터 없었던 것처럼, 그렇게 사라져 버렸다.

일순간 바람에 모래 쓸리는 소리가 허공을 덮었다.

스스스스…….

뒤이어 천장에서 터져 나온 다급한 목소리.

"헉! 저를 죽이실 작정입니까? 뭐든 해주신다면서요?"

그와 동시, 원래부터 거기에 서 있었던 것처럼 풍백의 모습이 방문 앞에 나타났다.

그는 침상 건너편에서 어깨를 주무르고 있는 괴인을 바라보고 고개를 갸웃거렸다.

옷 대신 하반신을 가린 것은 시커먼 비늘이 촘촘한 뱀가죽이고, 머리는 얼마나 긴지 몸을 반쯤 덮고 있다.

비쩍 마른 몸에 큰 키. 그것이 또 괴인의 괴이한 모습을 더 괴이하게 보이게 했다.

풍백은 가늘고 긴 눈으로 괴인을 빤히 바라보면서, 멈칫거리며 손을 들어 올렸다.

[너는 누구냐?]

괴인이 말했다.

"음, 뭐라 부를까 결정을 하긴 했는데……. 혹시 말이죠, 풍백 아저씨, 아들 하나 키우고 싶지 않으세요?"

살짝 떨리는 목소리다.

순간 풍백의 가느다란 눈이 서서히 벌어졌다.

자신에게 저런 말을 할 놈은 딱 하나밖에 없다.

단지 몇 달을 같이 지냈을 뿐이면서, 자신의 마음을 송두리째 가져가 버린 놈.

그놈이 그랬었다.

"나올 때쯤이면 아저씨를 어떻게 부를 것인지 결정할 수 있을 거예요."

그놈이다. 저놈이 바로 그 망할 놈이다!

자신의 가슴을 새카맣게 물들인 진짜 나쁜 놈!

매일 밤 달을 쳐다보게 만든 썩을 놈!

그런데 뭐? 아들 하나 키우고 싶지 않냐고?

[정말…… 너냐?]

"그럼, 내가 나지, 남입니까?"

[에라이……!]

풍백은 손으로 글을 쓰다 말고 유옥을 향해 온몸을 부딪쳐 갔다.

퍽!

유옥의 몸이 붕 떠서 날아갔다.

날아가는 유옥의 입가에 피식 웃음이 그어졌다.

"하여간 이상한 양반이라니까. 좋으면 좋다고 하지……."

[시끄러! 옷이 그게 뭐냐! 뱀가죽을 두르고 다니는 놈이 세상에 어딨냐! 빨리 가서 옷 갈아입어! 태대원로를 뵈러 가야 하니까.]

풍백은 인상을 잔뜩 쓴 채 손을 빠르게 휘둘렀다.

눈가에 맺힌 물기가 들키기 전에 자신이 하고자 하는 말을 다 하기 위해서였다.

그래도 가늘게 떨리는 손끝을 감추지는 못했다.

썩을 놈! 늙은이를 울리다니! 이 나쁜 놈!

'살아 돌아와 줘서 고맙다, 이놈아!'

풍백은 더 이상 참을 수 없자 휙 몸을 돌렸다.

그 바람에 미처 보지 못했다.

고개를 숙인 채, 허리에 둘러진 검은 가죽을 매만지는 척하며 중얼거리는 유옥의 두 눈에서 커다란 물방울이 뚝, 떨어지는 것을.

"이것도 없었으면 벗고 돌아다녀야 했다구요."

2

"왔구나."

옛날의 장천궁이 아니었다.

힘이 없는 목소리. 당장 죽는다 해도 이상할 것이 하나 없
는 노인의 목소리였다.

한데도 유옥은 왠지 모르게 장천궁이 조금 더 친숙하게 느
껴졌다.

"조금 늦었습니다."

"조금이 아니라 많이 늦었어."

틀린 말은 아니었다. 오 년을 생각하고 들어간 사람이 구
년도 훨씬 넘어 십 년이 다 되어서 나왔으니까.

"어디까지 들어갔느냐?"

"지옥십관에 들어갔습니다."

장천궁의 노안이 꿈틀거렸다.

"그래, 지옥십관 말이다. 몇 관까지 들어갔냐니까?"

유옥이 태연히 말했다.

"십관이라니까요."

"……!"

장천궁이 뚫어져라 쳐다보더니 천천히 입을 벌렸다.

"너…… 설마……?"

"재수가 좋았습니다. 어떤 놈들이 칠관에서 수작을 부린 덕분이었으니까요."

장천궁은 한참 동안 유옥을 바라보더니 갑자기 웃음을 터뜨렸다.

"큭, 크, 크크크큭! 그러니까, 오래전에 폐쇄된 칠관을 통해서 십관까지 들어갔단 말이냐? 팔관도 구관도 아니고, 십관을?"

유옥은 여전히 담담한 표정으로 입을 열었다.

"팔관은 모르겠고, 구관은 들어가 봤습니다. 죽을 뻔한 고생을 몇 번 겪기는 했습니다만, 뭐 원래부터 죽을 각오를 하고 들어간 곳이어서 그런지 참을 만하더군요."

저런 말을 저렇게 담담하게 말하는 놈이 어디 있을까.

장천궁은 그 생각을 하면서 터져 나오는 웃음을 참지 못했다.

"놈들이 애물단지를 제거하려다 거꾸로 사자를 키웠구나. 크크크, 쿨룩! 쿨룩!"

장천궁이 웃다 말고 마른기침을 뱉어냈다. 가래가 흘러나왔다.

그러자 풍백이 조심스럽게 장천궁의 입가를 닦아냈다.

잠시 숨을 몰아쉰 장천궁이 유옥을 격동에 찬 눈으로 노려보았다.

"전설처럼 전해지는 이야기가 하나 있었지. 지옥십관의 마지막 관문에 들어간 자는 한 자루 검을 얻을 거라고 하더구나. 혹시… 얻었느냐?"

유옥이 깊게 가라앉은 눈으로 조용히 웃었다.

"알고 계셨군요. 핏방울이 흐르는 검과 그것을 쓰는 법을 얻기는 했지요. 하나 언제 끝을 볼 수 있을지는 저도 모르겠습니다."

그 말을 듣는 순간, 장천궁은 눈에 힘을 주고 풍백을 바라보았다.

"나 좀 일으켜 주게."

"교주께서 삼 년 전에 돌아가셨다."

태사의에 앉은 장천궁은 마치 손자에게 옛날이야기를 하듯이 입을 열었다.

"본래부터 지병이 있던 분이신지라 돌아가실 거라 생각은 했었지. 하나 이렇게 빨리는 아니야."

유옥은 맞은편에 앉아서 조용히 귀를 기울였다.

장천궁이 이런 이야기를 꺼낸 이유가 있을 것이다. 그리고 그 이유는 아마 마지막쯤 나올 것이다.

"누군가가 교주의 명을 앞당겼다는 게 내 생각이다. 아마 교주의 유언이 바뀌는 것을 막기 위해서였던 것 같다. 게다가 거의 동시에 제일 후계자였던 천왕령주 사도궁조마저 행방불명되었어. 내가 풍백까지 보내 그렇게 말했거늘……."

장천궁은 터져 나오려는 분노를 참고 유옥을 지그시 주시했다.

"십 년 전, 너는 나의 손발이 되어주겠다고 했다. 나는 그 약속이 아직 유효하다고 생각한다만······."

유옥은 담담하게 고개를 끄덕였다.

"당연히 약속은 지켜질 것입니다."

그러자 장천궁이 엄숙한 어조로 말했다.

"나에게는 패왕전의 전주로서 태대원로라는 직함 이전에 또 다른 비밀 신분이 하나 있다. 바로 천왕감찰령의 총령주라는 신분이지."

유옥은 문득 혈왕 단우신결이 말한 천왕수호총령이 떠올랐다.

그때 장천궁이 손을 내밀었다.

"십관에서 얻은 검을 보여다오."

유옥은 거리낌없이 혁대를 끌러 장천궁에게 내밀었다.

십관의 함 속에 들어 있던 눈처럼 하얀 혁대. 바로 그 안에 장천궁이 원하는 검이 들어 있었던 것이다.

장천궁은 가늘게 떨리는 손으로 혁대를 받아 들고는 감회 어린 표정을 지었다.

다른 사람은 몰라도 그만은 알았다. 전설이 사실이라는 것을.

그러나 팔십여 년 전, 구관에서 돌아선 이후로 티끌 만한 미련조차 갖지 않았다.

한데 죽음을 얼마 남기지 않은 지금, 자신의 손에 이렇게 들려 있는 것이다.

어찌 떨리지 않을 수 있을까.

"죽기 전에 이 검을 볼 수 있게 되다니. 허허허허허."

한참 만에야 격정을 가라앉힌 장천궁은 혁대 끝을 움켜쥐고 가볍게 비틀었다.

퉁!

고리 풀리는 소리가 맑게 울림과 동시,

스르르릉······.

미미한 검명이 울리며 매미 날개처럼 투명한 검신이 드러났다.

반쯤 뽑자 마치 핏방울이 흐르다 고인 것 같은 문양이 보였다.

투명한 검신 한가운데 고인 핏물.

'검신이 피눈물을 흘리는 것 같군.'

장천궁은 떨리는 눈으로 검을 바라보며 나직이 감탄성을 발했다.

"유리혈루(琉璃血淚). 정말 굉장하군! 과연 암천혈왕의 신물답구나!"

유옥은 장천궁이 암천혈왕을 알고 있다는 것에 의외라는 표정을 지었다.

"암천혈왕이라는 이름을 아시는군요?"

장천궁이 가볍게 고개를 끄덕였다.

"천왕감찰령은 수호총령의 전위조직으로 천왕의 율을 지키기 위해서 만들어졌다. 하나 실질적인 힘을 행사할 수가 없었다. 만들어지자마자 수호총령이 신물이라 할 수 있는 이 검을 가지고 사라졌기 때문이었지."

그랬던가?

유옥의 두 눈이 놀람으로 홉떠졌다.

그때 장천궁이 천천히 고개를 들었다. 그러더니 유옥을 직시하고서 나직이 입을 열었다.

"그런 만큼 유념할 것이 있다. 지금 이후로, 감찰령주를 따르는 네 마리 사자 외에 이것을 본 자는 그게 누구든 죽여라. 아니면 네가 죽을 테니까."

"태대원로께서 감찰령주라는 것을 아는 사람이 몇 안 되나 보군요?"

"풍백과 나머지 네 마리의 사자 외에 내가 감찰령주임을 아는 자는 극소수다. 지난 삼십여 년 동안 활동을 하지 않았으니까."

장천궁은 유리혈루를 유옥에게 건네며 말을 이었다.

"하지만 내가 그리 말한 이유는 힘도 없는 감찰령주라는 지위 때문이 아니다. 대부분의 사람들은 수호총령에 대해 알지 못하지만, 천왕을 비롯한 몇몇은 수호총령에 대해 알고 있

다. 수호총령에게 주어진 권한도. 그들에게 수호총령 암천혈
왕은 너무도 두려운 존재지. 아마 너에게 그 검이 있다는 것
을 알면…… 놈들은 무슨 수를 써서라도 죽이려 할 것이야.
그러니 당분간은, 힘을 갖출 때까지는 감찰령주로 활동하도
록 하고 수호총령의 존재를 숨기도록 해라."

그것으로 장천궁의 말뜻을 확실히 이해할 수 있었다.

사람들은 자신의 목을 칠 수 있는 물건이, 사람이 존재하는
것을 원치 않을 것이다. 그러니 그런 사람이 있다면 무슨 수
를 써서라도 죽이려 할 것이다.

특히 욕심에 눈이 뒤집힌 자들은 말이다.

'욕심은 나지만 그리 반갑지 않은 물건이군.'

그의 마음을 읽었는지 장천궁이 묘한 표정으로 말했다.

"이제 네가 선택할 길은 없다. 그것의 주인이 된 이상은."

'확실한 올가미군.'

유옥은 속으로 쓴웃음을 지으며 나직이 입을 열었다.

"제가 할 일이 무엇인지 궁금하군요."

"첫째는 교주의 죽음에 연루된 자들을 잡아서 무너진 천왕
의 율(律)을 세우는 것이다. 그리고 두 번째는 사도궁조의 행
방을 찾아라. 죽었으면 시신이라도."

유옥이 살짝 눈을 치켜뜨고 물었다.

"제가 그러한 일을 행할 정도라 생각하십니까?"

장천궁이 말도 안 된다는 듯 입꼬리를 치켜 올렸다.

"훗, 네가 강해졌다는 것은 알지만 지금으로선 어림도 없는 소리다."

"한데 왜 저에게 그 일을 맡기려는 것입니까? 차라리 풍백 아저씨에게 맡기시지."

"풍백이 세상 사람들 누구도 모르는 고수인 것은 사실이다. 하나 단점이 하나 있다. 그 일을 하려면 백 명을 죽여도 눈 하나 깜박하지 않을 냉철한 심성이어야 하는데, 풍백은 마음이 너무 여려."

마음이 여리다고? 저렇게 차가워 보이는 분이?

유옥이 풍백을 바라보았다.

풍백이 슬그머니 고개를 돌린다. 표정에 아무런 변화도 없이.

'진짠가 보군.'

그때 장천궁이 말했다.

"게다가 표가 너무 나."

그것도 사실이었다.

"그러니 천상 너밖에 없다. 아직까지 나를 따르는 놈이 몇 있긴 하지만, 막상 믿고 맡길 만한 놈이 없어."

아마 네 마리 사자를 말하는 듯하다.

"하지만 저 역시 그럴 실력이 안 된다 했잖습니까?"

"만들면 되지."

어느 세월에?

유옥이 장천궁을 올려다봤다. 장천궁이 말했다.

"내 아무리 다 죽어가는 노인네에 불과하지만, 너 하나 그렇게 만들 정도는 된다. 몸은 썩었어도 아직 공력이 바닥 난 것은 아니거든. 임독이맥을 타통하는 것 정도는 할 수 있을 게야."

유옥의 눈이 굳어졌다.

말이 임독이맥타통이지, 그게 어디 주먹질 몇 번 하는 것처럼 쉬운 일이던가.

더구나 지금의 장천궁이라면, 임독이맥을 뚫어주고 곧 죽는다 해도 하등 이상할 것이 없는 상황이다.

"저는⋯⋯."

"그게 세 번째 명령이다. 너는 결코 거부해서는 안 된다."

거부도 하기 전에 장천궁이 먼저 못을 때려 박았다.

"하오나⋯⋯."

"내가 숨 쉴 수 있는 시간은 잘해야 일 년이다. 일 년 먼저 죽으나, 일찍 죽으나 마찬가지야. 게다가 힘이 없어서 꼴같잖은 놈들이 하는 짓거리를 바라보고만 있어야 하는 것도 지겹기만 해. 왜, 다 죽어가는 노인의 소원도 들어주기 싫으냐?"

이미 작정한 듯한 말투였다.

천왕교의 누구도 꺾지 못한다는 천하제일옹고집 장천궁의 결심이었다.

유옥은 절대 꺾이지 않을 것 같은 장천궁의 눈빛에 구원을 청하는 표정으로 풍백을 힐끔 쳐다보았다.

눈을 떴는지 감았는지 모를 정도로 가늘어진 풍백의 두 눈이 가늘게 떨리고 있었다.

한데 끄덕, 눈이 마주치자 풍백이 고개를 살짝 끄덕였다. 승낙하라는 말이었다.

의외였다. 풍백만큼은 반대할 거라 생각했거늘, 오히려 승낙을 하라니.

그때 풍백이 슬쩍 손을 들더니, 장천궁이 볼 수 없는 각도에서 빠르게 글을 썼다.

[어르신은 이미 너에게 모든 것을 물려주시기로 작정하셨다. 네가 거부한다면 더한 방법을 쓰실지도 모른다. 그러고도 남을 분이거든. 그러니 가실 때만큼이라도 웃으며 가실 수 있게 승낙해라.]

풍백의 말뜻을 모르는 바는 아니었다. 장천궁의 성격대로라면 격체전력으로 모든 공력을 넘겨주고 죽겠다고 할지도 몰랐다.

그래도 준 것 없이 무작정 받기만 한다는 것이 마음에 걸렸다.

대체 무엇으로 그 대가를 치를 수 있단 말인가.

'가만! 대가를 치를 수 없다면……!'

갑자기 떠오른 생각에 유옥의 눈이 반짝 빛났다. 대가를 치를 수 없다면, 대가를 치르지 않아도 되는 관계가 되면 되지 않겠는가 말이다.

유옥은 굳은 얼굴로 장천궁을 직시하고는 조용히 입을 열었다.

"그럼, 제 구배를 먼저 받아주십시오. 적어도 그 정도는 되어야 태대원로님의 모든 것을 이을 자격이 되지 않겠습니까?"

제자로 인정해 달라는 말.

그 말을 듣는 순간 장천궁의 얼굴이 굳어졌다.

"뭐야? 어째 남은 것 있으면 통째로 다 내놓으라는 소리 같구나. 날도둑놈 같으니라구…….."

"태대원로님의 일을 대신해 드리는데 그 정도는 되어야 하지 않겠습니까?"

"동굴에서 오래 살더니 말만 늘었어. 쯔쯔쯔…….."

혀를 차며 못마땅한 표정을 짓고 있지만, 장천궁의 두 눈에는 가벼운 열기가 떠올라 있었다.

사제 관계를 맺는 것에 대해 생각해 보지 않은 것은 아니었다. 데려온 지 얼마 되지 않았을 때부터 그럴 생각이었으니까.

그러나 죽음을 눈앞에 두고 보니, 그게 다 무슨 소용이랴 싶었다.

그래서 그냥 주려 했다. 몇 가지 일을 시킨다는 명목으로.

한데 막상 유옥의 입에서 스승의 예로 대하겠다는 말이 나오자, 자신도 모르게 들뜬 기분이 드는 장천궁이었다.

"험, 좌우간 내가 지닌 것을 다 가져가려면, 아마 몇 년간은 죽어라 고생을 해야 할 거다, 제자야."

유옥이 씩 웃었다.

"고생이라면 질릴 정도로 해봤지요. 지옥십관의 암흑 속에서 혼자 수년을 한 제가 아닙니까, 사부."

장천궁도 슬며시 웃음을 지었다. 축 처진 눈꺼풀이 슬며시 말려 올라갔다.

그가 왜 모를까. 고생이라는 말 정도로는 결코 유옥을 겁줄 수 없다는 것을.

"그래? 그렇게 자신있다면, 어디 구배를 올려봐라."

사흘 후, 장천궁은 싫다는 유옥에게 천왕으로부터 얻었다는 두 알의 천심단(天心丹) 중 한 알을 건네주었다.

"하나는 내가 먹었다. 약효가 너무 강해서 두 알 먹으나 한 알 먹으나 마찬가지인 것이 바로 천심단이야. 그러니 이건 네가 먹어라. 아마 조금은 도움이 될 것이다."

아마도 꺼져 가는 불씨를 살리기 위해 복용한 듯하다. 두 알을 먹어봐야 소용없다는 것도 사실인 것처럼 보인다. 그 말을 듣고도 풍백이 가만히 있는 것을 보면.

하지만 아무리 그렇다 해도, 유옥은 몸이 약한 사부를 두고 자신이 영약을 복용할 수는 없었다.

유옥은 지옥십관에서 이상한 구슬을 먹은 것에 대해 이야기했다.

"그러니 저는 먹지 않아도 됩니다. 놔두었다가 사부님이 드십시오."

하지만 소용이 없었다.

"그래? 그럼 더 잘됐군. 이 기회에 그것까지 모두 네 힘으로 만들어봐라."

그러고는 곧 죽을 놈이 무슨 영약이냐면서, 먹어봐야 더 살 수 있는 것도 아니라면서, '네가 안 먹으면 똥통에 버려 버릴 거다!'라는 어이없는 협박을 하며 천심단을 휙 던졌다.

결국 유옥은 울며 겨자 먹듯이 천심단을 받아 들고, 눈을 부라리며 지켜보는 장천궁의 앞에서 단숨에 삼켜 버렸다.

그제야 만족한 장천궁은 풍백을 시켜 만 하루 동안 유옥의 혈도를 최대한 활성화시켰다.

그리고 다음날, 장천궁은 천심단의 효력이 최대한 퍼진 것을 확인하고는, 격체전력으로 자신의 남은 공력을 이용해 유옥의 임독이맥을 뚫기 시작했다.

그 일은 사흘이 지나서야 끝이 났다.

"아마 삼 년 정도 노력하면 세맥(細脈)마저 뚫을 수 있을 것이다. 그때까지는 일체 남 앞에 모습을 드러내지 말고, 내가 전해주는 무공을 완성하는 것에만 신경 쓰도록 해라. 내가 맡긴 일은 네가 강해진 다음에 해도 늦지 않다."

"군악이나 다른 친구를 만나는 것도 안 됩니까?"

"지금까지 잘 참았지 않느냐? 조금만 더 참도록 해라. 어차피 그 아이도 천기원의 비전을 익히느라 외부와의 접촉을 철저히 피하고 있을 테니, 네가 간다 해도 만날 수 없을 것이야."

아쉬움이 가슴을 쓸고 지나갔다.

그렇게 보고 싶었는데, 만남이 또 미루어져야 하다니.

하지만 장천궁의 말대로라면 자신이 찾아간다 해도 만날 수 없을 게 분명했다.

'할 수 없지. 군악아, 우리 조금 더 큰 다음에 보자.'

다음날 아침, 유옥이 세 차례의 대주천을 마치고 장천궁을 찾아가자, 장천궁이 유옥에게 두툼한 책 두 권을 건네줬다.

"패왕의 무공은 간략하게 두 가지로 집약된다. 나는 그 두 가지 무공만 구십 년이 넘게 익혀왔다. 네가 거기에서 무엇을 얻을지는 오직 너의 노력에 달려 있음을 명심해야 할 것이다."

장천궁이 유옥에게 전하고자 하는 것은 단 두 가지였다.

암천(暗天)의 기예(技藝), 구전암황기(九轉暗晄氣)와 일명 천강벽월(天罡劈月)로 알려진 패왕의 수공, 천강파천공(天罡破天功)이 그것이었다.

바로 거기에 장천궁이 백 년을 넘게 살아오며 얻은 모든 심득이 담겨 있었다.

"천왕에게 무릎을 꿇은 삼왕은 불철주야 천왕을 꺾기 위해 노력했다. 그리고 대를 이어 도전했지. 하지만 지난 이백여 년간 누구도 천왕을 꺾지 못했다."

가히 절대의 힘이었다.

듣는 것만으로도 전율이 일었다.

혈왕의 무공을 익힌 그이기에, 그것이 얼마나 엄청난 것인지 누구보다도 잘 알고 있었다.

'사부님께서도 이기지 못하셨습니까?'

그렇게 묻고 싶었다. 그러나 차마 물을 수가 없었다. 장천궁의 말에 이미 답이 나와 있기 때문이었다.

한데 그때 장천궁이 말했다.

"나 역시 오십여 년 전에 도전을 했었다."

번쩍 고개를 든 유옥은 눈에 힘을 주고 장천궁을 쳐다보았다.

"이틀간 쉬지 않고 싸웠지. 그리고 결국은……."

갑자기 장천궁이 말을 끊고 유옥을 바라보았다.

환장할 일이었다. 거기서 말을 끊다니!

'그래서 어떻게 되셨습니까!'

유옥은 목구멍까지 기어나온 질문을 억지로 구겨 넣었다. 차마 졌냐고 물을 수는 없는 일이 아닌가 말이다.

그러자 장천궁이 슬며시 웃으며 천천히 입을 열었다.

"왜, 궁금하냐?"

"후우……."

유옥은 맥이 빠져 푹, 한숨을 쉬며 고개를 떨구었다.

솔직히 궁금했다. 당장 듣지 못하면 미칠 것처럼!

"비겼다."

그때 갑자기 장천궁이 한마디 툭 던졌다.

졌을 거라 생각했던 유옥으로선 의외일 수밖에 없었다.

"비기셨다고요?"

그래서 자신도 모르게 되물었다. 그러자 장천궁이 눈을 부릅떴다.

"왜? 너는 사부가 졌을 거라고 생각했느냐?"

"아니…… 그게 아니고, 저는……."

얼버무리는 유옥을 보며 장천궁이 눈을 치켜떴다.

"솔직히 검만 하나 좋은 것 있었으면 내가 이겼을 거다."

"예?"

"나는 평상시 명필이 붓을 가리지 않듯, 뛰어난 무사도 검을 가릴 필요가 없다고 생각했었다. 그래서 나에겐 보검이니, 신검이니 하는 좋은 검이 있지를 않았다. 그러니 당연히 그날도 항상 쓰던 철검을 가지고 갔지. 그런데…… 젠장, 단오 초 만에 검이 부러졌다. 천왕은 천왕삼보 중 하나인 천주신검을 가지고 나왔거든. 결국 그 바람에 구전암황기 중 제일 강한 암천의 검은 제대로 펼쳐 보지도 못한 채 천왕과 비기고 말았다."

철검과 신검의 차이가 있었는데도 비겼다면 그럭저럭 말이 될 만한 이야기였다.

"그럼 좋은 검만 구하면 되었겠군요. 어차피 도전이 한 번에 끝나는 것은 아니었을 테니까요."

순간 장천궁의 이마에 내천[川] 자가 그어졌다.

"쓸 만한 검을 하나 구하긴 했는데…… 천왕이 그때부터 꼬리를 말기 시작했다. 이런저런 핑계만 대고. 비겁하게 말이야."

장천궁은 그때 일이 생각나는지 얼굴이 붉게 달아올랐다.

"그러더니 언제부턴지 패왕전을 견제하더구나. 아니, 나를 견제했다고 봐야겠지."

"그럼, 패왕전이 지금처럼 된 것도……?"

장천궁이 고개를 끄덕였다.

"화가 나서 다 때려 부술까 생각했었지. 천왕이 친구만 아니었으면 그랬을 거다."

친구? 전대, 아니, 천왕이?

유옥의 눈이 절로 동그랗게 떠졌다.

그럴 수도 있을 것 같다. 전전대 천왕과 장천궁은 거의 같은 나이였으니까.

"그런데 지금 생각하면 덕분에 편했던 것 같다. 빌어먹을 놈들의 아귀다툼에 끼어들지 않아도 되었으니까. 게다가 죽기 전에 너도 만났고……."

그 말이 끝날 즈음에는 장천궁의 입가에 푸근한 웃음이 피어나고 있었다.

"유옥아."

"예, 사부."

"공식적인 일이 모두 정리되거든, 이제는 네가 패왕의 이름으로 천왕을 꺾어라. 그것이 이 사부의 마지막 부탁이다."

"반드시 그렇게 하겠습니다, 사부."

그리고 석 달이 지난 구월 초하루.

장천궁은 자신이 백 년간 익혀온 패왕의 심득을 석 달에 걸쳐 유옥에게 모두 넘겨주고는, 풍백과 유옥을 비롯한 패왕전의 식솔들이 소리없이 눈물을 흘리는 가운데 편안한 표정으로 눈을 감았다.

第八章
진짜 좋다, 아들아

死星血天

고요 속에 잠긴 두 눈이 실처럼 가늘게 열렸다.

문틈을 비집고 들어선 빛무리가 눈썹마저 헤집고 스며든
다.

"후우우우……."

유옥은 빛무리를 모조리 빨아들이기라도 하려는 듯 길고
긴 숨을 들이켰다.

순간 팽창된 폐부가 환하게 밝아지는 기분이 들더니, 미처
느끼지도 못한 사이에 그의 몸이 두 자가량 허공으로 떠올랐
다.

그러기를 얼마, 깃털처럼 천천히 내려앉은 그의 두 눈이 조

금 더 크게 뜨였다.

'벌써 삼 년인가?'

장천궁이 자신에게 모든 것을 넘기고 세상을 떠난 지 삼 년. 그사이 자신은 풍백이 비밀리에 마련한 거처에서 장천궁이 남긴 것을 자신의 것으로 만드는 데 전념했다.

장천궁이 그것을 원했기 때문이다.

약속을 어길 수는 없었기 때문이다.

그리고 삼 년, 자신은 약속을 지켰다.

목옥(木屋)의 문을 열자 첩첩히 겹친 거대한 산맥군이 두 눈에 가득 찼다.

유옥은 눈을 반개한 채 숨을 깊게 들이쉬었다.

가슴으로 쏟아져 들어오는 맑은 기운. 기분 좋은 아침이었다.

"날은 잘 잡은 것 같군."

유옥은 의미 모를 말을 중얼거리며 천천히 걸음을 옮겼다.

그가 걸어가는 곳에선 한 사람이 등을 보인 채 뭔가를 다듬고 있었다.

풍백이었다.

풍백의 넓은 등이 산맥만큼이나 거대해 보인다.

유옥의 입가에 조용한 웃음이 걸렸다.

"뭐 하십니까, 아버지?"

풍백이 고개를 돌리더니 손을 휘둘렀다.

[노루를 한 마리 잡았다. 조금만 기다려라.]

한 달에 한 번씩 필요한 물품을 챙겨올 때 외에는, 대부분의 시간을 사부의 영전이 안치된 패왕전에서 기거하는 풍백이었다.

그런 풍백이 올라오는 길에 노루를 잡은 것 같다.

유옥이 벌건 속살을 드러내는 노루를 보며 웃었다.

"그래요? 하하, 내려가는 기념으로 잔치를 벌여야겠군요."

소도로 가죽을 벗겨내던 풍백의 손이 굳어버린 듯 멈췄다.

휙 고개를 돌린 풍백이 빠르게 손을 저었다.

[내려간다고?]

유옥이 고개를 끄덕였다.

"예, 내려갈 때도 되었죠. 오랜만에 사부께 인사도 드리고 이제 일을 시작해야죠. 언제까지 놀고만 있을 수는 없잖습니까?"

목옥과 패왕전은 커다란 산 세 개를 사이에 두고 있었다.

숲이 워낙 우거지고 산세가 험준해서 유옥은 사람의 그림자조차 보지 못하고 삼 년을 지냈다.

천왕교의 총단과는 지척이면서도 딴 세상인 곳, 그곳이 바로 유옥이 삼 년을 지낸 목옥인 것이다.

유옥이 산을 내려가겠다고 하자 풍백의 손이 바빠졌다.

[자신있냐? 이미 천왕교는 놈들의 손에 좌지우지되고 있다.]

염려가 가득한 손짓이었다.

유옥이 깊게 가라앉은 눈으로 하늘을 올려다보았다.

"부딪쳐 보면 알겠죠. 누가 이길지는……."

딱!

풍백이 헛소리로 유옥을 불렀다.

오랜만에 들어보는 소리다.

유옥이 고개를 돌리자 풍백이 슬며시 웃었다.

오랜만에 보는 웃음이었다.

[그래, **너는** 할 수 있을 거야. 그놈들, 꼭 혼내줘라. 요즘 태대원로께서 안 계시니까 서로 **싸우**고 난리도 **아니다.**]

유옥의 입가에도 기분 좋은 웃음이 걸렸다.

"원래 호랑이가 잠들면 여우들이 설치는 법이라잖아요."

흑의를 입고 백색 혁대를 찬 후, 마지막으로 장삼을 걸치자 풍백이 허리띠를 매어줬다.

투박하고 굵은 손가락이지만, 매듭을 매는 손놀림만큼은 날렵하기만 했다.

유옥이 어색한 표정으로 말했다.

"제가 한다니까요, 아버지."

풍백이 눈을 치켜뜨고는 힘을 주었다.

'잔말 말고 가만있어, 이놈아!'

꼭 그런 눈빛이다.

유옥은 할 수 없다는 표정으로 천장을 응시했다.

사실 기분이 좋았다.

아버지라 부른 이후로 항상 그랬다.

처음에는 '미친놈, 아버지는 무슨!' 하면서 타박하던 풍백
도 어느샌가 자신이 아버지라 부르는 것을 즐기고 있었다.

툭!

풍백이 다 되었다는 표시로 배를 쳤다.

유옥은 고개를 숙여 가슴 높이에 있는 풍백의 얼굴을 내려
다보았다.

그러자 풍백이 유옥의 가슴에 빠르게 글을 썼다.

[태대원로께 인사드리러 가자. 그다음에는 네 마음대로 해
라.]

2

패왕전으로 가는 길은 예전과 다름없었다.

사람들 역시 마찬가지였다.

그때처럼 둘을 보고 놀려 댔다.

"이봐, 풍백. 그놈은 또 뭐야? 키 하나는 크구만. 하긴 자네
가 작으니 다른 사람이 커야겠지. 그래야 높은 곳도 청소할
것 아닌가? 하하하!"

"어째 걸음걸이도 비슷한데?"

"혼자 지내기 심심해서 데려오는 놈인가 본데, 그래도 병

신은 아니구만."

"병신은 아닌 것 같은데 얼굴이 너무 하얗잖아? 어디 아픈
가 본데?"

한 번쯤 반응을 보일 만한데도 풍백은 무표정으로 일관하
며 앞만 향해 걸어갔다.

유옥도 무심한 표정으로 풍백의 뒤를 따라 걸어갔다.

"왜 힘이 있는데도 놀리는 놈들을 가만 놔두시는 겁니
까?"

전날, 자신이 그렇게 묻자 아버지가 그랬다.

[쥐새끼들이 굴 속에서 쩍쩍거린다고 마주 포효하는 호랑이
봤냐?]

이제는 자신의 생각도 마찬가지였다.

두 사람은 거의 완벽하게(?) 닮아 있었다. 가늘게 뜬 눈에
무심한 표정까지.

'그래도 아예 찍소리도 못하게 눌러놓는 것이 낫죠 뭐.'

생각은 조금 달랐지만.

장원을 지키는 사람은 공 노인뿐이었다.

다른 두 노인과 세 명의 시비는 보이지 않았다.

패왕전으로 다가가자 공 노인이 유옥을 알아보고 눈을 크
게 떴다.

"완전히 내려온 것인가?"

"예, 사부님께 인사드리러 왔습니다."

"그래? 클클클, 거 재미있는 일이 벌어지겠구만. 들어가 보게나. 기다리셨을 게야."

유옥은 클클거리는 공 노인에게 씩 웃어 보이고는, 풍백을 따라 영정이 모셔진 패왕전 안으로 들어갔다.

풍백은 태대원로의 영정에 구배를 올리는 유옥을 물끄러미 바라보았다.

'내 아들이라오, 태대원로. 아마 부러울 것이오.'

이놈아! 내 제자야! 봐라, 구전암황기(九轉暗晃氣)가 구성에 달해 있잖아!

귓전에 태대원로의 다급한 목소리가 들려오는 것 같다.

풍백은 피식 웃었다.

'내 풍운무(風雲舞)도 배웠소. 나는 아버지도 되고 사부도 된다오. 그러니 내가 더 가까운 사이가 아니겠소?'

건방진 놈! 그럼 너도 나를 아버지라고 불러라! 너도 나에게 배운 게 많잖아!

'나도 그렇게 불러보고 싶었소. 이제 와서 생각하면, 그렇게 하지 못한 내 자신이 한스럽소.'

그럼 지금이라도 불러!

'그래도 되겠소?

안 될 건 또 뭐야?

'그럼 그렇게 부르…… 지요. 아…버…지.'

풍백의 가느다란 눈에 안개가 낀 줄도 모른 채, 유옥은 구배를 마치고 태대원로의 영정을 바라보았다.

그때 풍백이 불쑥 작은 책을 하나 내밀었다.

[내가 천왕교에 대해 정리해 놓은 것이다.]

그동안 조용히 패왕전에 머무르고 있지만은 않았나 보다. 내민 책자가 제법 두터운 것을 보니, 자신을 위해서 나름의 준비를 해온 듯했다.

유옥은 풍백이 내민 제목없는 책을 받아 들고 첫 장을 넘겼다.

첫 번째로 당대 천왕교주의 이름이 눈에 들어왔다.

제구대 교주, 천왕(天王) 사도궁헌.

그의 이름을 눈에 새기는데, 풍백이 머뭇거리며 손을 휘저었다.

[언제 죽을지 모를 노물들만 모여 있는 천외비각(天外秘閣) 하고, 그리고… 군악이에 대해선 적지 않았다. 천외비각은 나도 잘 모르고, 군악이는 워낙 밖으로 나오지를 않는데다 천기원이 온통 기문진 천지라서…….]

유옥은 고개를 들고 조용히 웃었다.

"걱정 마세요. 때가 되면 그 녀석은 제가 직접 찾아가서 놀라게 할 생각이거든요."

분명 죽었다 생각하고 있을 터였다.

지옥에서 살아 돌아온 자신을 보고 어떤 반응을 보일까?

그 생각을 하니 은근히 즐거워지는 유옥이었다.

하지만 그것은 나중 일, 유옥은 다시 책자에 눈을 묻었다.

천왕 사도궁헌의 이름 밑으로는 천왕교의 조직에 대한 것이 알아보기 쉽게 정리되어 있었다.

천왕교는 사전(四殿), 삼원(三院), 사단(四團)으로 이루어져 있다.

사전은 천왕과 천왕의 직속들이 기거하는 천왕대전(天王大殿), 이제는 주인이 이름만 남은 패왕전(覇王殿), 귀왕의 귀왕전(鬼王殿), 지옥십관을 관장하는 지옥전(地獄殿)을 말함이다.

그리고 마도무인들의 집합체인 집마원(集魔院), 천왕교의 군사 가문인 천기원(天機院), 천왕교의 살림을 도맡은 천양원(天陽院)이 바로 삼원이다.

오직 천왕의 명만을 받아 움직이는 사단은 혈천단(血天團), 유천단(流天團), 패천단(覇天團), 신월단(新月團)으로 이루어져 있는데, 그들은 각각 사백여 명의 무사를 거느린 천왕교의 전위무력단체다. 현재의 천왕교는……

파락, 파라락.

한 장 두 장, 빛바랜 책장이 넘어갈수록 유옥의 눈도 깊어졌다.

풍백이 조사한 대로라면, 천왕교의 이인자 자리를 놓고 휘하에 삼루(三樓)를 거느린 집마원과 사대령주를 거느린 천기원, 그리고 천왕의 허락하에 백여 년간 독자적인 세력을 구축한 귀왕전이 각축을 벌이고 있는 상태였다.

특히 그중에서도 집마원과 천기원의 대립은 이미 도를 넘어선 상태인 듯했다.

사부는 그들이 모든 혼란의 주범이라 했었는데, 풍백이 조사한 걸 봐도 사부의 말이 맞는 것 같았다.

문제는 그들을 다스려야 할 천왕대전이 오히려 두 세력의 암투를 지켜만 보고 있고, 귀왕전은 웅크린 채 자신들의 의중을 드러내지 않고 있다는 것이었다.

유옥이 생각할 때 그 이유는 둘 중 하나였다.

적대할 수 없는 어떤 이유가 있기 때문이든지, 아니면 둘 중 하나가 무너지기를 바라고 있든지.

분명한 점은, 집마원과 천기원이 자신의 적이라는 것이었다. 어쩌면 천왕대전의 세력 중 일부조차.

유옥은 내심 투기가 끓어올랐다.

적이 강할수록 그의 피도 뜨거워졌다.

그러나 자신이 아무리 강하다 해도 혼자서는 할 수 없는 일이라는 것 또한 분명했다. 사부가 지옥전에서 한 가지 도움을 받을 수 있다고는 했지만, 그것은 말 그대로 단 한 번의 도움이니만큼 비장의 한 수를 위해 아껴두는 게 나을 듯했다.

'일단 그들을 만나봐야겠군.'

유옥은 책을 덮고 풍백을 바라보았다.

"아버지, 친구들을 만나봐야 할 것 같습니다."

풍백이 살짝 고개를 끄덕였다.

[조심해서 다녀라. 놈들이 알아볼지도 모르니까.]

3

휙!

칼질 한 번에 떨어지던 낙엽이 여덟 조각으로 갈라진다.

그래도 마음에 들지 않는지 칼의 주인은 다시 손을 비틀었다.

츠츠츠츠!

섬광이 번뜩이며 허공을 난자했다.

열여섯 조각.

그제야 만족한 웃음이 칼을 쥔 자의 입가에 가늘게 맺혔다.

칼의 주인, 사진옥이 칼을 막 칼집에 집어넣으며 몸을 돌리려 할 때였다. 담장 쪽에서 나직한 목소리가 들려왔다.

"형편없군. 그 칼로 강아지나 잡으면 딱이겠어."

분명 아무도 없었거늘, 누가 감히 자신의 이목을 속이고 들어왔단 말인가.

사진옥은 반쯤 들어간 칼을 다시 잡아 빼며 차갑게 소리쳤다.

"웬 놈이냐?!"

휙 몸을 돌리자, 담장에 기댄 채 팔짱을 끼고 있는 흑의인이 보였다.

그를 보는 순간, 서늘한 긴장이 사진옥의 등줄기를 타고 죽 내려갔다.

자기보다 한 뼘은 큰데다, 얼굴을 반쯤 가린 머리카락 사이에서 스며 나오는 눈빛은 한없이 깊기만 하다.

나이는 자기 또래로 보이는데, 도대체 어느 정도의 능력을 지닌 자인지 판단이 서지를 않는다.

눈이 마주친 것만으로도 이가 절로 악 다물린다.

누굴까? 무슨 목적으로 왔을까?

도를 잡은 손에 힘이 들어갈 때다. 그가 다시 입을 연다.

"단혼십삼도는 빠르다고 다가 아니야. 힘이 들어가야지."

사진옥의 가느다란 눈이 더욱 작아졌다.

악다문 턱에도 힘이 들어갔다.

자신과 비슷한 나이의 무사 중 자신보다 윗사람은 서너 명에 불과했다. 사진옥은 그들을 모두 알고 있었다.

눈앞의 흑의인은 결코 그들이 아니었다.

사진옥의 입에서 거친 말투가 쏟아졌다.

"네놈은 누군데 내 앞에서 단혼십삼도를 논하는 것이냐?"

그때 두 사람 사이에 낙엽이 하나 떨어졌다.

흑의인이 팔짱을 풀더니, 옆에 삐죽이 자라 있는 싸리나무 하나를 꺾었다.

그걸 보는 사진옥의 가늘어진 눈에서 싸늘한 광채가 번뜩였다.

도를 쥔 손에도 힘이 들어갔다.

순간!

번쩍!

흑의인의 손에 들린 나뭇가지가 허공을 열십 자로 갈랐다.

동시였다.

새끼손가락 굵기의 싸리나무 가지 하나. 그것에 흑의인의 신형이 가려졌다.

사진옥의 도를 움켜진 손이 파르르 떨렸다.

눈은 더할 수 없이 커져 금방이라도 튀어나올 것 같았다.

그는 흑의인이 펼친 수법을 누구보다도 잘 알고 있었다.

단혼십삼도의 열두 번째 초식.

"단혼(斷魂)…… 경천(驚天)?"

낙엽이 떨어지면서 수없이 많은 조각으로 나누어지고 있었다. 그러더니 바닥에 떨어질 즈음에는 가루로 변해 버렸다.

"힘이 실리지 않은 단혼십삼도는 그저 단순한 쾌도일 뿐이지."

혹의인이 뭐라 하는데도 사진옥은 멍하니 바닥만 바라보았다.

혹의인, 유옥은 다시 나직하면서도 한심하다는 말투로 입을 열었다.

"다른 애들은 어디 있지? 유상이하고 예종이는? 후명이는?"

그 말에 멍하니 바닥만 바라보고 있던 사진옥이 발딱, 고개를 들었다.

유옥은 머리를 쓸어 올리며 빙그레 웃었다.

순간 항상 차갑게만 보이던 사진옥이 멍한 표정으로 입을 반쯤 벌렸다.

"……!"

유옥의 입가에 머문 웃음이 잔상을 남기며 흩어졌다.

"어디 있는 줄 알지?"

사진옥은 정신없이 고개를 끄덕였다.

믿을 수가 없었다.

저게 누구야? 정말 그가 맞지?

벌겋게 달아오른 얼굴에 환한 웃음꽃이 피었다.

"대장, 대장 맞지? 정말 대장이지?"

"왜? 내가 죽지 않은 게 이상하냐?"

사진옥은 한참 동안 눈알을 떼굴떼굴 굴리며 유옥의 위아래를 쳐다보고는 갑자기 괴이한 웃음을 터뜨렸다.

"우흐흐, 사람들은 다 죽었다고 해도 우리는 안 믿었지. 대장은 염라대왕도 귀찮아서 안 받아줄걸?"

"꼭 내가 독종 같다는 말 같네?"

"그럼 독종이지, 독종. 지옥십관의 교두들도 혀를 내두른 독종."

한참 동안 두 사람의 눈빛이 섞여들었다. 만감이 교차하는 눈빛이었다.

유옥이 피식 웃으며 어색함을 털어냈다.

"허튼소리 말고, 당분간 나에 대해선 알리지 마라. 조용히 지내면서 할 일이 좀 있으니까."

"알았어. 대장의 명인데."

"명은 무슨……. 다른 아이들은 어디 있어? 멀리 떨어져 있는 거 아냐?"

"뭐 그렇지는 않아. 유상은 신월단 절혼대 이조장이고, 예종은 사조장이야. 그리고 후명이는 유천단에 속해 있어. 아마 몇 년만 지나면 전부 대주로 승급할걸? 그래도 칠관을 통과했으니까."

"너는?"

사진옥이 어색한 웃음을 지으며 말했다.

"내가 절혼대의 대주야. 함께 칠관을 통과한 사람 중 나만 팔관에 들어갈 수 있었거든. 비록 거의 죽다시피한 몸으로 통과해서 구관은 입구도 구경해 보지 못했지만."

"호, 대단한데? 팔관까지 들어갔다니."

사진옥의 어깨에 은근히 힘이 들어갔다.

그때 유옥이 물었다.

"그래, 군악이는 어떻게 지내고 있지?"

사진옥의 얼굴이 살짝 이지러졌다.

"대장, 꼭 알아야겠어?"

"그럼! 내 친군데."

"이런 말 하기는 뭐한데 말이야. 후우, 할 수 없지."

사진옥이 정색하더니 천천히 입을 열었다.

"군악이는 이제 우리와 다른 사람이야. 정식으로 백리가의 후계자가 되었어. 당연히 지위도 우리와는 천지 차이고."

"그래? 우와! 그 녀석, 잘됐군!"

유옥이 좋아할수록 사진옥의 얼굴은 어두워져 갔다.

"군악이는 이제 우리를 잊는다고 했어. 그리고… 대장도……."

마지막 말은 거의 들리지 않을 정도였다.

그렇다고 유옥이 듣지 못할 정도는 아니었다.

"하하하하, 걱정 마라. 그 녀석은 내가 거지였을 때도 자기가 먼저 친구하자고 한 녀석이야. 다른 사람이 다 나를 외면할 때도 그 녀석만큼은 나를 감싸주었지. 그런 녀석이야, 그 녀석은."

사진옥은 힐끔 밝게 웃는 유옥을 쳐다보았다.

맑았다. 조금도 의심하지 않는 눈빛이었다.

절대의 믿음.

그런 눈빛을 보고 뭐라 할까.

사진옥은 이해시키는 걸 포기하고 앞을 바라보았다.

어쨌든 그 일은 두 사람 사이의 일이었다. 자신들은 끼어들
틈도 없는 그런……

"일단 안으로 들어가서 기다려. 나가서 애들을 데려올 테
니까."

사진옥이 직접 세 사람을 찾으러 간 지 일각도 되지 않아
상유상과 예종이 사진옥의 방으로 달려왔다.

상유상은 생각했던 것보다 훨씬 더 컸다. 전보다 덩치가 두
배는 더 될 듯했다. 어쩌면 말로만 들은 곰보다도 더 클 것 같
았다. 거기다 그 덩치에 맞게 굵은 철곤을 들고 있었다.

그런 상유상이 유옥을 보더니 대뜸 눈물부터 흘렸다.

"으헝! 대장!"

예종이 당장 한마디 했다.

"덩치는 태산만 한 놈이 울긴 왜 울어? 이렇게 좋은 날에!"

"그런 너는, 네 눈에 맺혀 있는 것은 빗물이냐? 아니면 콧
물이냐?"

"그래도 나는 소리 내며 울지는 않잖아!"

유옥은 티격태격하는 두 사람을 보고는 빙그레 웃었다.

"후명이가 안 보이는군."

사진옥이 대답했다.

"후명이는 다른 단에 속해 있어서 조금 늦을 거야. 대장 말대로 소문 내지 말고 오라고 했으니까 어쩌면 조심하느라 더 늦을지도 모르지."

소심한 성격에 만사를 뒤돌아보는 고후명이라면 그럴지도 몰랐다.

유옥은 고개를 끄덕이고는 여전히 티격태격하며 감정을 다스리는 두 사람을 바라보았다.

십 년이 넘은 세월이다.

색이 바래고도 남을 시간이다.

그런데도 바라보는 것만으로도 즐겁고 가슴이 따뜻해진다.

친구이기에, 한때 서로의 목숨을 걱정해 주며 함께 지옥을 뒹굴었던 그런 친구이기에!

시간이 지나자 상유상과 예종의 표정도 서서히 가라앉았다.

그들은 앉아서 뚫어져라 유옥만 바라보았다. 사진옥과 함께, 아직도 믿기지 않는다는 표정으로.

그때 문 두드리는 소리가 났다. 사진옥이 물었다.

"누구요?"

"나, 후명이."

문을 열고 고후명이 들어왔다.

고후명은 한참 동안 멍하니 유옥을 바라보더니 환하게 웃으며 두 손을 뻗고 달려들었다.

"대장!!"

유옥도 조용히 웃으며 마주 손을 뻗었다.

순간, 사진옥과 상유상과 예종이 벌떡 일어서며 버럭 소리를 질렀다.

"저 소심한 놈이 우리도 안 한 짓을!"

"얼래? 남자끼리 뭐 하는 거야! 비켜! 안기는 건 여자가 제격이라구!"

순식간에 다섯이 한 덩어리가 되었다. 심지어 항상 차가운 표정이던 사진옥조차 망설이지 않고 끼어들었다.

"이 건방진 쫄따구들이……! 유상! 너는 너무 크니까 빠져!"

다섯 사람이 엉킨 손을 푼 것은 한참이 지나서였다. 사진옥이 잠깐 기다리라며 나가더니 술병과 잔을 들고 왔다.

"안주는 없다."

술잔에 술이 채워졌다.

한 잔, 두 잔, 석 잔.

그동안 아무도 입을 열지 않았다.

다섯 잔째가 되어서야 유옥이 잔을 내려놓고 인상을 찌푸렸다. 처음 먹어보는 술에 입 안이 얼얼했다.

"술이라는 것이 꽤나 독하군."

그러고는 피식거리며 웃고 있는 네 사람을 향해 조용히 입을 열었다.

"그래도 한 자리씩 꿰차고 있는 것을 보니 기분이 좋군."

"음하하하! 이삼 년만 지나면 나도 대주가 될 수 있을 거야. 대장 뭐 어려운 일 있으면 부탁하라고!"

상유상의 너스레에 유옥이 피식 웃었다.

"그래? 그럼 부탁 좀 해볼까?"

처음에는 그냥 지나가는 말처럼 꺼낸 이야기였다.

그런데 그 말을 들은 사진옥이 신중한 표정으로 묻는다.

"우리가 도와줄 일이 있으면 말해, 대장. 뭐든."

그러자 자신 덕분에 목숨을 구한 고후명도 눈을 빛내며 입을 연다.

"도와주기는. 대장 일이면 당연히 해야지. 나는 아직 빚을 갚지 못했거든. 대장, 무슨 일인데?"

아무 말도 없이 자신만 빤히 바라보는 상유상과 예종.

그제야 유옥은 찬찬히 네 사람을 둘러보았다.

거짓이 없는 눈빛. 십여 년의 세월이 어디로 갔는지, 바라보는 네 쌍의 눈이 그때 그날의 믿음으로 빛나고 있었다.

유옥은 가식적으로 자신의 마음을 숨기고 싶지 않았다. 어차피 찾아온 목적에는 그러한 뜻도 조금은 포함되어 있지를 않던가.

"좋아! 말하지!"

더욱 강렬해진 네 사람의 눈빛을 마주 보며 유옥이 말했다.

"굴 속에 숨은 여우와 곰을 잡으려 한다."

"여우? 곰?"

"조금 골치 아픈 여우와 제법 사나운 곰이지. 어쩌면 다칠지도 몰라."

"죽을지도 모르겠군."

사진옥이 유옥을 빤히 바라보며 말했다.

유옥은 천천히 고개를 끄덕였다.

"그래, 어쩌면."

사진옥이 피식 웃었다.

"사실 그동안 심심해서 죽을 뻔했는데 잘됐군. 누구야? 혹시 그중에 죽일 놈도 있어?"

"그러게. 만날 무공만 죽어라 익히면 뭐 해? 할 일이 있어야지. 뭐부터 할까?"

"설마 여자라고 해서 빼는 것은 아니겠지?"

고후명만이 입을 닫은 채 유옥을 바라보았다.

유옥이 신중한 어조로 말했다.

"너희가 직접 감당할 수 있는 사람들이 아니다. 내가 너희에게 바라는 것은 단지 그들에 대한 정보 정도다. 사실 그것만으로도 충분히 위험해."

"대장, 우리를 너무 무시하는 것 아냐?"

상유상이 가슴을 탕탕 치며 말했다. 그러자 사진옥이 물었다.

"대장도 감당하기 힘들어?"

"당장은. 나중이라면 모르지만. 그래서 그때까지 정보라도 모으려는 거다."

사진옥의 안색이 딱딱하게 굳었다.

예종이 어리둥절한 표정으로 사진옥을 쳐다보았다.

"대주, 왜 그래?"

"으음……. 대장이 감당하기 힘들다면, 우리는 말할 것도 없겠지."

"그게 무슨 말이야?"

"내가 대장의 공격을 몇 초나 감당할 수 있다고 생각하지?"

"글쎄, 대장이 아무리 강하다 해도 백 초는 받아낼 수 있지 않을까?"

사진옥이 고개를 저었다. 자조의 웃음을 지으며.

"백 초? 훗, 십 초도 어려울 게 분명한데 백 초?"

상유상과 예종과 고후명의 눈이 휘둥그레졌다.

그들은 사진옥의 칼이 얼마나 무서운지 누구보다 잘 알고 있다.

당금의 천왕교에 떠오른 일곱 개의 별, 칠성(七星). 그 별들 중의 하나인 냉혈성(冷血星)의 주인이 바로 냉혈도 사진옥이 아니던가. 한데 그런 사진옥이 십 초를 장담하지 못한다니.

잠시 침묵이 흘렀다.

대체 대장은 얼마나 강한 걸까?

사진옥의 말이 사실일까?

유옥은 자신을 뚫어져라 바라보는 네 사람을 향해 나직이 말했다.

"내가 바라는 것은, 천기원과 집마원의 움직임에 대한 것이야."

"맙소사!"

그제야 네 사람이 입을 떡 벌렸다.

그제야 유옥이 말한 여우와 곰이 천기원주와 집마원주라는 것을 깨달은 것이다.

만일 그 목적이, 전대 교주의 죽음과 천왕령주 사도궁조의 행불 사건을 조사하기 위한 거란 걸 알면 어떤 표정들을 지을까?

유옥은 차마 그것까지는 말할 수 없었다. 그건 안다는 자체만으로도 너무 위험한 일이었다. 과욕을 부려 섣불리 움직이다 들키면, 모두가 위험에 처할 수밖에 없는 일인 것이다.

그리고 보다 중요한 것은, 그걸 조사하기에는 네 사람이 너무 약하다는 것이었다. 비록 자신들은 인정을 안 할지 몰라도.

"사실 너희에게 부탁하기에는 너무 위험한 일이지."

탕!

그때 사진옥이 탁자를 치며 벌떡 일어섰다.

"좋아! 까짓거 한번 해보지 뭐!"

상유상과 예종이 거의 동시에 소리쳤다.

"에이 씨발! 죽으면 한 번 죽지 두 번 죽나? 나도 하겠어!"

"말만 해! 뭘 조사해야 하는 거야!"

그러자 고후명도 유옥을 뚫어지게 바라보며 느릿하니 입을 열었다.

"알지? 그날부터 이미 내 목숨은 내 것이 아니라는 거. 대장은 그냥 말만 하면 되는 거야."

유옥은 가라앉은 눈으로 네 사람을 하나하나 직시했다.

열정에 찬 눈빛들!

어떻게 된 놈들이 그때나 지금이나 그리 변한 게 없다.

'그래! 군악이뿐이 아니라, 이놈들도 친구였지. 지옥 속에서 함께 뒹굴고, 힘들 때마다 서로를 끌어안았던 친구.'

갑자기 눈시울이 뜨거워진 유옥은 자신의 눈에 어린 열기를 감추기 위해 잔뜩 힘을 주어 말했다.

"너희! 다시 만났을 때 나 무시하는 놈 가만두지 않겠다고 했더니, 무서워서 괜히 그러는 거지?"

"어? 어떻게 알았지?

"들켰네."

"그럼 취소할까?"

"우흐흐흐……."

"크크크……."

"하하하하!"

한바탕 대소가 다섯 사람의 입에서 동시에 터져 나왔다. 그리고 한참 동안 계속되었다.

그러다 어느 순간, 유옥이 눈빛을 빛내며 네 사람을 쓸어보았다.

"너희가 원한다면 내가 강하게 만들어주겠다. 나 때문에 너희가 다치는 것은 나도 원치 않으니까."

그 말에 네 사람의 눈빛이 번뜩였다.

사진옥을 십 초에 꺾을 수 있는 대장. 그 대장이 자신들을 강하게 만들겠다고 한다.

자신들도 모르게 심장이 벌떡거렸다. 얼굴이 붉게 달아올랐다. 그때 유옥이 말을 이었다.

"일단 진옥이는 후명이도 절혼대로 끌어들여라."

사진옥이 고개를 끄덕였다. 그러다 이어진 유옥의 말에 눈을 부릅떴다.

"그리고 나도 절혼대로 들어갈 것이다."

"대장이?"

"뭐 할 수 없지. 조용히 움직이려면, 기분 나빠도 당분간은 너를 대주로 모시는 수밖에."

"크윽, 이거 골치 아픈 수하를 두게 생겼군. 툭하면 상관을
심부름꾼으로 부려먹을 텐데……."

"그 정도쯤이야 친구라면 당연히 알아서 해줘야지."

"젠장!"

4

"당분간은 절혼대에서 지내야 할 것 같습니다, 아버지."

[꼭 그렇게 해야겠냐?]

"숲을 알기 위해선 숲으로 들어가는 수밖에요. 밖에서 전
체를 보는 것은 아버지가 해주세요."

[놈들이 눈치 채면 위험할 텐데.]

"걱정 마세요. 저도 그렇게 호락호락하지 않으니까요. 아
버지도 잘 아시잖아요?"

[그거야 그렇다만……. 좌우간 조심해라. 벌써부터 놈들이 이
곳을 이상하게 보고 있어.]

"저도 알고 있어요. 사실 그래서 밖에서 지내려는 거예요.
그래야 아버지도 편하실 테니까요."

풍백이 자기 머리보다 더 높은 곳에 있는 유옥의 어깨를 툭
툭 두드렸다. 가늘게 떨리는 눈으로 유옥을 올려다보면서.

[무슨 일이 있으면 나에게 와라. 네 녀 하나쯤 지킬 실력은 되

니까.]

유옥이 빙그레 웃었다.

"예, 그렇게 할게요."

그러고는 앞에 있는 풍백을 와락 끌어안았다.

느닷없는 행동에 풍백이 빠져나오려 버둥거렸다.

그럴수록 유옥은 풍백을 끌어안은 손에 힘을 더했다.

"참나! 아들이 안아주면 가만히 좀 계세요. 좋으면 좋다고
하시지……."

점차 풍백의 버둥거림이 잦아들었다.

"좋죠?"

풍백이 천천히 고개를 끄덕였다.

'좋다! 진짜 좋다, 아들아.'

따뜻한 물기가 가슴으로 스며든다.

단순히 옷만 적시는 것이 아니다. 마음마저 축축이 젖어든
다.

유옥의 입가에 조용히 웃음이 걸렸다.

"저도 좋아요, 아버지. 자주 올 테니 걱정 마세요."

『천사혈성』 제1권 끝

Book Publishing CHUNGEORAM

무한 상상 · 공상 세계, 청어람 신무협 & 판타지

이인세가 | 김석진 지음

1

이인쎄가
二人世家

김석진 新무협 판타지 소설 |멋중형 가뿐든 없다.
Fantastic Oriental Heroes

청
어
람

이인쎄가

김석진 新 무협 판타지 소설
FANTASTIC ORIENTAL HEROES

최고 장수 인기작 『삼류무사』의 완결 후 1년. 마침내 드러나는 새로운 대작!
기연을 찾아 떠난 주인공이 마주치는 다채로운 여정 속에 깊이 빠져든다!

『삼류무사(三流武士)』의 묵직한 명성은 잊어라!

빠르게 이어지는 『이인세가(二人世家)』의 화려한 시대가 도래하리니!!

"건강 도인술로 내공을 돌리고 육합권법보다 못한 주먹질로 강호의 안녕을 지키려 나서는 천하제일가의
무상(武相)이라?"
가문의 비기, 황하육권은 약을 팔 때나 쓰는 편이 나을 듯했다. 그래서 필요했다.
극강하면서도 획기적이며 단시간에 가능한 무엇!

그것은 기연(奇緣)!! "기연에 임자가 어디 있어? 먼저 가서 얻으면 땡이지!"

유행이 아닌 자유추구 -

WWW.chungeoram.com

Book Publishing CHUNGEORAM

B o o k   P u b l i s h i n g   C H U N G E O R A M

 청어람 독자님들을 위한 **Special EVENT!!**

3권을 잡아라!
로또가 부럽지 않다!!

읽는 만큼, 보내는 만큼 행운이 커진다!!
한달에 한 번씩 행운의 주인공 찾기!

청어람 엽서를 찾아라!

책을 읽고 느낀 점 등을 마구마구 써서 보내면 당신에게도 행운이!!

기간 : 2007년 6월~8월 말까지
상품 : 로또상 – 닌텐도 DSL 1명
　　　 행운상 – 작가 사인본 1질 5명(작품 선택 가능)
방법 : 6월~8월 중 출간된 청어람 도서 3권에 첨부된 엽서를 작성한 후 보내주시면
　　　 한 달에 한 번, 매월 말 추첨을 통해 행운의 주인공이 탄생됩니다.
　　　 (매월 말 홈페이지에 당첨자 공지 예정)

[로또상] 닌텐도 DSL

[행운상] 작가 사인본 서적

유행이 아닌 자유추구 –

WWW.chungeoram.com

B o o k   P u b l i s h i n g   C H U N G E O R A M

Book Publishing CHUNGEORAM

우린 이 작품을 너무나도 오래 기다렸다.

사라전종횡기의 작가 수담 · 옥이 펼치는 웅휘한 대륙적 대서사시

『청조만리성(清朝萬里城)』

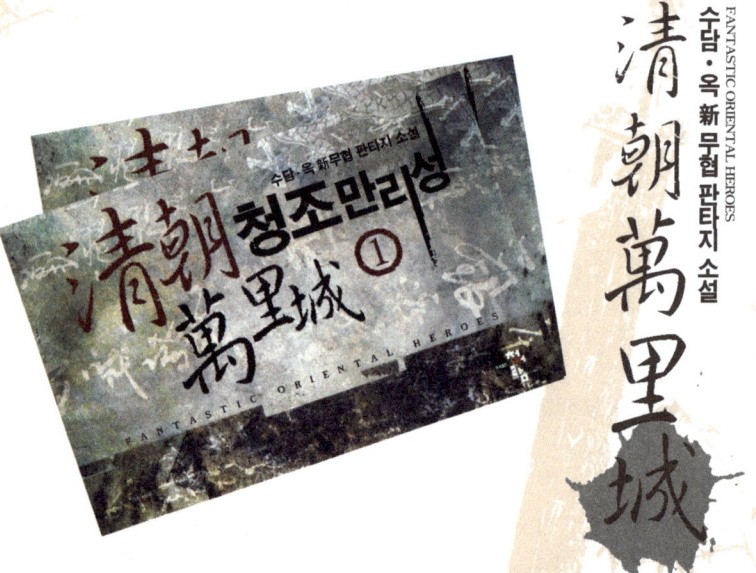

수담 · 옥 新 무협 판타지 소설

FANTASTIC ORIENTAL HEROES

清朝萬里城

"굴욕스럽게 살 바에는 차라리 죽어라!"

명말, 폭정의 왕조를 타도하고자 뭇 영웅이 저마다 일통 강호를 외치며 궐기한다.
명(明), 청(清), 진(眞), 초(楚). 이로써 천하는 사국쟁패의 각축장이 되니,
난세를 평정할 진정한 영웅은 과연 어디에 있는가.

유행이 아닌 자유추구 -
WWW.chungeoram.com

Book Publishing CHUNGEORAM

Book Publishing CHUNGEORAM

전혀 다른 용모와 성격, 그리고 나이 터울이 많은 형제

구중천(九重天)의 작가 임영기, 각기 독보하며 세상에 군림하는 형제의 운명을 논하다.

『독보군림(獨步君臨)』

임영기 新 무협 판타지 소설

FANTASTIC ORIENTAL HEROES

"독보군림(獨步君臨)은 형제의 이야기이다."

전혀 다른 용모와 성격, 그리고 나이 터울이 많은 형제. 그들은 천하에 자기 혼자만 남았다고 철석같이 믿으며,
형은 북(北)에서, 아우는 남(南)에서 파란만장하며 치열한 삶을 살아간다.
형제는 거의 모든 면에서 영판 다르지만 두 가지 공통점을 가지고 있다.
가슴속에 품고 있는 똑같은 한(恨)!

유행이 아닌 자유추구 -
WWW.chungeoram.com

Book Publishing CHUNGEORAM

BOOK Publishing CHUNGEORAM

EXCITING! BLUE! 블루부크(BLUE BOOK) 청어람의 또 다른 이름입니다.

BLUE BOOK
도서출판 청어람

BLUE BOOK

BLUE! STYLE! EXCITING! BLUE!

블루부크

:

과거와 현재에 머물러 있지 않고
새로움과 낯섦에 도전합니다.
BLUE STYLE!

젊음과 활기가 넘치는
무한 상상과 무한 내공의 힘으로 함께합니다.
EXCITING! BLUE!

無限 상상 無限 도전
블루부크(BLUE BOOK)
청어람의 또 다른 이름입니다.

유행이 아닌 자유추구 -
WWW.chungeoram.com   Book Publishing CHUNGEORAM